Verleidelijk lekker

Madelein Kerseboom

Verleidelijk lekker

uitgeverij marmer

Voor iedereen die, net als ik, weleens de weegschaal uit het raam wil smijten.

En voor Wietske en alle anderen die daar gelukkig geen last van hebben.

Proloog

DIT IS HET MOMENT. HET MOMENT WAAR IK AL ZO LANG op heb gewacht. Ik voel de adrenaline door mijn lichaam gieren en heb de neiging mijn adem in te houden.

'Ga lekker zitten, Ilse.' Fenna, mijn leidinggevende, maakt een uitnodigend gebaar naar de stoel aan de andere kant van het bureau.

Ik neem plaats en laat mijn blik door het kantoortje gaan. In de afgelopen vijf jaar zat ik hier dikwijls. Regelmatig hadden we hier overleg. Over het tijdschrift, functioneringsgesprekken, maar nog nooit was ik zo zenuwachtig als vandaag. Stiekem weet ik wat er komen gaat. Het heeft even geduurd, maar op een keer moest deze fantastische dag zich aandienen.

'Wil je iets drinken?' Fenna wijst naar de twee waterkannen die op een tafeltje met een houten blad staan.

Zonder een reactie af te wachten staat ze op en loopt om haar bureau heen. Bij het tafeltje staat ze stil. 'Voorkeur?'

'Die met aardbeien, graag.'

Ze schenkt een glas vol met een mengsel van gesneden aardbeitjes en water. Ik kijk toe hoe een paar stukjes fruit in het glas vallen. Zelf kiest ze voor een glas water uit de kan met schijven citroen. Fenna zet de glazen voor ons neer op het bureau en neemt weer plaats op haar eigen stoel.

'Zo...' begint ze op formele toon. 'Heb je een idee waarom we hier zitten?'

'Ik heb een vermoeden, maar ik durf er niet van uit te gaan dat ik het goed heb.'

'Ga er maar van uit, Ilse.' Fenna glimlacht breed. 'Je hebt je vijf jaar met alle macht ingezet voor *Claire*. Er zijn er maar weinig die met zoveel passie hun werk doen. Je hebt talent en je bevlogenheid werkt aanstekelijk op de afdeling. We hebben het er samen al eens eerder over gehad, ik weet hoe graag je dit wilt, en na het schrijven van zoveel mooie artikelen is dit jouw moment.' Ze kijkt me recht aan en zegt: 'Je krijgt je eigen column!'

Yes! Mijn hart maakt een vreugdedansje, en ik voel hoe het bloed razendsnel door mijn aderen stroomt. Er trekt een warme, gelukzalige golf door mijn lichaam. Dit is te gek!

Fenna staat op en buigt zich naar me toe. Met het bureau tussen ons in plant ze drie kussen op mijn wangen. 'Gefeliciteerd, meid! Je hebt het verdiend.'

Ik laat me door haar omhelzen en ga een beetje beduusd weer zitten. 'Wow!' is het enige woord dat mijn mond verlaat.

Fenna grijnst. 'Ik heb je nog nooit zo meegemaakt, dat je niet weet wat je moet zeggen.'

'Ik, eh... ik, eh...' stamel ik. 'Ik ben zo blij! Dankjewel.'

'Nou, kom maar even bij, dan vertel ik je alle ins en outs.' Fenna pakt een A4'tje van de printer en legt dat voor zich neer. 'We willen dat je voor *Claire* een wekelijkse column van vijfhonderd woorden schrijft...'

Ik knik en probeer te kalmeren door een flinke slok aardbeienwater te nemen. Ik wil geen woord missen van wat er nu gaat komen. Het liefst wil ik alle woorden als een spons opzuigen. Eentje die ik dan later, na dit gesprek, langzaam kan uitknijpen. Uitwringen, druppel voor druppel. Om opnieuw van elk woord te kunnen genieten.

'We hebben bedacht dat het heel leuk is om met een thema te gaan werken. Je bent natuurlijk vrij in de invulling van de tekst. Het is jouw column, je kunt er helemaal je eigen draai aan geven. Als...' Fenna steekt haar slanke, altijd gemanicuurde wijsvinger op, 'als het maar keer op keer binnen het vaststaande thema past.' Een paar seconden kijkt ze me met een priemende blik aan. 'Hoe leuk is het als je de lezers meeneemt in jouw persoonlijke verhaal? Hoe fantastisch zou het zijn als we allemaal jouw strijd kunnen volgen?'

Ik frons even. 'Strijd?'

'Ja! We hebben al een brainstormsessie gehad waarin de titel van de column is vastgesteld.' Fenna spreidt haar armen. *'Ilses strijd tegen de kilo's!'* zegt ze, terwijl ze de afstand tussen haar handen vergroot.

De slok water die ik zojuist nam, wil plotseling rechtsomkeert maken. Ik moet mijn best doen het bureau niet volledig onder te sproeien en kan me maar net bedwingen. Ik kijk Fenna aan.

'Sorry? Volgens mij heb ik je niet goed verstaan?' vraag ik tegen beter weten in.

'Ilses strijd tegen de kilo's', herhaalt ze doodleuk. 'Zou het niet geweldig zijn als je de populaire afvalmethodes van dit moment stuk voor stuk uittest en daar wekelijks verslag van uitbrengt? Je weet wel... bikramyoga, afvalpillen, shakes, van die trendgevoelige diëten. En natuurlijk sporten met een personal trainer. Lijkt je dat niet geweldig? Keurig je oefeningen doen terwijl je geniet van zo'n sexy, zwetend mannenlichaam.' Fenna kijkt er verlekkerd bij. 'Op onze kosten natuurlijk. Je kunt alles proberen. Juist die zoektocht naar wat werkt en wat compleet flauwekul is op afvalgebied, vinden de lezers van *Claire* vermakelijk. Elke week schrijf je over één onderwerp. Jouw luchtige verteltrant, je humor, openhartigheid en scherpe oog maken van die column vast een daverend succes. Ik heb er alle vertrouwen in.'

Fenna kijkt me aan en knijpt haar groene ogen tot spleetjes. 'Je hebt er zelf ook iets aan natuurlijk. Naast je eigen column waar je zo lang naar hebt uitgekeken, bedoel ik. Dat badpak waar we het laatst over hadden... Wie weet kun je deze zomer wel gewoon in bikini! En... het zou mooi zijn als je openheid van zaken geeft. Dat je aan het begin van de column je startgewicht noemt en dat de lezers dat getal dan wekelijks omlaag zien gaan.'

1

'OKÉ, ILSE. FOCUS.' IK SPREEK MEZELF VERMANEND TOE. 'Stop met naar je beeldscherm te staren. Ga aan het werk.' Over een kleine twee uur verwacht Fenna een artikel in haar mailbox en ik heb nog geen letter getikt. Ik zucht diep en kijk naar de aantekeningen die ik in mijn notitieboekje heb gekrabbeld. Het lijkt een onmogelijke opgave om van de korte antwoorden uit het interview een mooi en volwaardig artikel te schrijven. En toch is dat niet de enige reden van mijn haperende creativiteit en de stress die alsmaar groter wordt...

Er gaan weer een paar minuten voorbij. Nog steeds heb ik geen letter op papier gezet. Opnieuw spreek ik mezelf toe, nu wat vriendelijker: 'Je kunt het best, je hebt voor hetere vuren gestaan. Vertrouw op je professionaliteit, die heeft je nog nooit in de steek gelaten.'

Het zou helpen als ik mijn gedachten kon stoppen en ophield met denken aan de opmerking van Jolijn. Ze bedoelde het vast niet zo rottig als het eruit kwam. Als ze wist dat ik er drie uur na lunchtijd nog steeds over inzit, zou ze het wel gelaten hebben om in een volle kantine, met hoge stem, opgetrokken wenkbrauwen en grote ogen te vragen: 'Ga jij deze zomer in bikini dan?'

Iedereen hoorde haar vraag en het gonzende geroezemoes stopte abrupt. Al mijn collega's keken me aan. Jolijn had geen beter moment kunnen uitkiezen. Zelfs Fenna, mijn leidinggevende, zat tussen het aanschouwende publiek. Met een rood hoofd keek ik om me heen en zag nieuwsgierige gezichten, ingehouden grijnzen en ook ronduit afkeurende blikken, alsof ik het niet kon maken met een bevestigend antwoord te komen. Ik voelde me zo ongemakkelijk en wist me niet goed een houding te geven. Het lukte me niet om met een nonchalant schouderophalen te zeggen dat ik thuis wel vijf verschillende bikini's in de kast had liggen. Toen ik uiteindelijk antwoordde dat ik in de nieuwe zomercollectie een heel leuke tankini voorbij had zien komen, zag ik een aantal dames opgelucht ademhalen. Alsof het idee van mij in een bikini hun de rillingen bezorgde...

Ik staar opnieuw naar de tijdsaanduiding op mijn scherm en constateer dat er weer een paar doelloze minuten zijn verstreken. Ik pak het notitieboekje op en lees het gekrabbel aandachtig door. Afgelopen dinsdag had ik een interview met een jong soapsterretje. Amber, een meisje van hooguit twintig, verschijnt de laatste tijd niet alleen in een dagelijkse soap, maar ook in verschillende tv-programma's. Feit is dat ze daarmee haar populariteit een enorme *boost* heeft gegeven. Door haar deelname aan diverse spelshows en een dansprogramma staan de tijdschriften momenteel in de rij. Na een uitgebreide fotoshoot volgde aansluitend een interview voor *Claire*. Hoewel Amber ontzettend knap is en energiek voor de camera verscheen, was ze tijdens het interview helaas knap chagrijnig. Ik moest echt moeite doen om leuke antwoorden bij haar los te krijgen. Bij het doorpassen voor de shoot was goed te merken dat ze in haar element was met alle designerkleding en ze was prachtig in de make-up gezet. Maar toen het tijd was voor het interview, had de jonge ster duidelijk geen zin meer en ze zuchtte en pufte zich een weg door mijn vragen. Onderuitgezakt zat ze op haar stoel tegenover me en keek continu op haar telefoon. Ik moest me inhouden om het ding niet uit haar handen te grissen.

Een uur later lees ik tevreden de tekst op mijn beeldscherm door. Mensen zullen denken dat dit meisje bruist van de energie en net zo'n stralende persoonlijkheid heeft als op de foto's te zien is. Ik stuur het artikel naar Fenna.

Als ik de computer afsluit en alle lege koffie- en theekopjes van de afdeling op een dienblad verzamel, wenkt Jolijn me.

'Ilse, kom eens...'

Ik loop naar haar bureau.

Nog voordat ik naast Jolijns bureaustoel sta, knikt ze met haar hoofd in de richting van het beeldscherm.

'Wat vind je hiervan?'

Op het beeldscherm zie ik een verzameling van zo'n tien badpakken. Jolijn tikt in het midden met haar nagel tegen een zwart badpak.

'Dit is een mooi badpak, toch?' Ze houdt haar hoofd schuin, maar wacht mijn antwoord niet af. 'Ik denk dat je het beste voor een donkere kleur kunt gaan. Geen opdruk van bloemetjes of een heftige print of zo, dat maakt alleen maar voller en dat wil je niet.'

Ik frons mijn wenkbrauwen en doe tegelijkertijd een poging mijn ergernis niet te laten merken. De gedachten aan de volle kantine komen in alle hevigheid terug.

'Nou? Is dit het badpak waar je het over had?' Dit keer verwacht ze wel een reactie.

'Ik had nog niet echt iets specifieks op het oog. Eigenlijk had ik alleen een leuke tankini voorbij zien komen, maar die staat hier niet bij', probeer ik terloops te zeggen. Ik wil niet laten merken dat haar opmerking tijdens de lunch me veel meer heeft gedaan dan ik liet blijken. En ik wil ook zeker niet dat ze doorheeft dat ze het er nu bepaald niet beter op maakt. Ik voel me beledigd, maar realiseer me ook dat Jolijn alleen maar wil helpen en denkt aardig te zijn door haar advies over me uit te strooien, als een vrolijke zwerm confetti. Als stylist bij *Claire* weet ze ook echt wel waar ze het over heeft.

'Het is een mooi badpak, dat zwarte', zeg ik daarom maar. 'Tikkeltje saai misschien.'

'Saai?' Jolijn trekt haar wenkbrauwen hoog op. 'Saai lijkt me niet bepaald een minpunt. Ik zou echt voor een effen en donkere kleur gaan, in jouw geval. Een opvallend badpak trekt het oog naar punten waar je juist niet de aandacht op wilt vestigen. Neem dat maar van mij aan.'

'Hou je commentaar maar voor je. Ik weet wat je wilt zeggen.'

Ik trek een vies gezicht naar Kim, mijn huisgenootje en beste vriendin.

'Waag het niet', waarschuwt ze hoofdschuddend, terwijl ze twee borden op de eettafel zet. 'Je gaat gewoon deze salade opeten en genieten van alle vitaminen en mineralen. Je lichaam zal je dankbaar zijn, Ilse. Er zit niks in wat je niet lekker vindt. En ik heb er extra zalmsnippers in gedaan, omdat je daar zo van houdt.'

Ik pers er een glimlach uit en hou het commentaar – dat ik een salade geen avondmaaltijd vind, hoogstens een lunch – maar voor me.

Kim gaat tegenover me zitten en schenkt twee glazen vol met water uit de kan die op tafel staat.

Ik denk na over mijn salade-theorie. Nee, eigenlijk vind ik een salade als lunch ook niet kunnen. Hoewel iedereen op mijn werk groot fan lijkt te zijn van de gezonde groene blaadjes sla, zou ik er zelf nooit voor kiezen. De enige salade die ik regelmatig uit vrije wil eet, is de salade die in doorzichtige plastic bakjes zit en die je kunt uitsmeren op pistoletjes als lunch, of op toastjes bij de borrel. Eiersalade, garnalensalade, tonijnsalade, kip-kerriesalade...

'Hoe was je dag?' vraagt Kim, terwijl ze een gehalveerd cherrytomaatje en een spinazieblaadje aan haar vork prikt.

'Goed.' Ik vertel haar over het interview met het soapsterretje en de uitdaging van het schrijven van het artikel. Kim knikt en ik stel de vraag terug.

'Hoe mijn dag was?' Nonchalant haalt ze haar smalle schouders op. 'Gewoon. Verfje hier, permanentje daar en de nodige knipbeurten. Het leukste gedeelte van de dag moet nog beginnen.'

'Je gaat me toch niet vertellen dat het eten van een salade het lichtpuntje van de dag is, hè?' Ik kijk haar meewarig aan.

Kim grijnst. 'Nee. Alhoewel ik er wel zin in had. Maar waar ik echt zin in heb, is de bootcamp vanavond. Daarom eten we nu ook een salade. Ik wil niet te zwaar eten voor het sporten, dat zit me straks alleen maar in de weg. Trouwens, het aanbod om een keer mee te gaan staat nog steeds.'

'Ik kijk wel uit!' Met mijn vork wijs ik richting het raam van ons appartement. 'Heb je het weer gezien vandaag? Ik zou er maar niet zo zeker van zijn dat je les doorgaat.'

'Ach, een beetje wind en regen... Die bootcampers zijn niet van suiker. Als je meegaat, zul je zien dat het echt niet zo verschrikkelijk is als jij denkt. En ik zal je overal bij helpen.'

'Dat is lief van je, maar hoe moet het dan met je scharrel? Je vormt toch altijd een duo met die jongen? Hoe heet hij ook alweer?'

Kim maakt een wegwuivend gebaar met haar hand. 'Stanley. Ik ben een beetje klaar met hem.'

'Hoezo?' vraag ik verbaasd. Het is niet voor het eerst dat ik het liefdesleven van mijn beste vriendin niet kan bijhouden. We wonen in hetzelfde appartement, spreken elkaar dagelijks en toch kan ik er vaak geen peil op trekken. 'Vorige week sprak je nog vol lof over hem! Hij had je meegenomen naar dat nieuwe restaurant en...'

'Vorige week was ik nog niet bij hem thuis geweest', onderbreekt Kim me met een uitgestoken vingertje.

Ik grijns. 'Laat me raden. Hij is een sloddervos.' Kim heeft relaties om minder dan dat verbroken. Een keer maakte ze het uit omdat haar toenmalige vlam zei dat hij zijn jaarlijkse vakantie op Ameland het toppunt van een geslaagde zomer vond.

'Erger. Na drie dates zijn we bij hem thuis beland, en het lag niet zozeer aan hemzelf of aan zijn huis, maar Stanley bleek een nogal vreemde huisgenoot te hebben.' Kim laat een stilte vallen, waarin ze een hap neemt.

'Ja?' vraag ik, me ergerend aan haar timing.

'Een slang', verklaart Kim na een stilte, waarin ze haar mond heeft leeggegeten. 'Zo'n joekel in een aquariumbak. Dat zou nog niet eens zo erg zijn, als hij het beest daar gelaten had. Maar nee, Stanley was nogal in z'n nopjes met z'n grote vriend, en ik moest en zou Kaa om mijn nek krijgen.'

Ik schater het uit. Even weet ik niet wat ik grappiger vind: het beeld van Kim met een slang om haar nek of de naam van het beest. 'Hij noemt jou zeker Mowgli?'

'Nee, dat niet, maar hij ging wel dat liedje voor me zingen... *Bouw op mij*!'

Het duurt even voordat ik weer in staat ben te praten en de beelden uit de Disneyfilm voor mijn ogen verdwijnen. 'Dus je hebt echt zijn slang om je nek gehad?'

Kim knikt, haast trots. 'Ja, kom op zeg!' reageert ze, als ik haar ongelovig aankijk. 'Ik laat me toch niet kennen.'

'En het zit er niet in dat Kaa en jij vriendjes worden?'

Kim schudt lachend haar hoofd. 'Ga je nou mee naar bootcamp?'

'Volgens mij wil je me alleen maar mee hebben zodat je niet met Stanley hoeft op te trekken.'

'Dat is helemaal niet waar', zegt ze, waarna ze nog een enthousiaste hap salade neemt.

Ik kijk naar haar, mijn beste vriendin vanaf de basisschool. Kim geniet echt van een salade en vindt sporten een van de leukste dingen die er zijn. Eigenlijk is het vreemd dat we vriendinnen zijn, we lijken in zo goed als niets op elkaar. Kim is lang, slank, razend knap en heeft bijna altijd een vriendje, maar nooit voor lange tijd. Ik ben single, niet de langste, niet de slankste, maar ik bof gelukkig wel met mijn gezicht. Ik durf best over mezelf te zeggen dat ik een aardig hoofd heb. Alleen als je mij met de schoonheid van Kim vergelijkt, dan wint zij met gemak.

Toen Kim na de basisschool naar een praktijkgerichte middelbare school ging en ik naar de havo, was ik bang dat onze vriendschap hieronder zou lijden. We zouden vast allebei andere vriendinnen krijgen op onze nieuwe scholen en dan was de kans groot dat we elkaar uit het oog zouden verliezen. Mijn moeder stelde me gerust door te zeggen dat het helemaal niet zo hoefde te lopen, zolang we elkaar maar vaak bleven zien. Kim had het niet altijd even makkelijk thuis. Met een vader die vaker op zee was dan thuis en een moeder die de zorg over vijf kinderen had, was het voor iedereen prettig als ze zo nu en dan een weekend bij ons kwam logeren. Mijn ouders zijn dol op Kim. Ze zien haar een beetje als een verlengstuk van onze familie. Ter compensatie voor haar thuissituatie deden we vaak leuke dingen in de weekenden dat Kim bij ons over de vloer kwam. Een bezoekje aan de dierentuin, een pretpark, een wandeling in de natuur, picknicken in het bos en 's avonds gezellig keten in bed. Toen we de leeftijd bereikten dat we uit mochten op zaterdagavond, maakten we de gekste dingen mee. Kim was een avonturierster en ik het brave meisje, dat haar opleiding journalistiek uiterst serieus nam. Kim werd kapster. Ik kreeg een baan bij een hip vrouwenmagazine. Ik ben een familiemens, met mijn ouders en zus ben ik erg hecht. Kim komt uit een veel groter gezin, maar ziet eigenlijk alleen haar broer nog met enige regelmaat. Al jaren heeft ze geen contact meer met haar vader. Kims moeder woont met haar nieuwe vriend in Amerika en haar drie zussen reizen door Azië, maar eigenlijk hoor ik daar maar weinig over. Het is fijn dat onze vriendschap zo ver teruggaat dat we haast alles van elkaar weten. Drie jaar geleden leek het ons niet meer dan logisch om samen een appartement te huren.

Na het eten ruim ik de tafel af, terwijl Kim haar sportkleding aantrekt. Ik heb nog een keer het aanbod mee te gaan afgeslagen en start de Netflix-serie waar ik middenin zit. Als ik de voordeur hoor dichtslaan, sta ik gauw op van de bank. In het keukenkastje gris ik een pak chocoladekoekjes en een zak opengebroken Engelse drop mee. Eigenlijk zou ik er een schoteltje bij moeten pakken en vooraf moeten bepalen hoeveel ik wil eten. Als ik dat niet doe, weet ik dat de kans groot is dat alleen de verpakking overblijft. Snel verdrijf ik die gedachte door mijn schouders op te halen en een roze met zwart dropje in mijn mond te stoppen. Alleen op een salade kun je niet leven. Ik nestel me op de bank en word al gauw vergezeld door Binky, ons bruine konijn. Hij hupst op de bank en rekt zich uit om mijn buit te besnuffelen.

'Chocoladekoekjes lijken me geen goed idee voor jou, Bink.' Ik hou het ver buiten zijn bereik. 'Je had beter tijdens het avondeten kunnen kijken of er nog iets lekkers voor jou bij zat. We aten konijnenvoer, echt wat voor jou.'

2

NA MIJN WERKDAG RIJ IK NAAR MIJN OUDERLIJK HUIS. Het is jaren geleden dat mijn zus Sabine en ik daar zijn vertrokken, maar nog altijd eten we minstens eens per week met ons vieren. Het is echt een voordeel dat we allemaal in Alkmaar wonen.

Ik parkeer de auto en loop over het grindpad naar de woning. Hoewel het dat officieel niet is, heeft het huis veel weg van een boerderij, vanwege het rieten dak, de groen met rood beschilderde luiken naast de ramen en het stuk land eromheen. Met mijn eigen sleutel open ik de voordeur. Direct word ik begroet door Rover, de Berner sennenhond van mijn ouders. Rover is in huis gekomen vlak nadat ik de deur uit was gegaan. Sabine woonde toen al een paar jaar op zichzelf. De wens van een hond was er altijd al geweest, maar de bakkerij die mijn ouders tot kort daarvoor hadden, had hen daar altijd in tegengehouden. Wie zou de hond uitlaten als ze beiden zes dagen in de week druk waren? Toen de bakkerij was verkocht, konden mijn ouders van een vervroegd pensioen gaan genieten. Niet meer elke ochtend om vier uur je bed uit hoeven om voor het ochtendgloren brood te bakken, was ze na jaren hard werken heel wat waard. Eerst wist mijn moeder, die altijd naast haar man in de bakkerij had gestaan, niet goed wat ze met al die vrije tijd aan moest. Ze stortte zich op de verhuizing, want met de verkoop van de bakkerij verkochten ze ook de woning daarboven. Mijn ouders hebben altijd goed gespaard om ooit hun droomhuis te kunnen kopen. Ze vonden een knusse woonboerderij met grote tuin aan de rand van Alkmaar, en al gauw liep daar de allerleukste puppy rond die ik ooit had gezien. Rover was de beste oplossing voor het legenestsyndroom van mijn moeder. Hoewel Sabine en ik nooit met Rover in één huis hebben gewoond, zijn we dol op hem.

Na een uitbundige begroeting van de hond loop ik door naar de keuken. Ik kijk naar mijn moeder die, met haar rug naar me toe, druk achter het fornuis bezig is. Een kleine vrouw, met de touwtjes van haar kookschort strak rond haar taille op de rug geknoopt, vlak boven haar brede heupen.

'Dag lieverd.' Mijn moeder draait zich om en komt met open armen op me af.

Ik wil haar omhelzen, maar word afgeleid door het kookschort dat ze om heeft. Paarse bloemetjes tegen een witte achtergrond, met tussen haar flinke boezem een enorme rode veeg. Ik wijs ernaar.

'Oh, hemel... weer geknoeid. Ik hoop maar dat die

pastasaus eruit gaat. Nou ja, dit ding kan straks gelijk in de was.' Zonder het schort uit te trekken trekt ze mij tegen zich aan. Daarna werp ik een vluchtige blik omlaag en haal opgelucht adem dat er geen pastasaus op mijn shirt zit.

'Het ruikt hier heerlijk, mam.'

'Dank je, schat. Ik ben iets nieuws aan het uitproberen. Jullie mogen straks jureren. Het duurt nog een klein halfuur. Wil jij Rover uitlaten? Of zal ik het aan je vader vragen? Dan kun jij even zitten met een drankje en bijkomen van je werkdag.'

'Welnee, dat is nergens voor nodig.' Ik draai me om en klap met mijn handen op mijn knieën. 'Kom, Rover!'

'Jij altijd met je gezeur over je gewicht!' Sabine kijkt me van opzij aan terwijl ze stevig door het gras stapt achter Rover aan. Mijn zus kwam net binnen toen ik de hond wilde uitlaten en stelde voor mee te gaan. 'Die Jolijn is hartstikke gek. Al je collega's zijn gek!'

Ik kan een glimlach niet onderdrukken. 'Ja, iedereen is gek. Behalve wij natuurlijk.'

'Nou, vooruit dan. Misschien is niet iedereen gek, maar die lui op je werk zijn wel een beetje maf. Ten eerste is de opmerking van die Jolijn volslagen onzin en ten tweede vraag ik me af hoe ze jou het gevoel durven te geven dat je niet goed genoeg bent?'

'Huh? Net was ik nog aan het zeuren over mijn gewicht.'

Sabine knikt. 'Klopt, dat doe je inderdaad. Maar het ligt niet aan jou. Het komt door de mensen waar je mee omgaat, die planten ideeën in je hoofd die gewoon nergens op slaan. Je bent namelijk helemaal niet dik. Als jij al dik bent, wat ben ik dan?'

'Reusachtig', zeg ik met een gemene grijns, zoals alleen zusjes dat mogen doen.

Sabine geeft me een stomp.

'Grapje. We zijn samen dik. Ze zeggen toch dat dikke mensen gezellig zijn? Dat klopt wel bij ons.'

'Wil je nu ophouden? Ik meen het hoor. Er is niks mis met jouw lichaam. Je bent gewoon normaal. Precies goed. Je hebt een heel mooi gezicht, alle rondingen op de juiste plekken. Ik zou willen dat ik er zo goed uitzag! Jouw probleem is dat je je spiegelt aan de verkeerde mensen. Logisch ook: op je werk zie je alleen XS'jes rondlopen en je woont samen met een superslanke vriendin, dan denk je dat dat normaal is. Je moet goed beseffen dat zij de uitzondering op de regel zijn, Ilse. Jij bent met je maatje L gewoon heel standaard.'

'Standaard? Ik weet niet of je weet waar die L voor staat, maar dat betekent dus groot.'

Sabine rolt met haar ogen. 'Liever groot dan extra klein.'

'In lengte misschien...'

'Je moet echt ophouden met die onzin', reageert Sabine streng. 'Waarom zie je niet hoe prachtig je bent? Laat je toch niets aanpraten.'

'Tja, misschien heb je gelijk. Het stomme is ook nog dat ik me nu haast verplicht voel dat badpak te kopen.'

'Waarom zou je? Je vindt het niet eens mooi, zei je net. Bovendien ligt je kast nog vol bikini's. En waag het niet te zeggen dat je twijfelt of je die nog wel aan kunt deze zomer...' Mijn zus laat een stilte vallen waarin ze me serieus aankijkt. 'Kijk Ils, als je echt een probleem met je lichaam hebt, als je je er niet prettig in voelt, dan zou ik heus niet zo reageren. Dan zou ik je steunen en je helpen waar ik kan met afvallen. Maar volgens mij ben jij niet degene die er een probleem van maakt. Ik denk dat je te veel naar je omgeving kijkt en er constant mee wordt geconfronteerd dat je niet maatje XS hebt, maar een L. Die opmerking van Jolijn maakt het er niet beter op en die werkt jouw onzekerheid alleen maar in de hand.'

'Ja, dat klopt wel', verzucht ik. 'Soms heb ik het gevoel dat ik niet helemaal in het perfecte, glossy wereldje van de tijdschriftenbranche thuishoor.'

Sabine knikt begrijpend. 'Je moet maar zo denken: de cultuur die bij *Claire* heerst, is alleen maar schijn. Het is alleen maar de buitenkant. Kwaliteit is waar het echt om draait. Dat ben je met me eens, toch? Je schrijft geweldige artikelen. Je werkt keihard. Je bent daar echt wel op je plek.'

'Je kunt wel iets meenemen voor Kim', zegt mijn moeder als we uitgegeten zijn, met een blik op de schalen die op tafel staan. 'Er is nog genoeg over en trouwens, wat vlees op die botten kan geen kwaad.'

'Is ze nog steeds zo dun?' wil mijn vader weten, die Kim al een tijdje niet heeft gezien.

Sabine knikt fanatiek.

'Ik kan het meenemen, maar ik denk niet dat ik Kim er gelukkig mee maak en uiteindelijk eet ik het zelf op.'

'Houdt ze hier niet van?' vraagt mijn moeder.

'Ze lust alles, maar alles eten, ho maar. Niks ten nadele van jouw kookkunsten hoor, mam, het was echt heel lekker. Kim doet gewoon nogal moeilijk over koolhydraten en let erg op haar voeding.'

Er verschijnt verbazing op mijn moeders gezicht. 'Waarom in vredesnaam? Dat kind is zo dun als een spijker.'

'Ik zou het niet weten', zeg ik schouderophalend. 'Ze zegt dat ze zich er lekkerder bij voelt. Nu ze zo fanatiek sport, is ze steeds bewuster bezig met voeding.'

'Jullie koken toch om en om?' vraagt Sabine. 'Moet jij daar ook rekening mee houden als je voor jullie tweeën kookt?'

'Gelukkig niet. Ik heb gezegd dat ze gewoon kan eten wat de pot schaft', zeg ik grinnikend. 'Als ik op mijn kookdagen rekening moet houden met haar wensen, eet ik elke dag een salade.'

Drie verschrikte gezichten kijken me aan bij dat laatste woord.

'Wat vreselijk', brengt mijn zus uit, alsof ik zojuist een afschuwelijk drama uit de doeken heb gedaan.

Ik moet erom lachen. 'Ach, een salade op z'n tijd kan geen kwaad. Volgens Kim zal mijn lichaam me dankbaar zijn.'

Mijn vader fronst en zegt sarcastisch: 'Salades zijn nooit op die manier bedoeld. Het is en blijft gewoon konijnenvoer. En het is heus niet zo gezond als die hippe types denken.'

'Ik zal het aan haar doorgeven', reageer ik met een grijns.

Hij glimlacht. 'Doe dat maar. Het is net als dat vogelzaad, waar iedereen het een tijdje terug ineens over had. Hoe heet dat ook alweer?'

Sabine en ik kijken hem niet-begrijpend aan.

'Hij bedoelt die hype toen...' helpt mijn moeder. 'Superfood!'

'Vogelzaad? Je bedoelt zeker chiazaad?' vraagt Sabine grinnikend van pret.

'Daar hebben wij nog wel een pot van in ons keukenkastje staan.'

'Dat eet jij toch niet, hè?' reageert mijn moeder, terwijl ze haar ogen ten hemel slaat. 'Die flauwekul.'

Lachend schud ik mijn hoofd.

'Er is helemaal niks mis met een gewone boterham met kaas', brengt mijn vader in. 'En als je van Kim te veel salades voorgeschoteld krijgt, dan kom je maar lekker hiernaartoe. Je moeder zal zorgen dat je een beetje fatsoenlijk te eten krijgt.'

Mijn moeder klapt enthousiast in haar handen. 'Beter nog... neem haar een keer mee! We hebben Kim al zo lang niet meer gezien.'

'Goed idee', zegt Sabine. 'Misschien is ze vergeten hoe echt lekker eten smaakt, zoals mama dat maakt. Als ze die pasta van vandaag proeft, is de kans groot dat ze vaker zo lekker wil eten. Bijkomend voordeel is dat jij dan minder vaak een bord groenvoer zit weg te knagen.'

'Brengen jullie even je eigen bord naar de keuken?' vraagt mijn moeder. 'Dan zet ik koffie en dan kunnen we aan het toetje. Ik heb een tiramisu van Oreo-koekjes met een flinke scheut Baileys gemaakt, mét een bolletje zelfgemaakt ijs.'

Mijn vader likt z'n lippen af en trekt dan een bedenkelijk gezicht. 'Ik wil wel om acht uur het journaal kijken.'

3

'TYPISCH MIJN ZUS.' TOM WIJST MET ZIJN DUIM OVER zijn schouder naar Kim. 'Eerst moet je per se mee naar de kroeg en vervolgens laat ze je de hele avond alleen. Waar of niet?'

'Ach', zeg ik met een glimlach. 'Het geeft niet.'

'Wil je nog wat drinken?' Tom wijst naar mijn lege glas. 'Was dat zoete of droge witte wijn?'

'Droog. Alsjeblieft.'

'Ben zo terug.' Tom draait zich om en werkt zich een weg door de menigte, naar de dichtstbijzijnde plek aan de bar.

Eigenlijk geef ik hem helemaal gelijk. Ik moest en zou mee op stap. Een avondje op de dansvloer in onze favoriete kroeg op het Waagplein zou ons goeddoen, had Kim eerder op de avond gezegd. Ik had de hele zaterdag in mijn onesie – een roze exemplaar met zwarte hartjes – rondgelopen en stond niet te springen om me op te doffen, maar Kim wist me over te halen met haar enthousiasme en aanstekelijke energie.

Aan het begin van de avond liepen we Stanley tegen het lijf. Meteen moest ik aan zijn slang denken. Ik knipperde een paar keer om het beeld van Stanley die de liefde bedrijft met Kim terwijl Kaa hun *Bouw op mij* toezingt, naar de achtergrond te verdringen. Nadat we wat beleefdheden hadden uitgewisseld, rolde Kim buiten Stanleys zicht met haar ogen en vroeg zich in mijn oor af hoe ze van die gozer af kwam. Al gauw kwam haar oplossing de kroeg binnenlopen. Het was een knappe kale man, die met overmatig oogcontact duidelijk maakte dat hij graag haar danspartner wilde worden. Na een paar minuten hing Kim al om zijn nek. Hij op zijn beurt had zijn gespierde armen om haar heen geslagen en haar sindsdien niet meer losgelaten. Stanley, die de ontmoeting had gemist omdat hij op het toilet was, keek met grote afkeer naar het zoenende koppel. Zijn gezicht liep rood aan en even dacht ik dat hij moest huilen, maar toen wendde hij zijn blik af, liep direct door naar de uitgang van de kroeg en zou die avond ook niet meer terugkomen. Ik had een beetje met hem te doen en hoopte maar dat Kaa hem bij thuiskomst zou troosten.

Naarstig op zoek naar bekenden, keek ik de kroeg rond. Ik voelde er niks voor als een sulletje naast het zoenende stel te staan. Gelukkig tikte op dat moment Tom me op mijn schouder. Ik was oprecht blij hem te zien, wat snel minder werd toen hij een halfuur uitweidde over het boorplatform waar hij werkt. Maar bij gebrek aan beter gezelschap vergeef ik hem dat maar even.

'Alsjeblieft.' Tom is terug van de bar en overhandigt me het wijntje. 'Hoe is het eigenlijk op jouw werk? Werk je nog steeds bij dat tijdschrift? Sorry, ik ben de naam even kwijt.'

'*Claire*. Ja, ik werk er nog steeds. Ik hoop binnenkort mijn eigen column te tikken.'

Tom knikt geïnteresseerd en stelt een paar vragen die ik met ja of nee zou kunnen beantwoorden, maar om het gesprek gaande te houden vertel ik meer dan dat. Het probleem met Tom is dat hij beslist aardig is en absoluut leuk om te zien, maar ook behoorlijk serieus. Wie heeft er nu op zaterdagavond in een stampvolle kroeg zin om een lang gesprek te voeren over werk? Juist. Niemand. Of nou ja, Tom dus.

'Is het gezellig met mijn broer?' Kims karamelkleurige ogen kijken me vragend aan. Vroeger was ik al geïntrigeerd door die ogen. Een warme, donkere blik, die een mooi contrast vormt met haar blonde haar. Als klein meisje was ze al knap. Iedereen kon zien dat ze later een schoonheid zou worden die de mannen voor het uitzoeken zou hebben. Hoewel Kim echt niet met elke leuke man die ze tegenkomt het bed deelt, vermaakt ze zich prima. 'Waar is Tom eigenlijk?'

'Drankjes halen', reageer ik, zonder antwoord te geven op haar eerste vraag. 'Ik dacht dat wij vanavond op de dansvloer zouden staan?'

Kim grijnst. 'Ach, soms lopen die dingen zo. Je weet toch hoe dat gaat? Zo te zien vind je het niet heel erg. Ik keek net even naar jullie twee en het zag eruit alsof jullie het gezellig hebben samen. Volgens mij vindt mijn broer je leuk.'

Ik haal mijn schouders op. 'Moet jij niet even met hem praten? Jullie zien elkaar niet zo heel vaak, toch?' probeer ik Kim bij ons gesprek te betrekken.

Kim knikt en pakt twee drankjes van Tom aan. 'Hoi broertje. Dankjewel. Is deze voor Mike?' Ze wijst naar het tweede biertje.

Tom knikt en geeft mij het twintigje terug dat ik hem net had toegeschoven.

'Hé, dit rondje was van mij, hoor', reageer ik verbaasd. 'Je hoeft niet al mijn drankjes te betalen.'

'Het hoeft niet, maar ik wil het wel', reageert Tom galant.

Kim knikt. 'Goed zo. Je bent je manieren niet kwijtgeraakt op dat eiland in de Noordzee.' Ze neemt een slokje wijn en steekt haar wijsvinger naar ons uit. 'Best gek om jullie samen te zien. Raar, maar ook leuk. Ik ga weer terug naar Mike.' Ze walst zijn biertje in haar hand en trekt haar wenkbrauwen een paar keer achter elkaar op. 'Dan kunnen jullie verdergaan bij waar jullie gebleven waren.' Met een knipoog verdwijnt ze uit het zicht.

Tom lacht nerveus. 'Volgens mij vindt ze dat we moeten zoenen', zegt hij een beetje plompverloren.

Even weet ik niet hoe ik moet reageren. Ik lach een beetje, alsof hij zojuist een grapje heeft gemaakt, maar volgens mij waren zijn woorden serieus bedoeld. Het twintigje dat ik hem toeschoof voor de drankjes, was niet alleen een aardig gebaar. Hoewel sommige vrouwen er geen probleem mee hebben, vind ik het niet fijn wanneer mannen de hele avond voor je betalen. Zeker wanneer je niks van plan bent, maar ook als je de avond gewoon op z'n beloop wilt laten. Ik kijk naar hem, van boven mijn glas. Hij ziet er goed uit, is aardig en galant, maar echt met hem lachen kan ik niet.

Tom praat over de muziek die vanavond gedraaid wordt. Een prettige mix van nummers die hoog genoteerd staan in de top veertig, afgewisseld met oudere hits, die het altijd goed doen op een stapavond, en hier en daar een verdwaalde Nederlandstalige plaat. Vervolgens bespreekt hij het uitgaansleven in Alkmaar. Op het Waagplein zitten een hoop leuke horecazaken, barretjes en kroegjes. Overdag kun je heerlijk genieten op een van de vele terrassen, 's avonds verplaatst de menigte zich naar binnen. Iets wat ik natuurlijk zelf ook wel weet – ik woon al mijn hele leven in Alkmaar. Ik neem kleine slokjes wijn en reageer zo nu en dan op wat hij zegt. Ergens weet ik waar dit gesprek heen gaat. Vroeg of laat gaat hij proberen me te zoenen. Juist wanneer ik probeer te bepalen of ik uitkijk naar dat moment, voel ik een rukje aan mijn arm.

'Kom Ils!' gilt Kim boven de muziek uit. 'Dit is een lekker nummer. We moeten nog dansen.'

Ik geef Tom een verontschuldigende blik, volg Kim naar het gedeelte van de kroeg dat men als de dansvloer beschouwt, en laat me leiden door het ritme van de beat. Al gauw wordt er een ander nummer ingezet. Kim pakt mijn armen en samen doen we wat salsapasjes.

'Waar heb je die man gelaten?' vraag ik onder het dansen door.

'Mike staat even te praten met een vriend. Sommige kale mannen zijn zo verdomde sexy, vind je niet? Hij zoent lekker, dus dat belooft wat.'

'Dat belooft wat?' vraag ik met een grijns.

'Ga er maar van uit dat ik vanavond bij hem slaap. Of nou ja, ik weet niet of er van slapen veel terecht zal komen.' Kim trekt een gezicht. 'Vind je dat erg?'

Ik schud mijn hoofd.

'Tom wil je vast wel thuisbrengen en wie weet lust hij nog wel iets te drinken, als je hem binnenvraagt. Je hebt het huis voor jezelf...'

'Suggereer je nou gewoon dat ik seks moet hebben met je broer?' vraag ik met een mengeling van cynisme en verbazing.

Kim kijkt me aan met een bedenkelijk gezicht. 'Oké, dat is een beetje raar, als je het zo stelt. Aan de andere kant: waarom niet? Tom is mijn broer, maar ik zie best dat hij aantrekkelijk is en ik zie ook hoe hij naar je kijkt. Volgens mij heeft hij je altijd al leuk gevonden. Bovendien Ils, even serieus... hoelang is het geleden? Wordt het niet eens tijd voor een avond waarop je alle remmen loslaat?' Ze trekt haar wenkbrauwen op in een veelbetekenende blik.

'Ik weet het niet hoor...'

'Goed, die broer van mij mag dan een beetje stoffig uit de hoek komen. Dat is alleen maar omdat hij het voorzichtig wil aanpakken met jou. Je weet maar nooit. Wie weet verrast hij je wel compleet, vannacht in bed.'

'Jij bent echt knettergek!'

'Klopt', zegt Tom, die ineens naast me staat en zo te zien alleen die laatste vier woorden heeft opgevangen. 'Ik ben bang dat het in de familie zit.'

Ik kan een lach niet onderdrukken. Het kan haast niet dat hij dit serieus bedoelt, misschien heeft hij dan toch gevoel voor humor. Tom overhandigt Kim en mij een groot glas, met een rood drankje.

'Ik dacht: misschien zijn jullie die wijntjes wel beu en inmiddels toe aan iets sterkers.'

'Heerlijk', reageert Kim uitbundig. 'Doe je zelf niet mee?'

Tom schudt z'n hoofd. 'Ik hou het liever bij bier, als je het niet erg vindt. Die zoete drankjes vallen nooit zo lekker bij mij.'

We dansen op de muziek. In mijn herinnering stond Tom er op de dansvloer altijd wat stijfjes bij. Maar niets is minder waar. Een geweldige danser kun je hem niet noemen, maar hij heeft zich een soort stijl eigen gemaakt die niet onprettig is om naar te kijken. Ik geniet van de avond en voel me heerlijk ontspannen. Na een paar nummers voegt Mike zich bij ons gezelschap en al gauw zonderen Kim en haar scharrel zich iets meer af. Tom komt dichterbij staan en als er een langzaam nummer wordt ingezet voel ik zijn handen op mijn heupen. Met z'n hoofd heel dicht bij het mijne kijken we elkaar enkele ogenblikken aan.

'Is dit oké?' vraagt hij lief.

Ik beweeg mijn lippen tot een glimlach als antwoord. Ineens voel ik een golf van zelfverzekerdheid door mijn lichaam trekken. Wat kan mij het ook eigenlijk schelen? Kim heeft gelijk, ik mag me best eens laten gaan. De laatste afstand tussen onze gezichten overbrug ik, door me naar hem toe te buigen. Zachtjes, maar overtuigend druk ik mijn lippen op de zijne. Tom lijkt aangenaam verrast en gaat in op de kus. Z'n lippen zijn zacht, warm en prettig. Ik open mijn mond een stukje en voel z'n tong mijn mond binnengaan. Al gauw neemt de zoen alles over. Mijn lichaam, mijn gedachten en het besef van de kroeg om ons heen. De drukke menigte vervaagt naar de achtergrond, de luide muziek hoor ik niet meer. Ik voel alleen nog maar zijn tong, zijn lippen, de warmte van zijn lichaam dicht tegen me aan, en zijn handen die zich via mijn heupen en rug naar de achterkant van mijn hoofd verplaatsen.

Er komt iemand op de rand van mijn bed zitten en ik heb weinig zin mijn ogen te openen.

'Waar is Tom?' hoor ik Kim vragen.

'Niet hier...' reageer ik met een krakerig stemgeluid, mijn ogen gesloten. 'Hoe laat is het?'

'Acht uur. Waarom is hij niet hier dan?' vraagt ze opgewekt.

'Acht uur?!' Ik open mijn ogen en ga rechtovereind zitten. Mijn hoofd neemt me dit niet in dank af, merk ik aan een flinke hoofdpijnscheut. 'Ben je wel goed wijs?' vraag ik, knipperend tegen het licht. 'Waarom wek je me zo vroeg?'

'Hier.' Kim geeft me een glas water en twee paracetamol. 'Neem maar, het helpt. Ik heb het zelf ook al op. Volgens mij is het iets té gezellig geworden gisteren.'

Dankbaar neem ik de pijnstillers en het water aan. Ik leg de pillen in mijn mond en klok het water in één keer weg.

'Meer?'

Ik knik loom en trek een kussen omhoog achter mijn rug. Kim verdwijnt met het glas en ik doe een poging goed wakker te worden. Ik hoor haar rommelen in de keuken. Als ze terugkeert heeft ze een dienblad in haar handen.

'Koffie?'

'Lekker.'

Kim zet het dienblad op het bed en kruipt op het lege plekje naast mij. Ik kijk naar de twee glazen water die op het dienblad staan, twee kopjes koffie en een schaaltje aardbeien, blauwe bessen en frambozen.

'Dankjewel. Je bent een engel. Waarom zo vroeg?'

'Dat zal ik je allemaal vertellen, maar eerst wil ik weten waar mijn broertje uithangt. Hij heeft zich toch niet voor mij verstopt in de badkamer of zo, hè?'

Ik grinnik. 'Nee. Tom is hier helemaal niet geweest. Niet binnen althans...'

Kim pakt haar koffiekopje, terwijl ik verder praat.

'Hij heeft me thuisgebracht en we hebben voor de deur afscheid genomen... Niet iedereen heeft gelijk seks op de eerste date!' reageer ik op haar aanhoudende blik.

'Oeh, de eerste date', zegt ze, zonder aanstoot te nemen aan mijn woorden. 'Bedoel je dat er een tweede date komt en misschien wel een derde?'

'Ik weet het niet.'

'Heeft hij helemaal geen move gemaakt? Je nummer gevraagd of je geprobeerd te zoenen?' Ze neemt een slokje van haar koffie. 'Wat is het toch een flapdrol, die broer van mij...'

Pas dan ziet ze de blos op mijn wangen.

'Dus toch! Er is wel iets gebeurd, hè?'

Ik grijns. 'En ik maar denken dat het aan de alcohol lag. Je vindt het idee van Tom en mij samen echt leuk, hè?'

'Natuurlijk vind ik het leuk. Vertel op, wat hebben jullie uitgespookt?'

'We hebben gezoend.' In de stilte die valt, kijk ik mijn vriendin schuin aan. 'Is het dan helemaal niet raar voor jou? Wat als hij nu wel hier in bed had gelegen? Was je er dan ook gezellig bij komen zitten met een kopje koffie?'

Kim trekt een vies gezicht, alsof het zwarte goedje haar ineens niet meer smaakt. 'O God, nee. Het idee dat ik jullie zou betrappen bij een potje ochtendseks doet mijn kater geen goed. Tja, het blijft toch mijn broer.'

'Snap ik.' Ik glimlach. 'Waarom ben jij al zo vroeg thuis? Snurkte Mike, of had hij geen ontbijt in huis?'

'Ik vertel het je zo. Eerst wil ik weten hoe het was. Ik

hoef geen details, maar ik ben wel benieuwd of mijn broer een beetje goed kan zoenen.' Kim pakt een grote aardbei van het schaaltje en neemt een hap.

Mijn gedachten dwalen af naar afgelopen nacht. Toms handen op mijn heupen, zijn mond heel dichtbij. Ik voelde me heerlijk licht door de alcohol en hij rook lekker. De geur van bier vermengd met een mannelijk parfum. Zijn lippen op de mijne, onze tongen vonden elkaar. Nadat ik eerst al tot de ontdekking was gekomen dat hij toch wel over humor beschikte en leuk op de dansvloer bewoog, was de zoen gewoon goed. Dat verwacht je toch niet van iemand die ruim een halfuur lang gepassioneerd over zijn werk op een boorplatform kan praten. Als ik dat laatste aan Kim vertel kijkt ze me lachend aan. Opnieuw glijden mijn gedachten af naar afgelopen nacht. Ik had gehoopt dat hij me, voor de deur van het appartementencomplex, voor een tweede keer zou zoenen. Maar Tom gaf me een kus op mijn mond en zei dat hij een fijne avond had gehad. Ergens is daar ook wel wat voor te zeggen. Mijn moeder zou het een keurige jongen vinden. Iemand die nog weet hoe het hoort.

'Heb je geen trek?' Kim wijst naar het schaaltje fruit.

'Ik neem zo. Eerst een slok koffie en vertel me nu maar eens waarom we zo achterlijk vroeg aan het ontbijt zitten, terwijl we tot vier uur in de kroeg hebben gestaan. Blijkbaar zat het ontbijt niet inbegrepen bij je sekspartij met Mike.'

Kim giechelt op een manier die ik niet goed kan peilen.

Ineens begint me iets te dagen. 'O nee, het was verschrikkelijk! Daarom ben je zo vroeg thuis!'

Ze humt een antwoord, alsof ze haar antwoord afweegt. 'Ja en nee... Op zich was de seks zelf niet slecht... Tot een bepaald punt... Het waren meer de omstandigheden die ervoor zorgden dat ik bij het eerste ochtendlicht de benen nam.' Ze kijkt me onheilspellend aan. 'Ik heb nog nooit zoiets meegemaakt, Ilse. Alles was zoals een goede nacht met een heerlijke man hoort te zijn... Totdat ik het zag...'

'Wat zag?'

'Boven zijn bed...' Kim maakt een proestgeluid en slaat een hand voor haar mond. 'We waren bezig met elkaar. Zoenen. Knuffelen. Hij lag boven op mij en ik keek denk ik vooral naar zijn gezicht of ik had mijn ogen dicht. Ik weet niet hoe het kan, maar eerst had ik het niet eens door... Je weet dat ik een zwak heb voor knappe kale mannen. We gingen over op het echte werk en ineens zag ik het. Boven zijn bed, aan het plafond hing een gigantische spiegel. Zo groot als het tweepersoonsbed zelf. De spiegel was omrand door een nogal protserige lijst, met daaraan...' Kim laat een stilte vallen en voert daarmee de spanning op. 'Discolichtjes! Zie je het voor je? Een megagrote spiegel aan het plafond, omrand door lampjes die elke drie seconden van kleur versprongen! Rood, groen, blauw, geel.' Kims rollende lach werkt aanstekelijk.

'En jij hebt niks gezegd en bent stug doorgegaan?' vraag ik tussen het lachen door.

'Toen ik naar het plafond keek en het zag, vond ik het zo'n verschrikkelijke ontdekking. Ik kwam in een soort bevriezingsstand terecht, maar Mike ging stug door en ik zag zijn blote, witte kont omringd door knipperende lichtjes op mij inbeuken. Ritmisch drie keer per kleur! Rood 1... 2... 3... Groen 1... 2... 3... Blauw 1... 2... 3... Geel 1... 2... 3...'

Beiden schateren we het uit. Er rollen tranen uit mijn ogen van het lachen.

'Heb je helemaal niks gezegd? Heb je niet eens voorgesteld om de lampjes uit te doen?'

'Nee. Na een tijdje kon ik het niet meer aanzien. Toen ben ik maar gewisseld van positie. Je zou denken dat het een goede oplossing was. Helaas... Mijn bedpartner had nauwelijks oog voor mij, wel voor de voorstelling boven ons. De kleurrijke beelden op het spiegelplafond maakten hem heel gelukkig.'

'Oh, echt Kim. Dit kan ook alleen maar weer jou overkomen, hè?'

'Tja', zegt ze schouderophalend. 'Toen we klaar waren, kwam Mike tegen me aan liggen en zei dat sommige mensen hun vrijpartij filmen, maar dat volgens hem een liveshow pas echt sfeerverhogend is.' Kim rolt met haar ogen. 'Hij wilde de goede stukken nabespreken als een soort nabeschouwing van een voetbalwedstrijd. Ik wist vanmorgen niet hoe snel ik weg moest gaan.'

'Heeft hij je nummer?'

'Nee, dat niet. Met een beetje geluk zie ik hem nooit meer.'

4

Drie weken later

'HET IS VERSCHRIKKELIJK! ECHT AFSCHUWELIJK! DIT kan gewoon niet waar zijn.' Na het gesprek met Fenna, waarin ze vertelde dat ik mijn eigen column zou krijgen, ben ik meteen naar huis gereden en daar vertel ik alles aan Kim. 'Ik zag het helemaal voor me en was zo ontzettend blij. Maar toen kreeg ik dit: *Ilses strijd tegen de kilo's*!'

Ik kijk naar Kims gezicht en zie dat ze haar best doet niet in lachen uit te barsten. 'O nee! Dit kun je me niet aandoen. Waag het niet om nu te lachen!'

'Sorry!' zegt Kim met hoorbaar gegrinnik. 'Ik doe mijn best. Echt!'

Ik kijk haar vijandig aan. Plotseling word ik overmand door mijn emoties. Er schieten tranen in mijn ogen, alsof de teleurstelling die ik niet heb kunnen uiten bij Fenna, nu echt een uitweg nodig heeft. Ik knipper met mijn ogen om de tranen te verdringen.

Kim ziet het en aait over mijn arm. 'Ik weet dat het heel kut voor je is. Dit is niet bepaald waar je zo lang naartoe hebt geleefd. Waar je al die jaren zo hard voor hebt gewerkt. Ik begrijp je echt, maar...'

'Niks maar.' Mijn teleurstelling heeft plaatsgemaakt voor boosheid.

'Kom op, Ilse. Geef toe, het is wel een ietsjepietsje grappig, vind je niet?'

'Grappig?! Hoe kun je dat nou zeggen? Het is een regelrechte ramp!' bijt ik haar toe, terwijl ik met de mouw van mijn shirt een verdwaalde traan van mijn wang veeg.

'Oké, oké. Ik snap dat je het nu zo ziet, maar als je straks over de ergste schrik heen bent... Misschien kun je er het beste van maken, het gewoon een kans geven.'

'Een kans geven?' roep ik verontwaardigd. 'Ze willen dat ik volledig met de billen bloot ga, hè Kim. Ze willen...' Ik moet moeite doen die zin af te maken. 'Ze willen dat ik mijn startgewicht noem!'

'Maar misschien als...'

'Je begrijpt het niet. Mijn gewicht! Dat is mijn best bewaarde geheim ooit. Ik weeg niet zoals jij een getal dat je vrolijk tegemoet lacht wanneer je op de weegschaal staat. Een getal dat zegt: Heb je zin in een ijsje? Lekker doen hoor, meid.'

'Wat weeg je dan? Het kan echt niet zo erg zijn.'

'Dat is het dus wel...'

Kim blijft me aankijken, maar ik ben niet van plan dit geheim prijs te geven. Zelfs niet aan mijn beste vriendin.

Uiteindelijk haalt ze haar schouders op. 'Maar wat wil je dan?' vraagt ze na een poosje, met iets van medeleven in haar stem. 'Ik kan met je meedoen, hoor. We kunnen samen zeggen hoe stom ze allemaal zijn bij *Claire*. Ik kan een tissuebox op je schoot leggen, je tranen wegvegen en over je rug aaien, maar wat schieten we daarmee op?' Een tijdje blijft het stil. 'Ik ken niemand die zo hard werkt, die het zo verdient de volgende stap in haar carrière te zetten. Je gaat je toch niet laten kisten omdat het even tegenzit? Denk aan hoe graag je dit wilt. Je krijgt je eigen column! Dat kunnen niet heel veel mensen zeggen, het is echt heel bijzonder en gaaf. En trouwens, niet zomaar een column, een wekelijkse nog wel.'

Kims ogen nemen me op, haar blik is zacht. 'Toegegeven, het is niet wat je ervan had verwacht. Ik begrijp heel goed dat je hiervan baalt en dat het zuur is, maar wat kunnen we eraan doen? Je gaat deze geweldige kans toch niet laten schieten omdat het niet is zoals je voor ogen had? Dat is toch niet waar je zo hard voor hebt geknokt al die jaren?'

Mijn mond is een stukje opengezakt, ik heb geen weerwoord. Even neem ik de tijd over haar woorden na te denken. Ik zucht, ik kan niet ontkennen dat er waarheid in schuilt. Of misschien is alles wat ze zegt wel waar. Toch voel ik nog zoveel weerstand in mijn lichaam. Irritatie en ergernis. Niet naar Kim, maar naar *Claire* en iedereen die het een goed idee vond dat mijn column *Ilses strijd tegen de kilo's* moet gaan heten. Wat denken die mensen wel? Bikramyoga... Een personal trainer... Ik moet er niet aan denken! Als ik al de neiging zou hebben iets aan sport te gaan doen, een gedachte die ik me alleen met heel veel inlevingsvermogen kan voorstellen, dan toch zeker niet terwijl alle *Claire*-lezeressen van Nederland er met hun neus bovenop zitten.

De volgende dag probeer ik me aan Kims woorden vast te houden. Hoe meer uren er verstrijken, hoe meer ik besef dat ze gelijk heeft. Natuurlijk ga ik me niet laten kisten door zo'n stom thema. Zelfs niet nu het zo'n beetje het tegenovergestelde blijkt te zijn van hoe ik het voor me zag. Ik neem me voor de column aan te pakken zoals elke andere klus: met een gedegen vooronderzoek. Eigenlijk weet ik vrij weinig van afvallen en gezond eten. Met een half oor vang ik weleens wat op van mijn collega's en Kim, maar de trends op dit gebied ontgaan me volledig. Eerst moet ik me dus maar eens grondig inlezen. Ik struin rond op verschillende websites, bekijk een aantal YouTube-filmpjes en doe mijn best de journalist in mezelf naar boven te halen. Meestal lukt het wel informatie te verzamelen zonder waardeoordeel of kritiek. Maar nu ik weet dat ik straks degene ben die in uiterst oncharmante posities haar billen staat te liften, valt dit niet mee. Gefascineerd kijk ik naar een hyperactieve fitnessinstructrice op YouTube, die er zo gespierd uitziet dat het bijna niet meer vrouwelijk aandoet. Hoe ik ook mijn best doe, het lukt me niet me in haar in te leven. Als je er zo uitziet... waarom zou je dan überhaupt nog één stap over de drempel van de sportschool zetten? De onvermoeibare dame gaat maar door. Nadat ze zich een paar keer moeiteloos heeft opgedrukt, gaat ze rechtop staan en plaatst ze haar ene been een grote stap voor het andere en buigt diep door. Vijftien keer links, vijftien keer rechts en dat drie sets lang, draagt ze haar toeschouwers op. *Lunges,* noemt ze het. Ik werp een blik op mijn horloge en knik het beeldscherm toe. Eindelijk een idee waar ik me in kan vinden. Ik ben gek op lunches.

'Het is toch niet te geloven!' roept mijn moeder uit als ik die avond aan de eettafel mijn ouders en zus inlicht. 'Dit kan toch niet waar zijn? Hoe kunnen ze je dit aandoen? Och, lieverd. Ik vind het zo erg voor je.' Mijn moeder slaakt een diepe zucht en kijkt me met een blik vol medeleven aan.

Dit is precies de reactie die ik gisteren zo graag van Kim had willen hebben. Toen ik nog vol zelfmedelijden zat. Maar mijn stoere huisgenoot zette me met mijn beide benen op de grond. Het is en blijft niet leuk en eerlijk gezegd weet ik nog niet hoe ik van *Ilses strijd tegen de kilo's* een succes kan maken, maar ik heb me voorgenomen om me niet langer een slachtoffer te voelen. Tenminste, dat is het idee... Maar nu mijn moeder mij zo aankijkt, voel ik me toch een beetje week worden. Ik glimlach, ga verzitten en strek mijn rug.

Sabine richt haar blik op van haar bord, waar ze het bestek zo heeft neergelegd dat het duidelijk is dat ze is uitgegeten. 'Maar je kunt toch tegen je leidinggevende zeggen dat je het hele plan niet ziet zitten? Ze kunnen bij *Claire* toch gewoon rekening houden met jouw wensen?'

'Dat lijkt mij ook', valt mijn moeder haar bij. 'Ze mogen je nergens toe verplichten. Nee toch, Gert?' Een blik op mijn vader, die ernstig knikt.

'Ik heb het aangegeven vandaag... Gisteren was ik te verbaasd om ad rem te reageren. Ik was geloof ik een beetje in shock. Vandaag heb ik Fenna gevraagd of ze een paar minuten voor me had, en toen heb ik gezegd dat ik het jammer vind dat het thema al vaststaat en dat ik graag betrokken had willen worden bij de invulling van de column.'

Mijn moeder knikt. 'Wat goed van je. Hoe reageerde ze?'

'Het gesprek leverde niks op. Fenna maakte me duidelijk dat dit het soort column is waar de lezers op zitten te wachten en dat er voor iets anders nu geen plek is.'

Sabine trekt haar mond schuin. 'Graag of niet dus?'

'Daar komt het wel op neer, ja.'

Mijn moeder schudt lichtjes haar hoofd. 'Je zei dat de titel en de inhoud van de column van bovenaf besloten zijn... Kun je niet met díé mensen om de tafel gaan zitten en een compromis sluiten? Misschien kunnen jullie wel een ander thema bedenken. Iets wat voor beide partijen werkt?'

'Ik denk het niet', zeg ik bedachtzaam. 'In de tijdschriftenbranche werkt het zo: als er een kans voorbijkomt, dan kun je die met beide handen aangrijpen of aan je voorbij laten gaan. Het is een snelle wereld. Op beslissingen die eenmaal genomen zijn, wordt zelden teruggekomen en bij projecten die niet goed lopen, wordt net zo makkelijk de stekker er weer uit getrokken.'

'Jeetje, wat een harde mentaliteit', merkt mijn moeder op.

'We moeten maar zo denken...' mengt mijn vader zich in het gesprek, '... ze geven Ilse niet voor niets een eigen column. Een mooiere blijk van waardering is er niet.' Mijn vader strekt zijn arm uit over tafel en omvat mijn hand met de zijne. Hij geeft er een klein kneepje in. 'Zij zijn niet de enigen die vertrouwen in je hebben. Ik heb dat ook en ik ben heel trots op je.'

Mijn zus en moeder glimlachen om het gebaar.

'Dankjewel, pap. Het is heel lief dat je dat zegt. Ik weet nog niet precies hoe ik het ga doen, maar ik heb niet voor niets zo hard gewerkt. Die column gaat er komen en kan maar beter een succes worden ook...'

‘Zo is het maar net, zus.’

‘En nu? Zal ik jouw toetje maar in de keuken laten staan dan?’

Ik trek een moeilijk gezicht. ‘Wat is het?’

‘Warme appeltaart met slagroom. Je favoriet... Voor de liefhebbers heb ik er een glaasje amaretto bij.’

‘Tjonge, dat is toch onmogelijk te weerstaan...’ Ik zucht diep. ‘Nou, kom maar door met die appeltaart.’

De bel gaat en Kim springt zo’n beetje een gat in de lucht. ‘Hij is er! Hij is er!’

‘Ja’, zeg ik glimlachend. ‘Haal even diep adem. Het komt wel goed.’

Kim neemt een flinke hap lucht, die ze een tijdje binnenhoudt en dan langzaam laat ontsnappen. Ze loopt naar de intercom op de gang van ons appartement en drukt op het knopje. ‘Hoi’, zegt ze met een langgerekt, hoog stemgeluid dat niet van haarzelf lijkt te zijn. ‘Kom maar binnen! Je moet naar de tweede verdieping. Tot zo.’

Zenuwachtig ijsbeert ze door de smalle gang. Ineens houdt ze haar pas in. ‘Zit mijn haar goed?’

Ik knik.

‘Niks tussen mijn tanden?’

‘Nee, niks’, zeg ik grinnikend om haar blik, die doet denken aan een lachend paard. ‘Je ziet er prachtig uit. Ontspan. Dit gaat een leuke avond worden. Het is de bedoeling dat je ervan geniet.’

‘Oké... Alles komt goed?’

‘Alles komt goed’, reageer ik kalm.

‘Alles komt goed... Alles komt goed...’ herhaalt ze als een soort mantra.

Ik heb haar niet vaak zo gezien. Natuurlijk is Kim weleens eerder zenuwachtig geweest, maar ik kan me niet herinneren dat een date daarvan de reden was. Na Stanley en Mike zwoer ze dat ze voorlopig niks met mannen te maken wilde hebben. Dat heeft ze precies twee weken volgehouden.

'Weet je nog steeds zeker dat je mij erbij wilt hebben? Ik bedoel, met z'n tweetjes is toch veel leuker? Ik kan gewoon zo de deur uit gaan als hij binnenkomt. Of ik drink een drankje mee en ga er dan vandoor.'

'Blijf er in elk geval even bij. Dat is gezellig. Bovendien... de eerste drie dates waren voor ons samen, nu wordt het tijd dat hij de belangrijke mensen in mijn leven gaat ontmoeten.'

Ik grijns. 'Dat klinkt serieus.'

'Wel hè? Ik denk ook echt dat het wat kan worden... Serieus, bedoel ik.'

De bel gaat opnieuw. Kim zet grote ogen op. 'O God... Waarom vond ik dit ook alweer leuk?'

Ik werp haar een geruststellende blik toe. 'Ga die deur nu maar opendoen. Ik zal je mentaal steunen en als ik merk dat het goed gaat, ben ik weg.'

Kim knikt onzeker en beweegt zich naar de voordeur. Ik loop naar de keuken om het aperitief, een fles mousserende roséwijn, uit de koelkast te pakken. Wanneer ik glazen op het aanrecht zet, hoor ik geluid achter me en draai me om.

'Ils, er is iemand aan wie ik je wil voorstellen. Dit is Stef... Stef, Ilse.'

Ik schud de hand van de man voor me en neem hem in me op. Stef is even lang als Kim en heeft een sportief postuur. Hij draagt een strak zittende spijkerbroek, een strak, wit shirt met V-hals en daaroverheen een grijs colbertje. Zijn gezicht staat vriendelijk, maar de combinatie van zijn glimlach en ogen doet een beetje macho aan. Precies het soort man waar Kim op valt.

'Hoi. Welkom.' Ik maak een gebaar naar de fles en glazen op het aanrecht. 'Ik was net van plan iets in te schenken...'

'Voor mij niet', onderbreekt Stef met een charmante glimlach. 'Liever een cola zero. Ik drink geen alcohol.'

'Tuurlijk, geen probleem.'

Kim loodst Stef naar de woonkamer. 'Dit is Binky, ons konijn.'

'Grappig beest. Loopt hij los?'

Kim knikt.

Stef hurkt bij het hok en laat Binky even aan zijn hand snuffelen. Daarna aait hij het konijn voorzichtig.

Kim kijkt trots op naar mij. Binky is nogal kieskeurig door wie hij zich laat aaien. Dat Stef Binky mag aaien, lijkt Kim als een goed teken op te vatten. Alsof het veel zegt over de man waar ze zo vol van is.

'Heb jij huisdieren, Stef?' vraag ik, als ik met de drankjes naar de salontafel loop, waar Stef en Kim op de hoekbank zijn gaan zitten. Ik zet de drankjes op tafel en neem zelf plaats op de fauteuil, tegenover de hoekbank.

'Nee. Geen tijd voor en eigenlijk mis ik het ook niet. Al vind ik het wel leuk, hoor... Maar een konijn is misschien niet heel stoer voor een gozer die op zichzelf woont.'

Kim glimlacht om het antwoord en werpt vervolgens een blik op mij. Het voelt als een verkapte waarschuwing. Alsof ze weet waar ik met die vraag op doelde en ik het niet in mijn hoofd moet halen hem vervolgens te vragen of hij dan wel een spiegelplafond met discolichtjes boven zijn bed heeft hangen. Ik grijns geruststellend naar Kim, waarop zij moet lachen en zichtbaar ontspant.

Het onderonsje gaat zo te zien aan Stef voorbij. Hij pakt het glas cola van de salontafel en veert terug op de bank. 'Jullie wonen hier leuk.'

'Dank je. Ik hoorde van Kim dat je sportinstructeur bent. Bevalt je baan?'

'Zeker. Ik ben net in Alkmaar komen wonen en daardoor ben ik gewisseld van werk. Toevallig de sportschool waar Kim ook sport. Ik werk nog steeds voor dezelfde organisatie, nu alleen bij een andere vestiging.' Kim gaat iets verzitten en Stef slaat zijn arm om haar schouders. Ze kijken elkaar verliefd aan. Dan richt hij zijn aandacht weer op mij. 'Wat doe jij?'

'Ils is journalist. Ze werkt bij *Claire*', antwoordt Kim in mijn plaats. 'Ken je dat? Dat tijdschrift...'

Stef haalt z'n brede schouders op.

'Het is heel populair, maar misschien alleen onder vrouwen. Hoe dan ook, ze is heel goed in wat ze doet en heeft net haar eigen column gekregen.'

'Gefeliciteerd. Dus daar proosten jullie op vanavond?' Stef wijst naar onze glazen gevuld met bubbels.

'Nou en of.' Kim tikt met haar champagneglas het colaglas van Stef aan en daarna proost ze met mij. Alle drie nemen we een slokje.

'Heb je een vriend?'

Ik frons mijn wenkbrauwen. Stefs vraag komt een beetje onverwacht. Misschien is hij ook zenuwachtig, net als Kim, en voelt het voor hem prettig het gesprek gaande te houden. Hoewel zijn onderuitgezakte houding en zijn arm, die hij nonchalant om Kims schouder heen heeft gedrapeerd, anders doen vermoeden.

'Nee, ik ben single.'

'Ilse heeft een paar weken geleden met mijn broer gezoend', zegt Kim plompverloren. 'Ze hadden vervolgens een date, op die avond dat wij ook onze eerste date hadden, maar Ilse wil het daarbij laten. Begrijpelijk hoor, die jongen heeft weer de halve avond over z'n werk op een boorplatform zitten praten.'

Stef lacht een harde lach. 'Wat verschrikkelijk. Dus jullie houden het bij beste vriendinnen en worden geen schoonzusjes?'

'Beter van niet', zeg ik met een glimlach. Ik neem nog een slokje van het bruisende aperitief en laat mijn gedachten afdwalen naar de date met Tom. Hij had een leuk restaurant uitgekozen en na de zoen in de kroeg had ik echt zin om hem weer te zien. Misschien hadden de biertjes hem de avond in de kroeg wat losser gemaakt. Want van zijn humor, waarvan ik dacht dat ik die toch echt ontdekt had, was geen spoortje meer te bekennen. Met het halfuur boorplatformpraat in de kroeg dacht ik dat ik inmiddels goed op de hoogte was van zijn werkzaamheden op de Noordzee. Helaas bleek er nog veel meer te vertellen. Eerst kwam er een hoop informatie over prachtige zonsondergangen op zee. Oké, dat klonk nog best romantisch. Daarna had hij het inhoudelijk over zijn offshorewerk, bevoorradingsschepen, logistieke modellen, generators en wat al niet meer. Na al deze droge stof had ik niet eens meer zin met hem te zoenen, terwijl ik me daar aan het begin van de avond nog op had verheugd. Hoe dan ook, Tom zit weer veilig vier weken op de Noordzee, de plek waar hij thuishoort, en ik heb besloten dat er geen tweede date komt met hem.

'Doe je ook aan sport?' haalt Stef me uit mijn gedachten.

'Dat laat ik aan jullie twee over.'

Stef kijkt verbaasd. 'Jij sport helemaal niet?'

Ik schud mijn hoofd.

'Is er dan geen enkele sport die je leuk vindt?' Als ik opnieuw met mijn hoofd schud, gaat hij verder: 'Je zou eens bij ons moeten komen, we hebben een hoop verschillende groepslessen. Er moet haast wel iets voor je bij zitten. Dansen, pilates, yoga, krachttraining, boksen...'

Ik glimlach alleen maar.

Kim schokschoudert. 'Ik probeer haar ook steeds een keertje mee te krijgen, maar het is me nog niet gelukt.'

'Jammer. Wie weet vind je het wel hartstikke leuk.'

'Nou!' reageert Kim uitbundig. 'Dat is precies wat ik altijd zeg.'

Stef grijnst naar haar en haalt zijn telefoon uit zijn broekzak tevoorschijn. Hij tikt op het scherm en swipet wat met zijn vinger. 'Je hebt geluk, Ilse! Morgenochtend halftien geef ik een lesje *bodycombat* en er zijn nog wat plekjes beschikbaar. Wat bijzonder is, want normaal zijn mijn lessen altijd erg gewild en meestal zitten ze snel volgeboekt.'

'Bodycombat?'

'Het is een combinatie van verschillende vechtsporten', legt Kim uit. 'Maar wees gerust, je komt niet bont en blauw de zaal uit, want we slaan en trappen in de lucht.'

Ik neem nog een slokje bubbels, terwijl *Ilses strijd tegen de kilo's* door mijn hoofd schiet. Eind volgende week moet ik mijn eerste column inleveren en ik heb nog geen onderwerp bedacht om over te schrijven. Ik zucht diep. 'Oké, goed... Morgen ga ik mee.'

5

ALS IK DE VOLGENDE OCHTEND DE WOONKAMER BINNENkom, werpt Kim een kritische blik op mijn outfit. 'Weet je zeker dat je dit aantrekt?'

'Het zal wel moeten... Iets beters heb ik niet.'

'Je hebt geen sportkleding... Oh Ils, ik wist niet dat het zo erg was.'

'Hoezo? Deze broek kan toch best voor een sportbroek doorgaan? Het is nota bene een trainingsbroek.'

'Trainingsbroek... Joggingbroek... Er zijn mensen die die dingen zo noemen, maar iedereen weet dat men dat soort broeken alleen gebruikt om lui op de bank te hangen. Iets wat jij al te vaak gedaan hebt, als ik die afgesleten plekken op je kont zo zie.' Kim grijnst gemeen. 'Het is echt beter als niemand je ziet in dat vale ding. Leen maar een sportbroek van mij. Ik heb er genoeg.'

'Ja hoor. Hoe dacht je dat te gaan doen?' vraag ik, terwijl ik Kim volg naar haar slaapkamer. 'Ik pas toch nooit in jouw sportbroeken?'

'Natuurlijk wel. Die dingen zijn heel elastisch.' Kim schuift haar kastdeur opzij en rommelt wat op een overvolle plank. 'Bovendien denk jij altijd dat je een reusachtig gevaarte bent, terwijl je er gewoon heel prima uitziet. Je hebt een vertekend zelfbeeld. Dat is alles. Maar dat komt wel goed als je lekker begint met sporten.' Ze reikt me de broek aan.

Ik trap mijn sneakers uit, laat de ruimvallende trainingsbroek zakken en leg hem op Kims bed.

'Hij hoort zo strak en aansluitend te zitten hoor', waarschuwt Kim, als ze me één been in de supersmalle broekspijp ziet hijsen. Met de broek halverwege probeer ik eerst mijn andere been, voordat ik bij het kritieke punt kom... mijn heupen.

'Zie je nou wel!' roep ik uit, als de broek ergens blijft steken en niet van plan is mijn kont een plekje ín de broek te geven.

'Shit...'

'Ik wist het wel. Als dit zou werken, zou ik toch nooit meer een maat L kopen? Dan zou ik met een goed gevoel de rest van mijn leven voor een leuk en schattig XS'je gaan.'

'Sorry Ils, ik dacht dat het wel zou lukken. Nou ja, er zit niks anders op.' Ze pakt de trainingsbroek van het bed en geeft hem aan.

'Laat maar. Ik blijf wel thuis.'

Kim geeft me een strenge blik.

'Je zei net zelf dat het echt beter is als niemand me in dat vale ding ziet.'

Een diepe zucht volgt. 'Stel je niet zo verschrikkelijk aan en wissel van broek. Als we niet opschieten komen we te laat.'

'Ik en mijn dikke kont vinden dat niet erg.'

Kim grijnst. 'Ik wel en als je te laat bent, mag je de les niet meer in.'

'Hè, wat jammer', mompel ik nauwelijks hoorbaar. Toch staak ik mijn gemopper en doe wat me wordt opgedragen.

'Gaat het wel goed?' Jolijn neemt me onderzoekend op, wanneer we op maandagmorgen na de redactievergadering de trap op lopen naar onze werkplek.

'Ja.' Ik doe een poging tot een glimlach, maar weet haast zeker dat ik eruit moet zien als een boer met gigantische kiespijn.

Jolijn blijft me van opzij aankijken, terwijl ze lichtvoetig nog twee treden op huppelt.

'Spierpijn...' verklaar ik mijn langzame tred. 'Ik heb zaterdag een les bodycombat gedaan. Een soort vechtsport...'

'Ja, ik ken het', onderbreekt ze. 'Leuk is dat, hè? Na één keer ben je om!'

Ik plaats mijn voet op de volgende tree. Direct trekt er een nieuwe golf scherpe, branderige pijn door mijn hele been. Ik voel pijn in spieren waarvan ik niet eens wist dat ik ze had.

'Je zult al snel merken dat je techniek verbetert', praat Jolijn verder. 'Je uppercut, frontkick, running man... het wordt allemaal beter en het gaat er ook steeds soepeler en gevaarlijker uitzien. Echt hoor. Op een gegeven moment zie je jezelf tijdens een les in de spiegel en dan denk je:

damn, jou zou ik niet willen tegenkomen in een donker steegje.'

Ik grinnik. 'Mijn techniek laat nog heel wat te wensen over, ben ik bang. Sommige mensen maakten van die sprongen in de lucht die er heel professioneel uitzagen. Tijdens de sprong trapten ze keihard met hun been. Bij mij zag dat eruit als een mislukt huppeltje... Maar eerlijk, ik ben vooral blij dat ik niemand heb verwond. Iedereen kende natuurlijk de routine, behalve ik. Dus ik moest niet alleen goed opletten wat we moesten doen, maar ook welke kant we op gingen. Als de hele meute na drie armstoten rechts ineens wisselde naar de linkerkant, moest mijn buurman uitwijken om geen vuist in zijn gezicht geplant te krijgen.'

Jolijn stoot een kort lachje uit. 'Ach, dat wordt wel beter. Alle begin is moeilijk. Na een paar keer weet jij ook precies wat je moet doen. Die spierpijn is de eerste keer verschrikkelijk, maar op een gegeven moment ga je je hechten aan dat gevoel.'

'Hechten?! Aan deze pijn?'

'Geloof het of niet...' reageert ze schouderophalend en vervolgt dan: 'Het lijkt me niet raar dat je lichaam schrikt. Jouw lichaam is natuurlijk helemaal niks gewend!'

Ik kijk haar schaapachtig aan.

'Wel echt tof van je column', schakelt ze over op een ander onderwerp.

Zojuist tijdens de redactievergadering heb ik het nieuws aan mijn collega's verteld. Fenna had de column als punt op de agenda gezet. Iedereen reageerde enthousiast en ik werd bedolven onder de kussen en felicitaties.

Jolijn kijkt me van opzij aan. 'Ik zei net tegen Fenna: jullie hadden geen beter iemand voor die column kunnen kiezen.'

Even twijfel ik of Jolijn het over mijn schrijftalent en ambities heeft of dat ze hier eigenlijk iets anders mee bedoelt. Lang hoef ik er niet over na te denken.

'Een strijd tegen de kilo's! Het is helemaal van nu en past precies in jouw straatje!' Ze kijkt me stralend aan. 'Ik zou haast willen zeggen... jou op het lijf geschreven!'

Als ik even later op mijn werkplek zit, start ik met het schrijven van een nieuw artikel. Het onderwerp is *dateleed*. Online hadden we een oproep geplaatst, waar in korte tijd veel lezeressen op hebben gereageerd. Ik lees de inzendingen en moet om sommige hardop lachen. Mannen die de McDonald's als restaurant hadden uitgekozen, de hele avond aan één stuk door over hun vechtscheiding praatten, of hun date achteraf een tikkie stuurden. Als ik alle inzendingen heb gescreend, ben ik bijna een uur verder. Ik maak een keuze tussen de meest bruikbare verhalen en besluit een paar vrouwen te bellen om wat vragen te stellen en dingen opgehelderd te krijgen.

Na drie telefoongesprekken met lezeressen die verrukt zijn dat hun inzending geplaatst gaat worden in *Claire* en die mij alles over hun horrordates tot in detail hebben verteld, leg ik de telefoon neer. Ik heb nog het meest te doen met de vrouw die een blind date had met een man die het zo bont maakte dat hij de nacht in een cel belandde. Eerst had hij aan tafel in het restaurant waar ze hadden afgesproken, de hele avond schaamteloze verhalen zitten opdissen. Hij vertelde bijvoorbeeld over een bezoek aan een bevriend stel dat net een kindje uit India had geadopteerd. Een jongetje van twee jaar met een hazenlip, een kort armpje en een misvormd handje. De man was daar dus op kraambezoek en vroeg de kersverse ouders: 'Jullie hebben zeker wel korting gehad?' Na een avond waarop ze zich steeds had geërgerd, wist ze niet hoe snel ze afscheid van hem moest nemen voor de deur van het restaurant. Ze stak hem haar uitgestoken hand toe, maar hij knikte met zijn hoofd opzij in de richting van twee politieagenten te paard. 'Let op, dit wordt lachen', zei hij nog, voordat hij op de agenten afstapte. 'Mag ik hem aaien?' vroeg hij aan de vrouwelijke agent, die op haar paard zat. Ze knikte en in plaats van dat hij haar paard aaide, draaide hij zich om naar haar mannelijke collega en aaide hem. De politieagenten konden de grap niet waarderen. De man werd meegenomen naar het bureau en moest een nacht blijven.

Ik verwerk de laatste notities en bedenk dat ik Kim ook wel had kunnen bellen. Haar date met Stanley en die met Mike zouden het goed doen tussen de andere verhalen. Met een glimlach werk ik verder. Ik kort de ingezonden verhalen in en pas hier en daar wat taaltechnische dingen aan. Net als ik mijn blik nog eens rustig over het artikel op mijn beeldscherm laat gaan, staat Suus, een van de vormgevers van *Claire*, aan mijn bureau.

'Ilse, er is een pakketje voor je bezorgd. Alsjeblieft.'

Ik bedank Suus en ga in mijn bureaula op zoek naar een schaar om het dikke plakband van de kartonnen doos door te knippen. Ondertussen vraag ik me af van wie het pakketje komt en wat erin zit. Na wat moeite kom ik bij de inhoud. Het is een kledingset in mintgroen vloeipapier. Als ik beter kijk, zie ik dat het een sportbroek en sporttop zijn, in maat L. Tussen het vloeipapier ontdek ik een kaartje: *Opgeven is voor losers!* staat er met een dikke knipoog-smiley.

Ik moet erom lachen. Tijdens de les afgelopen zaterdag bleef Stef dat maar herhalen. Zelfs toen ik vond dat het beter was voor mijn longen om even uit te rusten, bulderde hij: 'OPGEVEN IS VOOR LOSERS! IN MIJN LES ZIJN GEEN LOSERS! MIJN LES IS VOOR BIKKELS EN IK BEN PAS TEVREDEN ALS JE TOT HET GAATJE GAAT. DAT IS WANNEER JE RESULTAAT GAAT BOEKEN. IK WIL DAT JE DE KOMENDE DAGEN CONTINU AAN ME DENKT!'

Ik durfde gewoon niet te stoppen. Het was sowieso een verschrikkelijke les. Ik zag mezelf weerkaatst in de wandvullende spiegels – met mijn wijde joggingbroek en katoenen T-shirt, wat bepaald geen goed idee was, omdat de lichtgrijze stof van mijn shirt het zweet en vocht rustig aan de rest van de wereld liet zien. Het shirt veranderde al snel van kleur, van lichtgrijs naar donkergrijs. De natte plekken die erop ontstonden, werden steeds groter en kregen uiteindelijk de overhand. De rest van de groep bleek hier helemaal geen last van te hebben. Kim zei achteraf dat het door het materiaal van hun sportkleding kwam.

Kim en ik waren achter in de zaal gaan staan, maar Stef keek aldoor tussen de sporters door naar mij. Hij keek me recht aan en grijnsde breed. Een blik die ik niet goed kon peilen. Ook wist ik niet wat hij met die laatste woorden bedoelde. Continu aan hem denken? Die man leek zichzelf nogal belangrijk te vinden. Pas de volgende dag wist ik waar hij het over had gehad... Spierpijn, natuurlijk!

Ik bekijk de sportbroek. Hij is zwart en van dezelfde stof als de sportbroeken van Kim. Het shirtje heeft een drukke print, in de kleuren paars en grijs. Het is een ontzettend lief gebaar. Ik waardeer het dat Kim me op deze manier wil motiveren en ik ben best opgelucht dat ik er de volgende keer niet hoef bij te staan als een oververhitte druipsteen. Het liefst zou ik nooit meer een voet in de sportschool zetten, maar ik wil echt dat die column een succes wordt.

Opnieuw denk ik aan Stef, maar dit keer niet vanwege de spierpijn in mijn lichaam. Het hele weekend bleef Kim vragen stellen over wat ik van hem vond. Was hij niet heel erg knap? Was hij niet mega-gespierd? Kleedde hij zich niet ontzettend goed? En was zijn stem niet supersexy? Het was lastig een antwoord te geven. Ik kan er niet goed mijn vinger op leggen wat het is, maar iets aan hem geeft me een raar gevoel. Wat precies? Wist ik het maar.

Al Kims vriendjes hebben doorgaans iets macho's over zich. Kim valt gewoon op een bepaald type. Beslist aantrekkelijk, maar ook een tikkeltje té. Ik probeer te bedenken waar dat té hem dan in zit, maar ik kom er niet goed uit. Het is niet voor het eerst dat ik mijn bedenkingen heb bij haar mannenkeuze. Ik zucht diep en weet ineens niet waarom ik hierover nadenk. Ik heb Stef nu twee keer gezien. Hij was lief voor Kim, aardig naar mij en Binky liet zich zelfs door hem aaien. Wat voor reden zou ik moeten hebben om te denken dat hij niet deugt? Misschien is het niet zijn fout. Kim is nooit langer dan twee weken vrijgezel. De een na de ander loopt bij ons de deur plat. Als ik heel eerlijk ben, zou ik best willen dat ze eens een tijdje geen man in haar leven zou hebben. Even geen machotypes over de vloer. Even rust. Dat klinkt misschien onaardig of zelfs egoïstisch, maar ik gun haar echt al het geluk van de wereld. Een man die niet alleen haar het hoofd op hol brengt, maar ook echt om mijn beste vriendin geeft.

Wie ben ik om over Stef te oordelen? Wie weet is hij wel die man voor haar.

6

'ILS, WE MOETEN EVEN PRATEN...' KIM STAPT HET BALKON op, waar ik zojuist lui op de kussens van onze loungeset heb plaatsgenomen. Het was een warme dag en omdat ons balkon op het westen ligt, is het nog heel aangenaam.

Ik kijk op en stop met het aaien van Binky, die naast me op de bank is gesprongen en zich een prinsheerlijke houding heeft aangemeten. 'O jee... Toch niks ernstigs, hoop ik?'

Kim geeft me een blik die het midden houdt tussen sarcasme en verontwaardiging.

'Kom erbij zitten. Dan pak ik iets te drinken voor ons, dat praat makkelijker.' Ik sta op en loop via de balkondeur naar het keukenblok. Met twee witte wijntjes keer ik terug. Ik zet ze op het rotantafeltje en wacht even met gaan zitten totdat Binky weggehupst is van mijn zitplek. 'Zo... brand maar los.'

Het blijft een tijdje stil, waardoor ik Kim aankijk en zij met een indringende blik iets achter haar rug tevoorschijn haalt. 'Wat is dit?'

'Dat?' vraag ik, alsof het woord twee klemtonen nodig heeft. 'Dat is de nieuwe *Claire*.'

'Ja, de nieuwe *Claire* met jouw allereerste column!'

Ik buig me naar het rotantafeltje en pak een wijnglas. 'Daar proost ik op!' reageer ik, terwijl ik een proostgebaar in de lucht maak en een slokje neem.

Kim laat haar glas staan en kijkt me fronsend aan. 'Waarom heb je hem niet laten zien?'

Vanboven mijn glas kijk ik haar aan.

'Ik vond hem net op de eettafel, boven op de stapel andere *Claires*, en ik heb je column gelezen...' Ze slaat het blad open en bladert naar de juiste pagina. 'Even kijken, hoor... Hier...' Ze wijst met haar vinger naar een stukje tekst halverwege de column en leest voor:

'Mijn relatie met eten is wat je noemt zorgwekkend. Hoewel ik omgeven ben door alleen maar slanke, strakke en fitte mensen, wil het me niet lukken van de bank af te komen. Een voorbeeldje. Van de week wist ik dat het schrijven van deze column eraan zat te komen. Mijn allereerste persoonlijke column, waar ik jaren naar uitgekeken heb. Je zou denken dat ik vol goede moed van de bank af zou springen en een ontdekkingstocht zowel in de sportschool als bij de groenteboer zou gaan maken. Niets bleek minder waar... Daar stond ik weer voor het koekjes- en chocoladeschap van de supermarkt. Het was genieten op de bank voor de tv met al dat lekkers. Alleen ben ik niet zo goed in me beheersen en dus moest ik de volgende dag weer naar de buurtsuper. Om geen commentaar te krijgen van mijn beeldschone

huisgenoot, die met dat gewilde maatje XS, verstopte ik de overgebleven verpakkingen onder ander afval in onze vuilnisbak...' Kim kijkt me met grote ogen aan.

'O, dat stukje...' Ik grijns en neem een slokje wijn. 'Nou... eigenlijk geef ik jou daar dus een compliment. Ik heb je beeldschoon genoemd ten overstaan van heel *Claire*-lezend Nederland.'

Kim schudt haar hoofd. 'Je bent werkelijk niet te geloven. Echt Ils, bedankt voor het compliment hoor, maar waarom deze tekst?'

'Waarom niet?' reageer ik schouderophalend.

'Waarom niet? Eens zien... *De enige mensen die hetzelfde denken als ik zijn mijn familieleden. Ik ben opgegroeid in een woning boven onze eigen bakkerij. De geur van versgebakken brood zal me altijd bijblijven. Mijn moeder achter de toonbank, mijn vader die met een grote spuitzak de allermooiste en -lekkerste gebakjes maakte, het zijn beelden die in mijn geheugen staan gegrift. Elke zaterdag mochten mijn zus en ik een gebakje uitzoeken, dat we op zondagmiddag bij de thee opaten. Misschien is daar mijn voorliefde voor calorierijk voedsel ontstaan. En nu... nu krijgt de bakkersdochter een column in Claire en begint aan een ontdekkingstocht waar ze eigenlijk geen kaas van heeft gegeten. Welkom, lieve lezers, bij Ilses strijd tegen de kilo's.'* Kim slaat het tijdschrift dicht en kijkt me opnieuw aan.

'Mooi einde toch? Geen kaas van heeft gegeten... Ik vond het wel een leuke woordspeling.'

'Ja, je bent heel grappig. Misschien is dat nu juist het probleem...'

'Wat?'

'Dat je doet alsof het allemaal een grote grap is. Ik snap dat het thema van de column je niet aanstaat, dat het je opgedrongen is en dat je het eigenlijk allemaal heel anders voor je had gezien, maar leg je erbij neer...' Er valt een stilte waarin ik een beetje stuurs voor me uit staar. 'Het is je eerste column, je komt er nu mee weg... Eerlijk is eerlijk, het is heel humoristisch geschreven en zal ongetwijfeld voor veel vrouwen herkenbaar zijn. Maar een tweede of derde column waarin je er met de pet naar gooit, kan natuurlijk niet. Dat ben je toch met me eens?'

'Jawel... Ik wilde mezelf alleen neerzetten hoe ik echt ben. Zo waarheidsgetrouw en realistisch mogelijk. Ik denk dat het goed is om aan te geven waar ik mee struggel. Hoe ik me echt voel.'

Kim knikt langzaam. 'Dat is ook goed. De lezers leren jou zo echt kennen en dat verdient respect. Er is best moed voor nodig om je zo kwetsbaar op te stellen. Maar heb je al bedacht hoe je vanaf dit punt verdergaat?'

Ik schud mijn hoofd en haal tegelijkertijd mijn schouders op.

'Als je wilt dat dit slaagt, als je er echt voor wilt gaan, moet je stoppen met bepaald gedrag. Dat klinkt heel streng, maar ik zeg het alleen maar omdat ik je wil helpen. Ik denk dat veel mensen kunnen lachen om je eerste column of opgelucht hun hart ophalen vanwege de herkenbaarheid die erin zit. Maar je wilt toch serieus genomen worden? Als je aan dit patroon blijft vasthouden gaat dat niet lukken, ben ik bang. Er moet iets veranderen...'

'Dat weet ik ook wel. Ik weet gewoon niet goed hoe ik het moet aanpakken. Ik hou nu eenmaal wel van lekker eten en niet van sporten.'

'Je hebt het pas één keer geprobeerd.'

'En dat was niet bepaald een succes, of wel? Ik zag er niet uit, had dagenlang spierpijn...'

'Aan je look zal het de volgende keer niet liggen. Heb je je nieuwe sportkleding al gepast?'

Ik kijk Kim schuldbewust aan.

'Ik zal je nog eens een cadeautje geven...' Kim kijkt er quasiboos bij, maar veert dan op. 'Ik weet precies wat jij nodig hebt! Hup, ga die sportkleding passen, dan ga ik me buigen over een plan van aanpak!'

Een paar minuten later stap ik opnieuw het balkon op in het nieuwe sportsetje. Ik heb al even in de spiegel gekeken en ben verrast hoe het staat.

Kim zit met een notitieboek van A4-formaat op schoot en krabbelt er iets in met een pen. Als ik voor haar sta, kijkt ze op. 'Wow! Zie je wel? Het staat je super. Je ziet er gewoon hartstikke sportief uit!'

Ik glimlach. 'Dank je. Ook voor het cadeau... echt. Het is fijn om een vriendin als jij te hebben.'

'Zelfs als ik kritiek heb op je allereerste column?'

Ik grinnik en ga zitten op de loungeset. 'Zelfs dan... Ik snap wel dat je verbaasd bent over de inhoud. Natuurlijk had ik er ook voor kunnen kiezen op een lollige manier over mijn allereerste sportervaring te vertellen, en had ik een stuk minder openhartig kunnen zijn. Het leek me gewoon niet eerlijk tegenover de lezers om iets anders te schrijven dan dit. Maar ik weet heus wel dat er iets moet gaan veranderen...'

Kim knikt langzaam. 'Tja... ik hoop niet dat ik je daarnet de indruk heb gegeven dat ik je column slecht vind. Het is heel goed geschreven, het is openhartig, er zit humor in. Ik lees het gewoon met andere ogen, omdat ik je ken. Normaal gesproken geniet ik van al je artikelen in *Claire*. Maar die gingen natuurlijk nooit over jouzelf. Dat is nu wel anders... Ik wil dat het goed met je gaat, dat je lekker in je vel zit en gelukkig bent. Als ik dan lees dat je koek- en snoepverpakkingen verstopt in de prullenbak... Als ik lees over die vreetbuien... Dat doet me pijn. Omdat ik je meer gun dan dat.'

Ik kijk mijn vriendin aan, en ze beantwoordt mijn blik met een warme glimlach.

'Nou goed... daarom maken we nu ook een plan van aanpak', gaat Kim verder. 'Om je een beetje op weg te helpen. Ik ben al begonnen, zoals je ziet. Je hebt persoonlijke doelen nodig en onderwerpen waar je over wilt schrijven. Die doelen kunnen bijvoorbeeld zijn wat je in de sportschool wilt bereiken. Je krijgt toch een personal trainer vanuit *Claire*?'

'Als ik daarom vraag, ja. Er is in ieder geval budget voor. Ook als ik dingen wil uitzoeken of verschillende sporten of diëten wil proberen.'

Kim humt. 'Dat is mooi. Ik denk alleen dat je er pas echt wat mee opschiet als je ook het mentale en emotionele stuk meeneemt. Hoe fijn zou het zijn als je het voor elkaar krijgt van die eetbuien af te komen? Hoe geweldig zou het zijn als je een gezondere relatie met voeding krijgt?'

In de stilte die valt kijken we elkaar aan. Soms is Kims aanpak iets waar ik moeite mee heb. Misschien komt het doordat ik een heel andere opvoeding heb gehad. Kims vader was vaak op zee. Haar moeder had haar handen vol met vijf kinderen. Uitgebreid troosten wanneer een van de kinderen huilde, een aai over de bol en een knuffel, was er vaak niet bij. Kim heeft al op vroege leeftijd geleerd een hoop zelf te doen en haar eigen boontjes te doppen. Voor Sabine en mij was er altijd volop aandacht. We werden overgoten met liefde. Elke tekening, elk knutselwerkje, elk ingestudeerd dansje werd met grote bewondering bekeken en er werd ons dikwijls verteld hoe goed en lief we waren. Hoewel ik erg blij ben met het gezin waar ik uit kom, heeft die zorgzaamheid ook een keerzijde. Sabine en ik werden gepamperd, veel werk werd ons uit handen genomen. Natuurlijk moesten we weleens tafeldekken of de vaatwasser uitruimen, maar bepaalde dingen hebben we niet zo meegekregen. Hoe je bijvoorbeeld zorgt voor financiele onafhankelijkheid. Hoe je je eigen grenzen bewaakt. Hoe je voor jezelf opkomt. Maar ook een bepaalde directheid. Noem het de aanpakkersmentaliteit van Kim. Wanneer ze op spaarzame momenten uitspreekt wat er achter haar directe houding schuilgaat, blijkt altijd dat ze het beste met me voorheeft en echt wil dat ik stappen in de goede richting zet. Ik bof met haar. Kim is een vriendin op wie ik kan bouwen. Even trekt er iets van een schuldgevoel door mijn lichaam. Ik heb dit nooit met haar besproken. Dat ze mijn diepste gevoelens via mijn column moet lezen, in plaats van dat we er een open gesprek over hebben gevoerd, verdient geen schoonheidsprijs.

Kim pakt haar wijnglas van het tafeltje. 'Maar voordat we het inhoudelijk over het plan van aanpak gaan hebben, zijn er eerst twee andere dingen die we moeten doen.' Met opgetrokken wenkbrauwen werpt ze een blik op mijn glas en wacht tot ik het van het tafeltje pak. 'Ten eerste... proost! Je eerste column is een feit! Gefeliciteerd, Ils!'

We klinken onze glazen en nemen allebei een slokje.

'Ten tweede... hier.' Kim overhandigt me haar telefoon en ik kijk er wantrouwig naar.

'Wat moet ik daarmee?'

'Bellen.'

'Wie moet ik bellen?'

'Wie denk je? Je ouders natuurlijk. Je moeder is een schat hoor, maar ze gaat je niet helpen door wekelijks een driegangendiner voor je neus te zetten, met je lievelingstoetje op het eind. Bovendien... en je weet dat ik je familie echt heel lief vind, maar problemen oplossen met troostvoer is gewoon niet de manier.'

Ik grijns. 'Dat heb je dus ook gelezen...'

'Natuurlijk. Bel je moeder en vraag of ze er rekening mee wil houden. Ik weet zeker dat ze het helemaal niet erg vindt om in het vervolg wat gezondere maaltijden te koken.'

'Het is echt ongelofelijk', zegt Fenna die maandagochtend, wanneer ik tegenover haar aan haar bureau zit. 'We worden overladen met reacties. Ik had niet gedacht dat zoveel lezers zich in jouw verhaal zouden herkennen. Lezeressen die schrijven dat ze hun hart kunnen ophalen, dat ze voelen dat ze eindelijk gehoord worden. Vanmorgen las ik zelfs een artikel in *De Telegraaf* waarin *Ilses strijd tegen de kilo's* werd aangehaald. Geweldig hè? Heb je het gelezen?'

Verbaasd schud ik mijn hoofd.

Fenna haakt haar wijsvinger door het oortje van haar koffiekopje en neemt een slokje. 'Ik kan een van de stagiaires er wel eentje voor je laten halen bij de kiosk.' Ze pakt de telefoon van het bureau en geeft de opdracht door aan haar assistente. 'Zo...' zegt ze als ze zich weer tot mij richt. 'Wordt aan gewerkt.'

'Dank je. Wat stond er dan in *De Telegraaf*?'

'Die journalist schreef dat het een verademing is dat een vooraanstaand magazine ook eens de andere kant laat zien. Ik weet de letterlijke bewoording niet meer zo goed, dat moet je straks zelf maar lezen. Het kwam erop neer dat we in de media worden doodgegooid met het perfecte plaatje. Dat de superslanke modellen ons om de oren vliegen... Een nuchtere Hollandse meid met veel humor is precies wat dit land nodig heeft... Zoiets stond er.'

'Wow!' breng ik uit. 'Dat is heel gaaf om te horen.' Een aangename golf trekt door mijn lichaam. Misschien is dit het gevoel van succes, of het gevoel van erkenning.

'Het is precies de reden waarom het goed is dat jij de column schrijft. Je windt er geen doekjes om. Je vertelt glashelder hoe je erin staat.'

'Jeetje. Dit is nu al de tweede keer dat ik in jouw kantoor met mijn mond vol tanden zit.'

'Nee, niet met je mond vol tanden!' Fenna grinnikt, alsof ze een binnenpretje heeft. 'Met je mond vol koekjes! Geweldig, hoe je opsomde wat je in een week precies gegeten hebt. Hoe zei je dat ook alweer?' Ze kijkt even bedenkelijk voor zich uit. 'O ja! Pas op... Wie nu een keurig eetdagboek verwacht volgens de schijf van vijf, kan beter doorbladeren naar het volgende artikel... Hilarisch! De lezers smullen ervan.'

Ik grijns naar haar en kan niet ontkennen dat ik me trots voel. Eerlijk gezegd was ik bang dat Fenna zou vinden dat ik de plank had misgeslagen. Met lood in mijn schoenen liep ik tien minuten geleden haar kantoor binnen. Ik kijk mijn leidinggevende aan en hou mijn hoofd schuin. 'Vooraf heb je de column gelezen en blijkbaar was je overtuigd genoeg om het te plaatsen. Maar... ik had m'n twijfels over wat je van de inhoud zou vinden.'

Fenna knikt ernstig. 'De inhoud was goed voor een eerste keer. Zo krijg je de lezers op jouw hand. Dat doe je slim. Maar je begrijpt dat er nu daadwerkelijk iets aan de kilo's gedaan moet worden.' Ze laat een stilte vallen waarin ze me lang aankijkt. 'Al met al heb je het goed gedaan, Ilse. Ga zo door... Er is wel één ding dat ik miste overigens.'

Ineens ben ik op mijn hoede. 'Wat bedoel je?'

'Iets wat we hadden afgesproken. Ik weet niet of je het vergeten bent of dat je het expres niet hebt genoemd, maar we zouden toch graag zien dat je je gewicht noemt.'

Een diepe zucht ontsnapt me voor ik er erg in heb. Fenna ziet het.

'Moet het echt?' vraag ik, als een nukkig kind dat geen zin heeft om zijn kamer op te ruimen.

Fenna houdt haar hoofd schuin en kijkt me met haar groene ogen doortastend aan. 'Je hebt hier in de afgelopen jaren wel wat credits opgebouwd. We laten je dus vrij qua invulling van de tekst. Maar je gewicht is niet onderhandelbaar. Volgende keer verwacht ik de twee cijfers te zien die op je weegschaal staan.'

Met lichte tegenzin parkeer in mijn fiets in de stalling. Eigenlijk zou ik me bevoorrecht moeten voelen, bedenk ik, terwijl ik naar het pand toe loop en de trap omhoog neem. Dat ik onder werktijd kan sporten, is best een luxe. Ik meld me bij de balie, dezelfde als waar ik met Kim stond voordat we aan de bodycombatles begonnen. De vrouw achter de balie geeft me een sleuteltje van een kluisje. Ze biedt aan mee te lopen, maar dat is niet nodig. Kim heeft me al een uitgebreide rondleiding gegeven, dus ik weet de weg. Als ik ben omgekleed en mijn spullen heb opgeborgen, loop ik terug.

'Jij moet Ilse zijn', zegt een man die vanaf de fitnessapparaten in de zaal naar me toe komt lopen. 'Hoi, ik ben Jasper.'

Ik schud zijn uitgestoken hand en moet mijn best doen hem niet uitgebreid in me op te nemen. Langzaam mijn blik van onder naar boven laten glijden en mijn ogen de kost geven is iets wat ik graag zou willen doen, omdat direct opvalt dat hij er bijzonder goed uitziet. Met moeite hou ik me in en stel me aan hem voor.

'K-klopt... Il-Ilse Oldenbroek.' Ik hakkel even als ik in zijn helderblauwe ogen kijk. 'Jij bent de personal trainer die ik aan de telefoon heb gesproken?'

Jasper knikt. 'Niet zomaar een personal trainer... Ik ben jóúw personal trainer.' Hij glimlacht, waarbij een mooie rij witte tanden tevoorschijn komt. 'We gaan er samen tegenaan. Maar eerst wil ik een heleboel van je weten, dus laten we starten met een gesprek. Heb je zin in koffie of thee?'

Een personal trainer die je eerst koffie of thee aanbiedt, is zo verkeerd nog niet, denk ik terwijl ik naar hem glimlach. 'Koffie graag.'

'Gewone koffie?'

'Heb je ook cappuccino?'

'Zeker. Ga daar maar zitten. Ik kom er zo aan.' Hij gebaart naar een van de tafeltjes links van de balie en loopt zelf in de andere richting.

Ik neem plaats en al snel keert hij terug. Vanuit mijn ooghoeken neem ik hem goed op. Jasper is lang. Zo gekleed, in zijn sportbroek die tot boven zijn knie komt en sportshirt, is prima te zien dat hij een goed lichaam heeft. De dunne stof van zijn shirt verraadt de achterliggende borstspieren en zit strakgespannen rond zijn brede schouders. Op de plek waar de mouwen ophouden zijn flinke spierballen te zien. Menig man zal er jaloers op zijn. Het is niet té, zoals bij Stef. Die vind ik te gespierd. Jasper heeft een volle bos donkerbruin haar. Als hij bijna bij het tafeltje is, zie ik zijn gemillimeterde baardje. Het vormt een soort donkere waas rond zijn strakke kaaklijn. Hij zet een kopje voor mijn neus, gaat tegenover me zitten en zet een flesje water voor zichzelf op tafel. Tussen zijn arm en zij geklemd zit een map. Hij legt de map op tafel en klapt hem open. Aan de ringbanden in het midden is bovenaan een pen vastgemaakt. Ik kijk opnieuw naar zijn blauwe ogen, die opvallend zijn in combinatie met zijn donkere haar.

'Heb je er suiker in?'

Ik schud mijn hoofd.

'Verstandig. Cappuccino bereid met volle melk bevat zo'n vierenzestig calorieën. Dat hebben we er straks zo af getraind. Als je er ook suiker in zou hebben, waren we langer bezig geweest. Voordat we effectief wat kunnen gaan doen, bedoel ik.'

Ik kijk hem verbluft aan en ben een beetje verbaasd over deze uitspraak. Is dit zijn manier van humor of keurt hij nu gewoon openlijk mijn koffiekeuze af?

'Gewone koffie heeft overigens maar één calorie. En water...' hij tilt zijn waterflesje op, beweegt het even in zijn hand en zet het weer neer, 'bevat helemaal geen calorieën. Nou goed. Aan de telefoon vertelde je dat je graag met persoonlijke begeleiding wilt gaan sporten. Kun je me vertellen waar je precies naar op zoek bent? Wat je verwachtingen zijn, welke doelen je wilt behalen? Misschien kun je ook iets vertellen over het niveau waarop je traint.'

Terwijl ik antwoord geef, noteert Jasper een aantal dingen in de map. Hij lijkt nergens van op te kijken, ook niet als ik vertel dat ik van nature geen sporter ben. Waarschijnlijk heeft hij dat met één blik op mijn lichaam ook allang gezien. Dat mijn werkgever degene is die hem betaalt en dat de drijfveer om aan dit sportavontuur te beginnen de column in *Claire* is, laat ik buiten beschouwing. Ik wil niet dat hij weet dat ik hier niet zelf voor kies en het is niet de bedoeling dat hij kan lezen wat ik over hem of de sportsessies schrijf.

Na het gesprek gaan we over op het echte werk. Jasper wil eerst een fittest doen om te kijken waar ik sta. We lopen naar de hoek van de zaal en hij maakt een uitnodigend gebaar naar de weegschaal. Ik schrik me rot. Ik heb net cappuccino gedronken, vanmorgen uitgebreid ontbeten en ik draag kleding en schoenen. Het is niet eerlijk om nu te wegen, maar ik hou me in en ga zonder te klagen op het plateautje staan. Dan laat ik mijn lengte, bloeddruk, BMI en vetpercentage meten. Jasper noteert alles in de map. Als we klaar zijn, buigt hij zich over zijn aantekeningen in de map.

'Je hebt een heel ambitieus doel, Ilse. Als je dat wilt halen moeten we flink aan de slag! Vanmiddag voer ik alle gegevens in in het systeem, zodat je een digitaal overzicht krijgt en we makkelijk je resultaten kunnen bijhouden.'

Ik knik. 'En? Hoe erg is het met me gesteld?'

Hij grijnst. 'Ik zie veel erger voorbijkomen, maar echt fit ben je op dit moment niet...' Het lijkt alsof hij nog iets wil zeggen, maar ineens is hij volledig afgeleid. Twee knappe blonde dames met een prachtig figuur lopen de zaal binnen. Ze hebben een handdoekje en waterflesje in de hand en kijken opvallend lang in Jaspers richting. Hij glimlacht breed en zegt ze na een uitgebreid oogcontact gedag. De dames groeten terug en passeren ons. Nog voordat ze goed en wel voorbij zijn gelopen, maakt Jasper zijn blik van hen los en kijkt me recht aan.

Met zijn duim wijst hij over zijn schouder naar de twee meiden, die op zo'n meter afstand van ons staan. 'Kijk Ilse, daar gaan we naartoe!'

De blondines horen de opmerking en kijken over hun schouder. Met een charmante glimlach bedanken ze Jasper voor het compliment dat hij ze maakt. Daarna richten ze hun blik op mij en nemen me kritisch op. Ik voel me klein en kan wel door de grond zakken.

7

IK MOET HET NIET DOEN. IK ZIT OP BED EN KNISPER MET het doorzichtige folie, waarin twee chocolademuffins verpakt zitten. Waarom heb ik dit gekocht? Waarom ben ik voor de bijl gegaan? Eerlijk gezegd weet ik het antwoord best. Mijn collega Suus was vandaag jarig en trakteerde op het werk. Het rare aan mijn sla-prikkende collega's is dat ze bij speciale gelegenheden allemaal op de mooiste lekkernijen trakteren, maar dat er bijna niemand is die het ook daadwerkelijk eet.

De redactievergadering zou zo gaan beginnen en de collega's kwamen een voor een binnen.

'Oh, dat ziet er lekker uit!' riep Rachel. Ze liep meteen naar Suus en Jolijn die twee meter verderop over een taart gebogen stonden.

'Wat een prachtig gebak!' voegde Jolijn toe. 'Waar heb je dat gehaald?'

Suus keek van de poederroze taart met parelkleurige versiersels en gouden glitters op naar de andere twee. 'Online besteld. Ik wilde een beetje een knap taartje voor vandaag.'

Rachel knikte. 'Nou, dat is je zeker gelukt.'

Suus begon de taart aan te snijden en punten op gebaksbordjes te leggen.

'Voor mij niet hoor', zei Jolijn. 'Hij is heel mooi, maar beter van niet.'

Rachel wees naar de saladebak op tafel. 'Ik werk zo even snel m'n lunch naar binnen. Het is misschien niet netjes om dat tijdens de vergadering te doen, maar ik heb nog helemaal geen tijd voor pauze gehad.'

'Wil je een stuk taart als toetje?'

Rachel keek naar Suus en schudde haar hoofd. 'Ik hou het bij de salade, als je het niet erg vindt. Maar jij wilt vast wel, toch Ilse?'

Alle drie keken ze in mijn richting. Tot nu toe had ik doorgewerkt achter mijn laptop en het gesprek van de zijlijn aangehoord.

'Jij houdt wel van een groot stuk hè, Ilse?' vroeg Jolijn. 'Jij laat nooit iets lekkers aan je neus voorbijgaan. O nee, wacht...'

Jolijn, Rachel en Suus keken elkaar aan en riepen in koor: 'Ilses strijd tegen de kilo's!'

Vervolgens ging de taart, die er overdadig uitzag, maar vast heel lekker smaakte, aan mijn neus voorbij. Alle binnenkomende collega's maakten opmerkingen over de taart, maar bijna niemand nam een stukje. De hele vergadering lang bleef de protserige taart me aanstaren. Natuurlijk had ik kunnen zeggen dat ik best een stukje lustte. Ik had er voor de vorm bij kunnen zeggen dat ik een 'klein puntje' wilde, maar wat voor indruk zou het wekken als de collega die toch al drie kledingmaten groter heeft dan de rest en een eigen column heeft over afvallen en gezondheid, als een van de weinigen een stuk taart zou nemen? Was ik niet nu al het lachertje op de redactie? Waarschijnlijk heb ik het er zelf een beetje naar gemaakt, door in mijn eerste column vrijuit over mijn eetbuien te schrijven. Ik heb nu al het gevoel dat er smakelijk om mijn blunders gelachen wordt. Het zou het beeld van de zwakkeling zonder zelfdiscipline alleen maar versterken als ik echt over zou gaan tot het nemen van een puntje van de taart van Suus.

Opnieuw staar ik naar de chocoladebruine muffins in het doorzichtige folie. Toen ik ze na mijn werk kocht, voelde het als een grote middelvinger naar Jolijn, Rachel en Suus. Een stil verzet. Ik bepaal toch immers zelf wel of ik taart eet, wanneer en in welke hoeveelheid? Daar hebben zij helemaal niks over te zeggen. Het gevoel ertegenaan te willen schoppen, de boel te willen saboteren, is in strijd met een ander gevoel. Ik weet best dat ik alleen mezelf ermee heb als ik de muffins opeet. Ergens zou het zonde zijn, nu ik al een paar dagen goed bezig ben. Ik besluit de muffins op te bergen in mijn nachtkastje en er niet langer aan te denken. Waarschijnlijk voel ik me veel beter over mezelf als ik voor het slapengaan verder in mijn boek lees en een kopje thee drink. Mijn collega's heb ik er namelijk niet mee. Al prop ik me vol met tien muffins. Blij met dit besluit loop ik naar de keuken om water op te zetten. Op de gang, die grenst aan de slaapkamers van Kim en mij, hoor ik Stef en Kim giechelen. Ze kennen elkaar nu vijf weken en zijn zo te horen nog lang niet uitgekeken op elkaar. Met een glimlach loop ik door naar de keuken. Ik heb Kim nog nooit zo verliefd meegemaakt, nog nooit zo zeker van haar zaak. Stef is vaak op bezoek, maar ook op de momenten dat hij hier niet is noemt Kim vaak zijn naam. Leunend tegen het aanrecht wacht ik tot de waterkoker klaar is. Ik giet het kokende water over een theezakje, loop terug naar mijn kamer en dan hoor ik het. Eerst klinken er een paar woorden van Stef die ik niet kan verstaan. Gevolgd door gegiechel van Kim. Stef praat verder en in een onverstaanbare zin vang ik ineens mijn naam op. Met de beker thee in mijn hand blijf ik voor Kims gesloten deur staan. Ik wil niet luistervinken, maar het horen van mijn naam, gevolgd door het gegiechel, maakt dat ik roerloos blijf staan luisteren.

'Het is echt zo...' hoor ik Stef aan de andere kant van de deur zeggen.

'Dat kun je toch niet zo zeggen. Het is mijn allerbeste vriendin.'

'Dat mag dan wel zo zijn. Maar die kont... jemig! Een poffertjespan is er niks bij!'

Tranen wellen op in mijn ogen. Met moeite lukt het me de theebeker recht te houden en te voorkomen dat het hete water over mijn hand loopt. Ik wil niet meer luisteren. Ik wil helemaal niets meer horen. Zo snel en stil mogelijk loop ik verder door de gang, naar mijn eigen slaapkamer. Zachtjes sluit ik de deur achter me, zet de theebeker op het nachtkastje en laat me languit op het bed vallen. Ik duw mijn gezicht in het zachte kussen en smoor het geluid van mijn snikken. Na een huilbui, die niet eens voor opluchting zorgt, open ik mijn nachtkastje. De twee chocolademuffins liggen er nog steeds. Ik graai naar de verpakking en scheur woest de etiketsticker los. Zonder de smaak echt tot me door te laten dringen neem ik grote happen van de muffin. De tweede moet er ook aan geloven. Als alles op is, staar ik een tijdje naar de lege verpakking. Ik voel niet eens verbazing dat ik de muffins blijkbaar gedachteloos heb opgegeten. Het verdriet is naar de achtergrond verdreven. Het enige wat nog tot me doordringt, is een hol en leeg gevoel vanbinnen.

'Goed. De cardio zit erop voor vandaag. Dan gaan we nu verder met een stukje krachttraining.'

Ik kijk Jasper aan en verlaag het tempo van mijn coolingdown op de crosstrainer, tot het apparaat uiteindelijk tot stilstand komt. Met mijn handdoek en waterflesje loop ik achter hem aan. Jasper blijft stilstaan bij een nogal heftig uitziend, groot uitgevallen klimtoestel, waar aan alle kanten oefeningen op te doen zijn.

'Weet je zeker dat dit ook voor vrouwen is?' vraag ik, als hij gewichten links en rechts van een horizontale stang plaatst. 'Ik heb hier tot nu toe alleen heel sterke mannen bij zien staan.'

Jasper grijnst. 'Alleen stoere vrouwen doen deze oefening. Je gaat me toch niet vertellen dat jij geen stoere vrouw bent, toch Ilse?'

Ik kijk hem strak aan.

'Kijk... je gaat zo staan.' Jasper neemt een houding aan en ik doe een stap opzij om hem de ruimte te geven. 'Voeten op heupbreedte. Je tenen wijzen recht vooruit. Goed door je knieën buigen als je de stang oppakt. Knieën niet over de enkels en let op... het is belangrijk dat je rug recht is en je je billen naar achteren beweegt.' Hij pakt de stang op en demonstreert alles een paar keer. 'Nou... probeer maar. Deze oefening heet een *deadlift*.'

'Wil je me dood hebben of zo?' vraag ik, terwijl ik ga staan zoals ik hem heb zien doen.

Jasper lacht om mijn grapje. Ik probeer alles precies na te bootsen. De gewichten voelen zwaar, maar het is te doen.

'Heel goed. Controleer voor de zekerheid in de spiegel of je rug tot aan je stuitje een rechte lijn vormt.' Ik volg zijn blik naar de grote wandvullende spiegel rechts van ons en zie wat hij bedoelt. 'Ja, dat is hem. Goed die billen naar achteren laten gaan...'

Lijkt het zo of kijkt hij nu naar mijn kont? Hij zal het beroepsmatig wel moeten doen, om te controleren of ik de oefening goed uitvoer. Toen hij het net voordeed, heb ik stiekem ook naar zijn kont gegluurd.

We ronden de oefening af en Jasper laat nog een paar andere oefeningen zien, waarvan er niet één de leuke bijkomstigheid heeft dat ik ongegeneerd naar zijn billen mag kijken. Na de sportsessie haalt hij een iPad bij de balie en laat me zien hoe ik in het systeem van de sportschool kan inloggen. Mijn gegevens staan er al in en Jasper vertelt hoe ik nieuwe getallen zelf in kan vullen en hoe de verschillende grafieken, die mijn gewicht, BMI en vetpercentage bijhouden, zich dan automatisch aanpassen.

'Zo nu en dan spreken we je resultaten door en daar zullen we dan natuurlijk je training op afstemmen.'

Ik knik. Jasper kijkt me aan en houdt mijn blik even vast. Opnieuw vallen zijn blauwe ogen me op.

'Zullen we als afsluiting iets drinken?'

Plots voel ik het bloed naar mijn wangen stijgen. Mijn

hart maakt een vreugdesprongetje. Ik denk dat ik sowieso een rood hoofd heb van het sporten. Met een beetje geluk kan hij niet zien dat ik bloos. 'Ja, leuk', reageer ik.

Tegelijkertijd zegt Jasper: 'Dan kunnen we je voeding even bespreken.'

Mijn gezicht wordt nog roder. Natuurlijk wil hij niet zomaar wat met me drinken. 'Ja, ja', hakkel ik. Maar ik herpak me snel. 'Natuurlijk. Ik loop even naar het toilet en kom er zo aan, goed?'

'Prima. Zal ik alvast een cappuccino voor je bestellen?'

'Liever een glas water', zeg ik, terwijl ik het lege flesje in mijn hand heen en weer beweeg. 'Het zou zonde zijn als er nu al vierenzestig calorieën bij komen die we er net af hebben getraind.' Ik kan het niet laten hem sarcastisch aan te kijken.

Jasper houdt zijn hoofd schuin en fronst. 'Het was geen verwijt hoor. Puur informatie, zodat je je bewust bent van wat je binnenkrijgt. Niet alleen inzet is belangrijk, maar ook inzicht.'

Ik knik en wil doorlopen naar de kleedkamer, maar hij is nog niet uitgesproken.

'Eigenlijk moet je jezelf steeds de vraag stellen: is het het waard? Steeds opnieuw moet je een afweging maken. Dus als je een taartje ziet staan, dat je dan denkt: heb ik het ervoor over?'

Ik denk terug aan de twee chocolademuffins en even flitst ook de poederroze taart van Suus door mijn hoofd. Weet Jasper soms dat ik gek ben op gebak? En waarom kijkt hij me nu aan alsof hij zo door me heen kan kijken? Ik voel de neiging opkomen mijn blik af te wenden.

'Soms denken mensen dat ze alleen meer moeten bewegen

om hun doelstellingen te halen, maar het is een wisselwerking. Als je voedingspatroon niet goed is, bereik je nooit grote resultaten. En jij hebt de lat hoog gelegd voor jezelf. Als je ervoor kiest iets aan je lichaam te gaan doen, moet je je er ook voor inzetten.' Opnieuw kijkt hij me indringend aan. 'Maar goed... volgens mij heb jij hoge nood, dus ik zie je zo.'

Ik knik weer en verbreek het oogcontact door naar de kleedkamer te lopen. Ineens voel ik me terneergeslagen en zie ik op tegen het voedingsgesprek. Als ik in de kleedkamer ben schrik ik me rot van mijn spiegelbeeld. Ik zie er niet uit! Er zijn tomaten die minder rood kleuren. Rondom mijn gezicht hangen plakkerige slierten haar, nat van het zweet. Alsof dit alles nog niet erg genoeg is, prijkt er een prachtige zweetsnor op mijn bovenlip.

Rustig ademhalen, gebied ik mezelf. Probeer iets positiefs te vinden. Ik kijk op van de vloertegels in de dameskleedkamer en werp nogmaals een blik in de spiegel. Langzaam laat ik mijn ogen van onder naar boven gaan. Oké, ik draag geen vale, wijde trainingsbroek, zoals in de les van Stef, en mijn shirt heeft nog dezelfde kleur als toen ik met sporten begon. Dat is tenminste iets. Maar dat hoofd! En ik dacht nog wel heel even dat Jasper iets met me wilde drinken.

'Oeh, bofkont!' Kim laat haar wenkbrauwen een paar keer op en neer gaan. 'Heb je echt Jasper als personal trainer? Waarom heb je dat niet eerder gezegd?'

Ik schokschouder. 'De sportsessies zijn nog steeds niet echt mijn hobby, maar goed uitzicht, tja, dat heb ik dan weer wel.' Ik zie Jasper voor me terwijl hij een *deadlift* doet, en voel een kriebel in mijn lijf.

'Nou en of! Je hebt geluk! Ik heb van Stef begrepen dat hij weinig klanten kan aannemen, omdat hij parttime op de sportschool werkt. Jasper is eigenlijk fysiotherapeut. Wist je dat?'

Ik schud mijn hoofd.

'Hij werkt dus drie dagen als fysio. Zolang hij nog geen fulltimecontract heeft, doet hij het personal trainen erbij. Hij is de knapste en leukste man die er op heel die sportschool rondloopt... Na Stef natuurlijk.'

'Hij is knap... Heel knap', verbeter ik mezelf na een blik van Kim. 'Maar af en toe voel ik me zo ongemakkelijk in zijn bijzijn. Niet omdat hij zo aantrekkelijk is, maar door wat hij zegt.' Ik vertel Kim over het voorval van laatst.

'"Daar gaan we naartoe"? Nee! Zei hij dat echt?' Ze giechelt. 'Alsof je een stuk hout bent waar nog wat stukken vanaf geslepen moeten worden.'

'Ja, precies. Lach jij maar. Het was op dat moment echt niet leuk. Het waren superslanke dames. Van die *perfect bodies*, weet je wel?'

Kim knikt. 'Daar lopen er op die sportschool genoeg van rond. Maar ik denk trouwens niet dat hij het lullig bedoelde. Het mannenbrein werkt nu eenmaal anders dan dat van ons. Soms zeggen mannen dingen die wij vrouwen niet zo leuk vinden, maar die ze helemaal niet vervelend bedoelen.'

Ik hum en vraag me af of dat ook geldt voor de poffertjespan-opmerking van Stef. Even overweeg ik mijn gedachte hardop uit te spreken, maar ik besluit het niet te doen.

'Weten de dames al wat ze willen bestellen?'

Naast ons tafeltje is een ober verschenen, die ons vragend aankijkt.

Kim lacht hem toe. 'Sorry, we zijn zo druk aan het kletsen dat we nog helemaal niet naar de kaart hebben gekeken.'

'Geen probleem. Daar zijn dit soort avonden voor, is het niet? Doe het lekker rustig aan, dames. Ik kom straks wel terug.'

Ik klap de reusachtige menukaart open tussen mijn schoot en het vierkante tafeltje. 'Zullen we dan maar een kijkje nemen?'

Kim volgt mijn voorbeeld. Een tijdje zijn we stil. Er staan heel veel lekkere gerechten op de kaart. Het water loopt me in de mond. Bijna alles heb ik al een keer geproefd, zo vaak kiezen we voor dit restaurantje in het centrum van Alkmaar. Ik laat mijn blik over de gerechten glijden: pikant gemarineerde ossenhaaspuntjes, truffelpasta met kastanjechampignons in een romige saus, een burger van Waards rund op een ambachtelijke bol, met een gepofte aardappel en een crème-fraîchesausje.

'Lastig hè? Al die lekkere dingen', leest Kim mijn gedachten.

'Nou en of. Eigenlijk is het best raar. Bijna alle leuke dingen zijn gekoppeld aan lekker eten. Ga maar na. Een bezoekje aan de bioscoop gaat altijd gepaard met een berg popcorn en een zak M&M's. Tijdens het stappen drink je alcohol, daarna haalt iedereen massaal een patatje, broodje shoarma of Turkse pizza. Dan heb je nog de etentjes met familie en vrienden. Een middagje op het terras... Echt bij alle sociale activiteiten hoort eten. Het is zo nauw verbonden met elkaar.'

Kim kijkt nadenkend. 'Ik heb daar nooit zo over nagedacht, maar inderdaad, je kunt bijna niets leuks doen zonder dat je aan een hoop verleidingen wordt blootgesteld.

Je hebt toch ook van die influencers die foto's plaatsen waarop ze een hap uit een geglazuurde donut met discodip nemen? Of een slok nemen van een frappuccino van de Starbucks.'

Ik grinnik. 'Die worden gewoon betaald om dat soort foto's te plaatsen. En ik geloof nooit dat ze echt al die calorieën naar binnen werken.'

Kim knikt fanatiek. 'Na één hap eindigt die mooie donut waarschijnlijk in de prullenbak.'

'Ik zou dat nooit over m'n hart kunnen verkrijgen. Die arme donut... met zijn feestelijke discodip... Als ik kon, zou ik zijn leven redden en hem zelf opeten.'

Kim grijnst. 'Doe maar niet, Ils. Denk aan je column.'

Ik grijns terug. Inmiddels zijn er drie columns verschenen en ik kan eindelijk zeggen dat ik er een beetje in kom. Al blijft het lastig op dit soort momenten.

'Eens even zien', zegt Kim, als ik die gedachte met haar deel. Terwijl ze de kaart bestudeert, zegt ze: 'Gelukkig zijn er altijd gezonde alternatieven te vinden. Wat dacht je van lasagne van aubergine, of een gevulde puntpaprika of een visje bijvoorbeeld. Ik denk dat ik voor de kabeljauw ga. Jij?'

Ik trek mijn mond een beetje schuin en kijk haar aan.

'Wat?'

'Nou, kijk... als ik een gezonde keuze maak, weet ik dat ik ook voor iets superlekkers had kunnen gaan.' Kim kijkt me niet-begrijpend aan, en ik leg uit: 'Als ik iets eet waar ik echt naar smacht, dan geeft me dat een soort geluksgevoel. Een bepaalde voldoening. Als ik kies voor iets wat in mijn ogen minder lekker is, blijft dat ontevreden gevoel aan me knagen. Ik wil gewoon voorkomen dat mijn keuze achteraf voor een vreetbui zorgt, snap je?'

'Dus als ik het goed begrijp, ben je in staat achteraf iets te eten wat je echt heel lekker vindt, omdat je het gevoel hebt dat je een bepaalde behoefte moet vervullen?'

Ik knik langzaam. 'Stom hè?'

'Tja, soms zijn behoeftes niet makkelijk te verklaren. Ze zijn er nu eenmaal.' Er valt een stilte waarin we allebei opgaan in onze eigen gedachten. 'Je kunt twee dingen doen. Of je neemt gewoon wat je het allerlekkerst vindt en herpakt jezelf morgen weer. Dat kan heus wel, zo nu en dan. Of je neemt iets wat je lekker vindt, maar wat toch niet al te slecht is.'

'Ik ga voor een stukje op de huid gebakken zalm, op een bedje van gegrilde groenten', hak ik de knoop door en klap de menukaart dicht. 'Zullen we er een glaasje wijn bij bestellen? Daar heb ik echt zin in.'

'Neem gerust. Ik heb besloten dat ik gestopt ben met drinken.'

Even denk ik dat Kim een grapje maakt. Stoppen met alcohol is namelijk niks voor haar. Zij is het feestbeest van ons twee. Nog regelmatig kijkt ze iets te diep in het glaasje.

'Ja, echt', zegt ze, als ze mijn verbaasde blik ziet. De ober verschijnt aan onze tafel en neemt de bestelling op. 'Ik ben gestopt met alcohol', herhaalt ze, als hij weer weg is.

'Die moet je even toelichten.'

'Je weet toch dat Stef niet drinkt?'

Ik knik.

'We hebben veel gesprekken samen. We praten over van alles. Echt Ils, ik heb dit nog nooit meegemaakt met een man. We kunnen samen de grootste lol hebben, maar ook écht praten. Hij heeft me zijn visie verteld. Op het leven in het algemeen, maar ook op voeding. Hij gelooft bijvoorbeeld dat je bent wat je eet. Hij drinkt bewust niet, omdat hij zijn lichaam niet wil schaden.' Kim ziet mijn gezichtsuitdrukking. 'Oké, ik denk heus niet ineens dat je met normaal alcoholverbruik je lichaam schade toebrengt. Maar... Nou... ik denk wel dat er wat in zit. Stef heeft zo'n duidelijke mening over een heleboel dingen. Dingen waar ik misschien nog nooit bewust over heb nagedacht. Misschien klinkt het nu heel vaag wat ik allemaal zeg, maar hij heeft echt mijn ogen geopend.'

Ik knik opnieuw. Langzaam. Er zit misschien wel iets in, maar ik vind het een vreemd verhaal. Ik ken Kim al bijna mijn hele leven. Sinds onze jeugd drinken we regelmatig een glaasje alcohol. Op onze stapavonden is zij vaker dronken geweest dan ik. Ik ken haar door en door, weet precies wie ze is. En nu is er een man. Een man die ze nog geen twee maanden kent, die haar vertelt over zijn visie op het leven en haar het hoofd op hol brengt. Blijkbaar beïnvloedt hij haar met zijn uitspraken. 'Je bent wat je eet en een glaasje alcohol schaadt je lichaam.' Is Kim het daar echt mee eens of zijn het de vlinders in haar buik die dat voor haar beslissen?

8

ALS JE BENT WAT JE EET, DAN BEN IK EEN TOMPOUCE, denk ik een paar dagen later wanneer ik plaatsneem in de wachtruimte en in gedachten terugga naar het gesprek met Kim.

Dat ze van de ene op de andere dag gestopt is met alcohol zit me niet helemaal lekker. Natuurlijk moet ze zelf weten of ze wel of niet drinkt, maar het gaat me om de manier waarop ze tot deze beslissing is gekomen. Ik heb Kim nooit gezien als een beïnvloedbaar type dat zich snel iets aantrekt van de mening van anderen. Laat staan dat ze zich gemakkelijk aansluit bij een mening die haaks staat op haar eigen gedrag. Hoe ik haar ken, is ze heel uitgesproken en weet ze precies hoe ze ergens over denkt. Stef doet blijkbaar iets met haar, want bij hem gaat dit alles niet op. Ze is kneedbaar bij hem. Natuurlijk wil ik dat ze gelukkig is, maar ik wil ook vooral dat ze zichzelf niet verliest.

Ik zucht en staar naar de eikenhouten tafel tegenover me in de wachtkamer. Waarschijnlijk maak ik me zorgen om niks. Kim is gewoon ondersteboven van Stef en vindt op dit moment alles prachtig wat hij zegt. Als de relatie standhoudt, zal ze heus wel haar eigen weg vinden hierin. Bovendien moet ik bekennen dat ik niet bepaald objectief ben als het om Stef gaat. De poffertjespan-opmerking ligt nog vers in mijn geheugen.

Dat ik volgens de logica van Stef op dit moment een tompouce ben, is iets wat ik hem niet kwalijk kan nemen. Het geeft precies aan waarom het goed is dat ik nu in deze wachtkamer zit. Het was best een drempel om een afspraak te maken, laat staan om ook daadwerkelijk op mijn fiets te stappen en hiernaartoe te komen. Natuurlijk verschuil ik me erachter dat ik de afspraak nooit zou hebben gemaakt als ik niet voor *Claire* zou schrijven. Ik doe dit omdat het goed is rare hersenspinsels in de column te kunnen onderbouwen met de mening van iemand die ervoor heeft gestudeerd. En omdat Fenna het voorstelde natuurlijk. Toch ben ik al een paar dagen zenuwachtig voor het gesprek van zo meteen en door die opgebouwde spanning voelde ik vanmorgen ineens een enorme behoefte aan zoetigheid opkomen. Ik moest en zou een tompouce eten, daarna zou ik me vast beter voelen en het aandurven. Bovendien verdiende ik best wat lekkers met zo'n stom vooruitzicht.

Er verschijnt een vrouw van rond de veertig in de wachtkamer. Ze kijkt me vriendelijk aan. 'Ilse Oldenbroek?'

Ik knik haar toe.

‘Je mag verder komen. Ik ben Veronique Bremer.’

Ik schud haar uitgestoken hand en stel vast dat ze er precies uitziet zoals je zou verwachten van een psycholoog. Halfhoge beige pumps, een zwarte kokerrok met daarop een smetteloos witte blouse en haar haar opgestoken, zo dat het net niet te netjes zit om haar look nog op een bepaalde manier benaderbaar en toegankelijk te houden. Zolang ze maar niet bij alles vraagt: ‘En Ilse, hoe vóél je je daarbij?’ Een typerend zinnetje dat in mijn hoofd onlosmakelijk verbonden is met het beroep van psycholoog.

Ik volg Veronique naar haar kamer. Het is een lichte ruimte met grote ramen die uitzicht bieden op een tuin. In de kamer staan een ouderwets houten bureau, een wandkast van hetzelfde soort mahoniehout, een beige fauteuil en een lichtgroene sofa. Bij het zien van de sofa verschijnt er onwillekeurig een frons op mijn gezicht. Cliché nummer twee... check. Veronique gebaart naar de sofa en neemt zelf plaats op de fauteuil. Als ze maar niet verwacht dat ik er languit op ga liggen en haar geëmotioneerd het binnenste van mijn ziel laat zien terwijl zij mij de ene na de andere tissue aanreikt.

Na een stilte, waarin Veronique een ontspannen zithouding aanneemt en zo te zien afwacht of ik zelf begin te praten of dat zij het gesprek zal inleiden, vraagt ze uiteindelijk naar de beweegredenen die me hier hebben gebracht. Ik vertel haar trots over mijn column in *Claire*. Misschien niet heel handig als je bedenkt dat ik haar uitspraken daarin wil gebruiken en misschien zelfs de spot ga drijven met alle clichés die ik hier aantref. Maar het alternatief is haar vertellen over de tompouce, en ik denk dat er dan direct een hoop aantekeningen in mijn dossier volgen. Net in de wachtruimte realiseerde ik me hoe verknipt ik moet klinken als ik het verband ga vertellen tussen mijn emoties en eten.

'Wat leuk dat je daar werkt. Een vriendin van mij heeft een abonnement op de *Claire*. Als ik het tijdschrift op haar salontafel zie liggen, kan ik de neiging niet weerstaan om het even door te bladeren.' Veronique glimlacht warm. 'Zijn er naast je werk nog meer redenen voor deze afspraak?' vraagt ze terwijl ze me doordringend aankijkt.

Even voel ik me verlegen worden onder haar blik. Het is alsof ze zo door me heen kijkt en heus wel weet dat er meer aan de hand moet zijn. Haar directe aanpak overvalt me een beetje. Zo te zien is ze niet van de smalltalk en wil ze graag gelijk de diepte in. Maar ik had het helemaal niet erg gevonden nog wat onbenulligheden uit te wisselen. Iets meer tijd om aan elkaar te wennen was fijn geweest. Ik haal diep adem en besluit er maar gewoon voor te gaan. Als ik een goede column wil schrijven, zal ik er toch aan moeten geloven.

'En... hoe was het?' vraagt Kim, als we elkaar die avond in de kleedkamer van de sportschool treffen. Kim heeft bij Stef gegeten en ik heb haar sportkleding van huis meegenomen, zodat ze zich hier kan omkleden. Deze week heb ik al drie sportsessies met Jasper gepland staan. Toch ben ik ook op Kims uitnodiging ingegaan om mee te doen aan de bodycombatles van Stef. Die tompouce vanmorgen was lekker, maar het zou zonde zijn als hij het resultaat van deze week in de weg staat. In mijn vierde column wil ik graag kunnen schrijven dat ik nu in totaal meer dan één kilo ben kwijtgeraakt.

'Het viel me alles mee', reageer ik op Kims vraag, terwijl ik een elastiekje uit mijn sporttas gris en mijn haar voor de spiegel vastbind. 'Van tevoren zag ik er best tegen op. Ik dacht dat een psycholoog in je hoofd gaat lopen wroeten, op zoek naar pijnpunten en trauma's uit het verleden. Nou, die zijn er bij mij niet.'

Kim trekt haar sportshirtje over haar hoofd. Als haar gezicht weer tevoorschijn komt, kijkt ze me grijnzend aan.

'Er zullen vast heel veel mensen zijn die een gesprek met een psycholoog harder nodig hebben dan ik', praat ik verder. 'Kom ik aan met mijn verhaal over chocolademuffins en een tompouce.'

Kim fronst.

'Ach, hou het maar op emotie-eten...' Ik schokschouder. 'Als ik heel eerlijk ben, was ik benieuwd naar wat de psycholoog te zeggen had. Stiekem wilde ik best weten waarom ik over bepaalde dingen denk zoals ik doe. Of waarom ik bepaald gedrag vertoon. Maar ik was ook een beetje bang voor haar oordeel.'

'Wat zei ze dan?'

'Ze zei dat het erop lijkt dat ik me sinds de column meer bewust ben van wat ik eet en waarom. Dat lijkt me nogal logisch, ik word nu gedwongen erbij stil te staan.'

'Ja, logisch inderdaad.'

'Veronique, zo heet de psycholoog, zei ook dat eten een uitlaatklep kan zijn voor gevoelens, positief maar ook negatief.'

'Geloof jij daarin? Stef zegt altijd dat het onzin is, dat het gewoon met zelfdiscipline te maken heeft.'

'Nou ja, er zijn wel een paar situaties dat ik ging eten omdat iets me dwarszat. We hebben een aantal van die momenten besproken en geanalyseerd wat eraan voorafging.'

'En, ben je tot nieuwe inzichten gekomen?'

Nonchalant haal ik mijn schouders op. 'Ik heb met haar meegepraat dat ik eten soms gebruik als uitlaatklep voor mijn gevoelens. Ze was heel tevreden met mijn psychologische zelfanalyse. Dus we gaan daar de volgende keer mee verder.' Ik lach. 'Hier kan ik wel wat mee in mijn column.'

Na de les zijn een aantal fanatiekelingen samen met Stef en Kim op de bankjes naast de receptiebalie gaan zitten. Ik ben eerst doorgelopen naar de dameskleedkamer om in de spiegel mijn uiterlijk een beetje te kunnen fatsoeneren. Als ik terugloop en bij de anderen ga zitten, denk ik aan de keren dat ik met Jasper trainde. De sportsessies met hem zijn leuker dan die met Stef. Het sporten is nog steeds niet mijn hobby, maar het is vol te houden omdat het nu eenmaal leuk is om een uur lang naar Jasper te mogen kijken. Wel is het vervelend dat hij me altijd zo afmat, dat ik helemaal kapot ben en er aan het einde van de training niet uitzie. Kennelijk is dat iets voor personal trainers. Al is het bij Jasper wel anders dan bij Stef. Die is veel harder in zijn uitspraken. In het afgelopen uur ben ik hem de bulldozer gaan noemen. Alleen in gedachten, uiteraard. Hij stond daarnet voor de groep alsof hij een leger op hoog militair niveau moest drillen. Zijn befaamde uitspraak 'opgeven is voor losers' werd deze keer uitgebreid met de leuzen: 'Ik wil dat het pijn doet!', 'Laat dat vet maar branden!' en 'Die billen moeten hoger!' Waarbij ik sterk het vermoeden had dat hij alleen mij aankeek, bij die laatste woorden.

'Wil je iets drinken, Ilse? Je hebt daarnet heel wat vocht

verloren', vraagt de bulldozer, terwijl hij me over tafel aankijkt en zijn arm rond Kims schouders hangt.

Ik doe een poging tot een glimlach. 'Ik heb net in de dameskleedkamer mijn waterflesje bijgevuld, maar dank je voor het aanbod.'

Kim neemt een slokje van haar fluorescerende sportdrankje en zet het glas terug op tafel. 'Je ging wel lekker net, hè? Ik zei toch dat het de tweede keer makkelijker zou gaan?'

'Het was vooral fijn dat ik beter doorhad welke kant we op gingen. Ik was niet meer zo bang dat ik iemand op zijn neus zou stompen.'

Een man van rond de veertig, bij wie de karatetrappen in de lucht eruitzagen alsof ze in slow motion gingen, lacht. In de zaal was hij degene die naast me stond. 'Het ging hartstikke goed hoor, meissie. Over een paar weken sla je harder dan die daar.' Hij wijst naar Stef.

'En dan zitten mijn billen hoger', flap ik eruit voordat ik er erg in heb.

Iedereen aan tafel lacht. Stef grijnst zijn tanden bloot. Waarom zeg ik dit nou? Nu benadruk ik juist dat ik me aangesproken voel door die stomme uitspraken.

'Dat is wel een beetje jouw ding, hè?' vraagt een fanatieke man aan Stef. 'De boel lekker opzwepen...'

'Natuurlijk. Ik wil dat jullie er het beste uit halen. Als je niet bereid bent tot het gaatje te gaan, dan moet je maar naar een lesje yoga of pilates gaan. In mijn les gaan we knallen! Alleen als jullie nog dagen na de les spierpijn hebben en me in stilte vervloeken, is mijn missie geslaagd.'

De groep lacht opnieuw. Ineens wordt Stefs aandacht afgeleid. Ik volg zijn blik. De twee dames over wie Jasper een tijdje terug zei dat we 'die kant op gingen', lopen de zaal in. Stef haalt zijn arm van Kims schouder en houdt zijn ogen op de twee blondines gericht. Ze laten hun blik door de sportschool dwalen en wanneer ze Stef zien, zeggen de drie elkaar gedag met een uitgebreide glimlach. Stef zet zijn glimlach kracht bij met een knipoog. Niemand van ons gezelschap heeft het door. Kim luistert naar het gesprek dat inmiddels is verdergegaan. De timing van het weghalen van Stefs arm rond Kims schouders en de knipoog vallen alleen mij op. Het ziet er op de een of andere manier stiekem uit. De knappe blondines lopen door en Stef richt zijn aandacht weer op het groepje om hem heen.

Misschien zie ik spoken. Wie ben ik om te bepalen wanneer Stef zijn arm wel en niet van de schouder van zijn vriendin mag halen?

'Wie gaat er zo mee de sauna in? Lekker nazweten?'

Een paar sporters knikken Stef toe.

Hij kijkt opzij naar Kim. 'Dan kunnen we daarna samen afkoelen onder een koude douche. Hmm...'

Kim glundert. 'Met eskimokusjes?'

De fanatieke man maakt een wegwuivend handgebaar. 'Ja, ho eens... dat hoeven wij allemaal niet te weten. En trouwens... de sauna mag dan voor zowel mannen als vrouwen zijn, douchen doe je maar lekker in de herenkleedkamer, Stef. Kunnen die dames ook eens rustig hun gang gaan.'

Stef slaat de man op zijn schouder. 'Vooruit dan maar. Ik spoel me na de sauna wel even snel af. Dan bewaren we de rest voor thuis.' Hij knipoogt naar Kim.

Ik moet mijn best doen mijn gezicht neutraal te houden en een sarcastische frons te onderdrukken. Kent die vent geen schaamte? Heeft hij nooit gehoord van privacy versus openbare ruimten? Stef praat met deze mensen alsof het zijn vrienden in de kroeg zijn. Hij lijkt zich niks aan te trekken van zijn rol als fitnessinstructeur.

'Ga je mee, Ils? Lekker de sauna in?' haalt Kim me uit mijn gedachten.

Ik schud mijn hoofd. 'Ga jij maar. Ik ga zo door naar huis.'

Als ik mijn spullen uit het kluisje heb gehaald en terugloop via de receptiebalie, komt vanaf de ingang Jasper me tegemoet lopen. Zodra hij me ziet, klaart zijn gezicht op.

'Hoi, Ilse. Lekker gesport?'

Ik knik en baal ervan dat hij dat blijkbaar nog steeds aan me kan zien. 'Ik heb een les bodycombat gedaan bij Stef, samen met een vriendin.'

'Goed bezig.' Hij glimlacht. 'Ik sprak Kim gisteren en ze vertelde me dat jullie huisgenoten zijn. Wat leuk. Of had je het niet over haar?'

'Jawel...'

In de stilte die valt, kijkt Jasper me grijnzend aan. 'We hebben het maar even over jou gehad hoor. Wees gerust.'

Ik glimlach en neem me voor Kim vanavond uit te horen.

'Jasper?' Een van de twee knappe blondines staat ineens naast ons en tikt hem op zijn schouder. 'Heb je zo even?' Ze neemt geen tijd het antwoord af te wachten. 'Kun je mij die nieuwe oefening nog een keer uitleggen? Ik weet dat je het van de week hebt laten zien, maar ik weet het niet meer zo goed.'

'Geen probleem. Ik kom er zo aan, Fabiënne.'

De blondine glimlacht breed en zonder mij een blik waardig te keuren, loopt ze terug naar de zaal.

Jasper kijkt haar na. Geïrriteerd volg ik zijn blik, haar onbeleefde gedrag kost mij mijn momentje met Jasper. Al moet ik eerlijk zeggen dat die Fabiënne wel heel mooie billen heeft in haar opvallende groene sportlegging. Haar blonde staart zwiept vrolijk van links naar rechts.

Jasper richt zijn aandacht weer op mij. 'De plicht roept.'

Ik glimlach, al is het niet van harte. Het zal voor hem vast niet aanvoelen als een plicht. 'Ja natuurlijk. Ik hou je niet langer op. Ik zie je van de week weer.'

9

'JE BENT ZO GOED BEZIG, LIEVERD. HET IS ELKE KEER vechten wie jouw column als eerste mag lezen. De laatste paar keer heb ik maar gewoon een extra *Claire* in de winkel gekocht om de vrede hier in huis te bewaren.'

Glimlachend wissel ik met de telefoon van oor.

'We krijgen ook veel opmerkingen van bekenden, hè Gert?'

Ik hoor mijn vader op de achtergrond iets zeggen, maar kan het niet goed verstaan.

'We komen regelmatig oude klanten van de winkel tegen in de stad, maar ook als we Rover uitlaten en mensen uit de buurt tegenkomen... Het gesprek gaat altijd wel even over jou. Echt iedereen heeft je column wel een keer gelezen.'

Ik schud een paar ingedeukte kussens van de bank op en leg ze mooi neer. 'Dat is leuk om te horen, mam. En zijn die mensen een beetje positief over wat ik schrijf?'

'Positief? Ze zijn laaiend enthousiast! Echt Ilse, je kunt zo trots zijn op jezelf... Niet alleen op je schrijftalent, maar ook wat je hebt bereikt bij *Claire* en dat je er zo voor gaat met die column. Lukt het nu wat beter met gezond eten en sporten? Of is het nog steeds zo'n ramp?'

'Het gaat wel beter, al word ik nog steeds niet blij van al dat konijnenvoer. Ik ben er constant mee bezig. Meestal omdat ik zin heb in iets lekkers, maar als ik bijvoorbeeld net hard heb getraind, vind ik het ook gewoon zonde om iets ongezonds te eten.'

'Dat kan ik me voorstellen, je werkt je niet voor niets zo hard in het zweet. Ik heb al gekeken wat ik volgende week ga koken, als Sabine en jij hier eten. Het wordt dit keer een vegetarische salade met parelcouscous.'

'Ik ben benieuwd. Zo fijn dat je me wilt helpen door elke week een gezonde maaltijd te koken.'

'Natuurlijk wil ik dat voor je doen. In het begin was het een beetje zoeken, maar inmiddels vind ik het leuk om te doen. Je vader en ik hebben deze week een nieuw kookboek gekocht in de stad. Het staat vol gezonde recepten. Dus voorlopig kunnen we even vooruit... Ik weet dat de column je is opgedrongen. Of nou ja, de column zelf niet natuurlijk, maar *Ilses strijd tegen de kilo's* wel. Hoe dan ook... nu wij er op een bepaalde manier bij betrokken zijn, omdat je hier elke week eet, heb ik me wat meer moeten verdiepen in gezonde voeding. Ik heb deze week al twee keer een recept uit het nieuwe kookboek geprobeerd en het was nog lekker ook. Gisteren aten we pitabroodjes met kip, avocado en een sausje op yoghurtbasis en vandaag heb ik spaghetti gemaakt van courgetteslierten.'

'Klinkt goed. Wat leuk dat je zo enthousiast bent.'

'Nou ja, je vader heeft wel geëist dat we vanavond speklapjes eten. Het kan ook te gezond, volgens hem.' Ik hoor mijn moeder giechelen aan de andere kant van de lijn. 'Maar die spaghetti, die eigenlijk geen spaghetti is volgens je vader, kunnen we ook wel een keer met z'n vieren eten. Er gingen geroosterde pijnboompitjes overheen. Echt heel lekker. Nou goed... genoeg over eten. Ik krijg er honger van. Ga je vanavond nog wat leuks doen?'

'Sabine komt hier zo een wijntje drinken.'

'Mag je dat wel?' klinkt het verbaasd. Voordat ik antwoord kan geven, praat mijn moeder alweer verder. 'O, wacht even Ilse, je vader zegt wat... Ja... Nee...' hoor ik haar tegen mijn vader zeggen. 'Oké, ik zal zeggen dat jij dat hebt gezegd... Ja... Ja, dat is goed... En ik zal haar de groetjes van je doen. Ilse?'

'Ja?'

'Ben ik weer. Je vader zegt dat het stom is dat ik je vroeg of je wel een wijntje mag drinken. Hij zegt dat je dat vooral moet doen en er lekker van moet genieten.'

Ik glimlach.

'En ik moet je de groetjes van hem doen.'

'Doe maar de groetjes terug en geef hem een dikke kus. Gaan jullie nog iets leuks doen dit weekend?'

'Zal ik doen. We gaan straks op visite bij de mensen van de kaaswinkel: Jan en Marjoke. Ken je die nog?'

Jan en Marjoke hadden vroeger een kaaswinkel naast onze bakkerij. Ze hebben de winkel een paar jaar geleden ook weggedaan, maar zijn altijd bevriend gebleven met mijn ouders. 'Natuurlijk. Doe ze de groetjes van me.'

'Jij ook veel plezier hè, met je zus. O, je vader zegt nog iets.' Weer valt er een stilte. 'Hij zei: alvast proost voor straks.'

'Jemig. Jij ziet er goed uit!' roept Sabine als ik de voordeur van mijn appartement voor haar opendoe. 'Ik heb je van de week nog gezien bij papa en mama! Hoe heb je dat nou weer voor elkaar gekregen?'

Er verschijnt een trotse glimlach op mijn gezicht, terwijl ik haar jas aanpak en op de kapstok hang. 'Van de week had ik een lange, wijde trui aan. Daar zal het aan liggen.'

Sabine pakt de mouw van mijn jurkje tussen haar duim en wijsvinger en wrijft even over de stof. 'Mooi zeg. Nieuwe aankoop?'

Ik knik haar toe. 'Ik had mezelf beloofd te mogen shoppen als ik een paar kilo was kwijtgeraakt.'

'Nou, dat sporten en gezond eten begint nu echt z'n vruchten af te werpen. Het jurkje staat je prachtig. Hoeveel ben je al afgevallen?'

Met een nonchalant gebaar haal ik mijn schouders op. 'Ik weet het niet precies. Morgenochtend heb ik weer een weeg- en meetmoment op de sportschool, dan zullen we het zien.'

'Bedoel je dat je tussendoor niet kijkt wat de stand is?' vraagt Sabine, terwijl ze doorloopt naar de woonkamer. 'Kim heeft vast wel een weegschaal, toch?'

'Ja, die heeft ze, maar ik probeer er niet te vaak op te gaan staan. In het begin deed ik dat wel. Elke ochtend. En als ik dan vervolgens naar de wc moest, ging ik er gerust nog een keer op staan om te kijken wat het toiletbezoek me had opgeleverd. Daar ben ik mee gestopt. Het werd een obsessie. Ik was te veel bezig met mijn gewicht, en die schommelingen frustreerden me enorm. Toen heb ik dat met de psycholoog besproken en zij zei dat als het zo'n invloed op mijn humeur heeft, ik er misschien beter aan deed me alleen te laten wegen tijdens de meetmomenten op de sportschool. Het was een goed advies en het geeft me enorm veel rust. Nu zie ik alleen de grote lijn, die daalt als het goed is.'

'Maar je weet dus nog niet precies hoeveel... Dus hoe weet je dan dat je al mocht gaan shoppen?'

'Als morgen blijkt dat ik minder ben afgevallen, breng ik het jurkje terug, had ik bedacht.'

'Nee! Niet doen, hoor', roept Sabine fanatiek.

Ik grijns. 'Grapje.'

Sabine is bij Binky op de grond gaan zitten. Ze aait het konijn, dat er zichtbaar van geniet en z'n kop plat op de laminaatvloer legt. 'Waar is Kim trouwens?'

'Bij Stef', reageer ik, op weg naar de keuken om twee wijntjes in te schenken. 'Daar is ze tegenwoordig heel vaak.'

'Stef...' herhaalt Sabine, alsof ze even na moet denken over die naam. 'Dat is haar nieuwe vriend, toch? Volgens mij noemde je zijn naam een tijdje terug ook al. Ze zijn dus nog steeds niet op elkaar uitgekeken?'

'Nee, allesbehalve dat juist. Het is echt dik aan tussen die twee. Ze hebben inmiddels alweer drie maanden wat met elkaar. Volgens mij is dit Kims langste relatie ooit.'

'Iets in je stem zegt me dat jij geen grote fan van Stef bent... Of zit ik ernaast?'

Met twee wijntjes in mijn handen loop ik naar de bank. Ik zet de glazen op de salontafel en verwonder me erover dat Sabine dit uit de klank van mijn stem heeft kunnen opmaken. 'Klopt', geef ik een beetje gelaten toe. 'Het is niet zo dat ik een hekel aan hem heb, hoor. Maar, nou ja... zoals je zegt, ik ben geen grote fan van hem.'

Sabine staat op van haar plek op de grond bij Binky en

komt naast me op de bank zitten. 'Waar zit dat hem dan in?'

Ik vertel mijn zus dat Kim gestopt is met het drinken van alcohol, omdat ze nogal zwaar tilt aan Stefs mening. Ook vertel ik haar over de poffertjespan-opmerking, de knipoog en het weghalen van Stefs arm om Kims schouder toen er twee knappe dames voorbijliepen in de sportschool, en dat ik hem, door zijn manier van lesgeven, stiekem 'de bulldozer' ben gaan noemen.

'Waarschijnlijk is er niks mis met hem. Jij houdt gewoon niet zo van die machotypes.' Sabine pakt een wijnglas van tafel en steekt het naar me uit in een proostgebaar. 'Op de bulldozer!'

Ik proost met haar mee en roep: 'Opgeven is voor losers! Die billen moeten hoger! Laat dat vet maar branden! Ik wil dat het pijn doet!'

'En iedereen vindt dat normaal?' vraagt ze lachend. 'Wat een tiran! Ik zou nooit meer naar die lessen van hem gaan. Ik hou sowieso niet van sport... Alleen van Ritter Sport!'

Ik grinnik en neem een slokje.

'Ga je zijn uitspraken in je column gebruiken? Dat zou hilarisch zijn!'

Ik neem nog een slokje wijn en beweeg mijn hoofd van links naar rechts. 'Ik twijfel nog... Kim zou het me niet in dank afnemen.'

'Nee, dat snap ik wel. Maar bestaat er niet zoiets als auteursvrijheid? Dat kun je haar uitleggen, toch?'

Ik haal mijn schouders op. 'Ze weet ook helemaal niet van die poffertjespan-opmerking.'

'Ah, ik snap het.'

'Ze weet ook niet dat ik haar vriendje stiekem "de bulldozer" noem.'

'Houden zo.' Sabine grijnst. 'En Kim weet denk ik ook niet dat jij haar vriendje niks vindt...'

Er valt een stilte waarin ik mijn zus betekenisvol aankijk.

'Stefs visie heeft geen invloed op jou, mag ik hopen? Niet dat je me nu rauwe wortels en stukken paprika gaat voorzetten met zo'n smerige smaakloze dip van kikkererwten?' Sabine trekt een vies gezicht.

'Wees gerust. Ik heb iets lekkers bij de viswinkel gehaald. Je houdt toch van sashimi?' vraag ik, terwijl ik opsta van de bank en naar de keuken loop.

'Lekker! Trouwens... mijn collega's hadden het vandaag nog over je', praat Sabine verder tegen mijn rug, terwijl ik in de keuken de hapjes klaarmaak. 'Ze lezen je columns allemaal, en tijdens de lunchpauze ging het over die zweverige troela van een psycholoog van je...'

'Veronique is best aardig, hoor', onderbreek ik haar. 'Ze komt soms alleen een tikkie zweverig uit de hoek. Vandaag zei ze dat iedereen een blinde vlek heeft en dat zij er is om daar wat licht op te schijnen...'

'En wat is jouw blinde vlek?'

'Tja, als ik dat wist... Ik ben trouwens best blij met die uitspraken van haar, handig voor mijn werk.'

'Ben je niet bang dat ze je columns leest en weet hoe je over haar denkt?'

'Ik weet niet of ze ze leest. Ze is in ieder geval professioneel genoeg om er niks over te zeggen.'

Sabine lacht.

'Maar er staat ook in dat ik haar heel kundig vind. En trouwens... als ik met iedereen rekening moet houden, kan ik nooit meer ongegeneerd iets schrijven.'

'Precies. Dus je bent het met me eens dat je Stefs uitspraken ook gewoon moet gebruiken?'

'Ik denk er nog over', zeg ik als ik terugloop naar de zithoek met in mijn handen een grote houten plank. Erop liggen plakjes sashimi van tonijn en zalm, een bakje sojasaus, gesneden stukjes wrap met een garnalenvulling en komkommerplakjes met roomkaas, een zongedroogd tomaatje en walnoot.

'Ziet er goed uit', reageert Sabine als ik de plank op de salontafel neerzet en terug op de bank plof. 'Mijn collega's zijn trouwens allemaal fan van sexy Gijssie! Met zo'n personal trainer wil iedereen wel naar de sportschool.'

'In het echt heet hij geen Gijs, maar Jasper. Hij maakt het sporten inderdaad wat draaglijker. Van de week betrapte ik me er zelfs op dat ik zin had om naar de sportschool te gaan.'

Sabine trekt haar wenkbrauwen hoog op. 'Wat zeg je nou?'

'Ja, echt.' Ik grijns. 'Wie had dat ooit voor mogelijk gehouden?'

'Voelde je ineens een onverklaarbare behoefte je in het zweet te werken of had je gewoon zin om je personal trainer te zien?'

'Dat laatste natuurlijk.' Ik buig me voorover naar de salontafel, pak een komkommerhapje en steek het in één keer in mijn mond.

'Heeft hij een vriendin?' wil mijn zus weten.

Met volle mond kantel ik mijn hoofd een paar keer van links naar rechts. 'Voor zover ik weet niet', zeg ik als ik ben uitgegeten. 'Maar volgens mij heeft hij ze voor het uitkiezen. Er zijn genoeg knappe dames op die sportschool, en hij is een man die nogal opvalt met z'n looks.'

'Wie weet vindt hij jou wel leuk.'

'Mooi niet! Hij gedraagt zich hartstikke streng tegen mij. Naast dat hij personal trainer is, werkt hij ook als fysiotherapeut. Vorige week zag ik hem bezig met een jongen die niet goed kan lopen. Hij was zo begaan met hem en had engelengeduld. Echt, het zag er zo lief uit. Als je dat ziet, snap je niet dat hij zo gemeen streng doet tegen mij.'

'Meisjes plagen, kusjes vragen.'

Lachend schud ik mijn hoofd. 'Ik heb me al eens een keer vergist. Toen dacht ik dat hij me een drankje aanbood, maar hij wilde alleen maar iets drinken om het over mijn voeding te hebben.'

'Misschien was dat zijn excuus om iets met je te drinken.' Sabine laat haar wenkbrauwen een paar keer op en neer gaan.

'Iets drinken ín de spórtschool', reageer ik met veel nadruk. 'Het was geen gezellig onderonsje. Hij had kritiek op mijn voeding en zei dat daar nog heel wat winst te behalen viel. Bepaald geen date dus.'

Sabine trekt haar mond een beetje schuin. 'Jammer. Ik zou best tegen mijn collega's willen opscheppen dat sexy Gijs mijn zwager is.'

De volgende ochtend fiets ik vol frisse moed naar de sportschool. Ik heb er vertrouwen in dat het meetmoment een positief resultaat zal opleveren en ben best trots op mezelf dat ik het gisteravond bij gezonde hapjes heb gehouden. Er is aardig wat wijn doorheen gegaan, maar ik heb ook water gedronken. Ik zet mijn fiets op slot, loop naar de sportschool en berg mijn spullen op in een kluisje. Dan ga ik op zoek naar Jasper. Al snel zie ik hem. Hij stapt net van de crosstrainer en loopt mijn richting uit.

'Goedemorgen, mevrouw Oldenbroek', begroet hij me vrolijk. 'Ik kom zo bij je. Even een ander shirt aantrekken.'

Ik kijk naar hem. Naar de kleine zweetdruppeltjes die op zijn voorhoofd parelen. Zijn donkere haarbos glanzend van de work-out die hij net achter de rug heeft. Hij draagt een donkerblauw shirt, dat nat van het zweet tegen zijn bovenlichaam plakt en niet van plan lijkt dat ooit nog los te laten. De contouren van zijn borst- en buikspieren zijn zichtbaar. Een fraai gezicht. Ik zou er graag naar blijven kijken en moet moeite doen mijn blik ervan los te maken.

'Is goed', zeg ik als ik hem weer recht aankijk.

Jasper grijnst en even ben ik bang dat hij mijn bewondering voor zijn bovenlichaam heeft opgemerkt.

'Ik wacht hier op je', voeg ik eraan toe, zonder aandacht te schenken aan zijn gezichtsuitdrukking.

'Wachten?' Hij fronst op een speelse manier.

Ineens voel ik dat ik bloos. En dat is niet mijn schuld, het ligt aan hem. Hij kijkt er zo verdomd sexy bij, een blik die ik niet goed kan doorgronden. Een zenuwachtig gevoel bekruipt me. Gedachten over wat hij met dat vragende woord 'wachten' zou kunnen bedoelen, schieten door mijn hoofd.

'Begin maar vast met je warming-up', zegt hij, waarna hij wegloopt in de richting van de kleedkamers.

Ik kan mezelf wel voor mijn hoofd slaan. Wat had ik dan gedacht dat hij bedoelde? Een uitnodiging om mee te gaan naar de herenkleedkamer? Om daar te kunnen zien hoe hij zijn shirt uittrekt? Om even naar zijn ontblote bovenlichaam te kunnen staren? Ik schud mijn hoofd om het beeld van Jasper van mijn netvlies te verdrijven en begeef me naar de sportzaal.

10

FENNA KIJKT ME AAN MET HAAR PRIEMENDE GROENE ogen. 'Wat vind je daarvan?'

Ik probeer een antwoord in mijn hoofd te formuleren, maar ben er nog niet helemaal uit hoe ik over haar voorstel denk.

'Second Love... Je bedoelt dat datingplatform voor mensen die een relatie hebben en daarnaast iets buiten de deur zoeken?'

'Ja. Je kent het vast wel, toch? Het kan haast niet anders dan dat je die radiospotjes weleens voorbij hebt horen komen.'

Ik knik langzaam.

'Second Love is hot! Als ik de geruchten om me heen zo'n beetje mag geloven. Mensen bij wie de relatie in een sleur zit, zoeken er massaal een flirt. De een is op zoek naar een beetje spanning en avontuur. De ander vindt er een seksmaatje of een serieuze affaire.'

'En je wilt dat ik daar een groot artikel over schrijf?'

'Ja. Ik dacht aan iets van zes pagina's. Zie het maar als een reportage op basis van deskresearch, maar ook veldwerk in de vorm van interviews. Wij als *Claire* moeten iets doen met Second Love. Ik denk dat onze lezers heus niet allemaal actieve Second Lovers zijn, maar het leeft onder de oppervlakte. Er rust een soort taboe op. En taboes zijn er niet alleen om doorbroken te worden, we vinden het ook heerlijk om erover te lezen. Iets wat eigenlijk niet mag, iets wat een beetje stout en ondeugend is, heeft toch een bepaalde aantrekkingskracht. Vind je niet?'

Ik knik half, maar kan Fenna's mening niet delen. Hoe ik het zie is 'een beetje stout' een veel te milde omschrijving. Deze mensen gaan keihard vreemd en zetten daarmee bewust hun relatie op het spel. Ze richten een hoop schade aan als het uiteindelijk aan het licht komt. Ik snap de drang naar spanning, avontuur en lust. Maar als je dat allemaal niet in je relatie kunt vinden, kun je beter dáár iets aan doen. Voor deze mensen heb ik eigenlijk geen goed woord over, maar natuurlijk zeg ik dat allemaal niet tegen Fenna.

'Echt een project om je tanden in te zetten, hè Ilse?'

Ondanks mijn persoonlijke mening over Second Love moet ik Fenna gelijk geven. Het is een mooi project om aan te werken. Absoluut een boeiend onderwerp. Al lijkt het of mijn leidinggevende één ding vergeet. 'Je weet dat ik zelf geen relatie heb, toch?'

Fenna houdt haar hoofd een beetje schuin. 'Dat maakt toch niks uit? Ik vraag niet van je of je zelf vreemd wilt gaan.'

Ik grijns. 'Nee, dat bedoel ik ook niet. Ik vroeg me af of

iemand met een relatie zich niet meer kan verdiepen in die wereld, zich nog beter kan inleven...'

'Sanne heb ik natuurlijk eerst gevraagd, zij is gewoon een goede journalist. Maar die heeft een relatie en die wil ze niet op het spel zetten. En dan kom ik bij jou. Je hebt met het dateleed-artikel laten zien dat dit soort onderwerpen je goed ligt.'

Ik zou Fenna's opmerking als een compliment kunnen beschouwen en knik ferm. 'Goed. Ik duik graag in de wereld van Second Love en ik zal er een topartikel over schrijven!'

'Dit moet je echt even horen, Stef. Ils heeft een geniaal stuk geschreven over beroepen die enorm sexy of juist het tegenovergestelde zijn!' Kim pakt de laatstverschenen *Claire* van de stapel magazines op onze eettafel en slaat het tijdschrift open. Ze bladert erin terwijl ik de lege borden met overgebleven etensresten van ons drieën verzamel en het vieze bestek erbovenop leg. Ik sta op, breng de vaat naar de keuken en hoor Kim het artikel voorlezen.

'Veel vrouwen vinden bepaalde beroepen niet alleen onaantrekkelijk, het kan zelfs een enorme afknapper zijn op hun eerste date. Als die leuke man tijdens een romantisch dinertje bij kaarslicht vertelt dat hij bij de ongediertebestrijding of in een mortuarium werkt, blijkt dat een enorme teleurstelling. Erger dan witte sokken in sandalen. We zijn het er met z'n allen over eens dat deze beroepen geen sexy uitstraling hebben. Heel verbazingwekkend is dat natuurlijk ook niet. Wie krijgt er nu een opwindend gevoel van iemand die de hele dag op kakkerlakken jaagt.' Kim lacht, en ik wacht glimlachend in de keuken tot het lichtje van de borrelende waterkoker uit springt.

'Je zou misschien denken dat een arts het goed doet bij de vrouwen, maar het tegendeel is waar. Zo kunnen een hoop dames zich geen relatie met een gynaecoloog voorstellen', gaat ze verder. *'Vrouwen zijn toch bang dat hij precies weet hoe het daar onder werkt.'*

Stef lacht hard. 'Daar hoef je geen gynaecoloog voor te zijn.'

Ik giet het water in drie mokken en hang er om beurten een theezakje in.

'Daartegenover staan de piloot en de brandweerman', zegt Kim. *'We vinden dit massaal heel aantrekkelijke beroepen. Werkuniformen scoren sowieso goed op de lijst met meest sexy beroepen. Het is dan ook niet voor niets dat strippers verkleed als politieman komen opdagen op een vrijgezellenparty.'*

Ik loop met de theebekers terug naar de eettafel. Kim kijkt op uit het tijdschrift en pakt de theebeker van me aan. Ik zet de andere twee op de onderzetters van de plek waar Stef en ik zitten. Stef haakt zijn vingers door het oor van de beker, en ik volg hoe de figuren op zijn onderarm zich omhoogbewegen wanneer hij zijn elleboog op de eettafel zet. De in elkaar overlopende roofvogel, boom en bloem moeten uiteindelijk een volledige tattoosleeve vormen, heb ik van Kim begrepen. Ze is helemaal weg van de plaatjes op zijn linkeronderarm en overweegt inmiddels zelf ook of ze iets zal laten zetten. Voordat Stef in beeld kwam, heb ik haar interesse voor tattoos nooit opgemerkt. Ik kijk nog eens naar de bloem op zijn arm. Best een bijzondere keuze bij zo'n ruig type.

Kim kijkt Stef vrolijk aan. 'Hé, jij wordt ook genoemd! Moet je horen: *Waar we het spontaan warm van krijgen is de gedachte aan een relatie met een fitnessinstructeur. Nog net een plekje hoger dan de fitnessinstructeur eindigt de personal trainer. De persoon met het goddelijke, afgetrainde lijf die jou persoonlijke aandacht geeft en je hart zowel letterlijk als figuurlijk sneller laat kloppen... Dat is toch wat we stiekem allemaal willen?'*

Kim grijnst en knikt gretig. Stef richt zijn blik op mij en fronst zijn wenkbrauwen.

Ik zou willen dat er plotseling een luik onder mijn voeten zou opengaan en dat ik erin kon verdwijnen. Toen ik deze tekst schreef heb ik er geen moment over nagedacht, maar nu Kim het zo voorleest is het ontzettend dom dat ik hier niet bij stil heb gestaan. De boodschap van deze tekst ligt er zo dik bovenop. Het druipt er aan alle kanten vanaf dat ik Jasper een lekker ding vind.

Stef kijkt me lang aan. 'Zo...' zegt hij uiteindelijk. 'Dus jij houdt wel van een goddelijk, afgetraind lichaam?' Hij trekt zijn wenkbrauwen een paar keer achter elkaar op in een veelbetekenend gebaar. Daarna verschijnt er een geamuseerde schuine grijns op zijn gezicht.

Ik ben even in de war, maar dan realiseer ik me dat hij denkt dat ik hém het mooiste wezen op aarde vind.

'Dus eigenlijk, Ilse...' gaat hij verder. 'Eigenlijk wil je gewoon hard aangepakt worden door een man... een echte man die jou laat zweten.'

'Laatst zijn we er niet meer aan toegekomen, maar vandaag wil ik graag weten hoe je ervoor staat.' Jasper maakt een uitnodigend gebaar naar de weegschaal.

Ik zucht diep. Toen de meet- en weegsessie twee weken geleden uitbleef, was ik maar wat opgelucht. In de tussentijd heb ik Jasper wel gezien, maar omdat hij er niet over begon en ik dat natuurlijk ook niet uit mezelf deed, dacht ik eigenlijk dat hij het vergeten was. Als ik had geweten dat ik me zou moeten wegen, had ik tijdens de training geen liter water gedronken.

Met een zucht ga ik op de weegschaal staan. De zwarte cijfers verschuiven op het plateautje onder mijn voeten, totdat het rode pijltje stil blijft hangen boven een getal.

'Vijf kilo sinds je startgewicht.' Hij kijkt op zijn iPad en toetst het nieuwe cijfer in. 'Goed gedaan, Ilse.'

Ik doe een poging tot een glimlach. Vijf kilo. Heb ik me daarvoor zo uit de naad gewerkt al die weken? Al die smerige rauwkost die ik heb gegeten. Al die lekkere dingen die ik heb laten staan. En waarvoor? Voor vijf kilo. Vijf... lullige... kilo's.

'Ben je niet blij?' Jasper merkt mijn ongenoegen op.

'Nou, ik vind het wel een beetje weinig.' Ik probeer het luchtig te laten klinken, maar ben zo teleurgesteld dat ik tranen achter mijn ogen voel prikken.

'Hoelang zijn we nu bezig? Tien weken?'

Ik knik.

'Een halve kilo per week lijkt misschien niet veel, maar je bent je levensstijl aan het aanpassen op een gezonde manier. Ik denk dat je trots mag zijn op jezelf.' Hij werpt nog een blik in mijn dossier en scrolt met zijn wijsvinger. 'Ik heb hier je streefgewicht voor me... Als je sneller je doel wilt halen, zul je er gewoon harder voor moeten werken: vaker bewegen, intensiever trainen. Je moet er dan echt helemaal voor gaan.' Hij kijkt op van de iPad. 'Hoe gaat het met je voeding? Zondig je nog weleens?'

'Ik drink nog weleens een wijntje.'

'Eén wijntje?'

Ik denk terug aan de avond met Sabine. Er waren twee flessen doorheen gegaan en die avond was niet bepaald een uitzondering.

'Kijk, daar ga je al. Zo kom je er natuurlijk niet', reageert hij als ik mijn hoofd schud. 'Ik wil best je trainingsschema aanpassen en nog uitdagender maken, maar dan moet bij jou ook de knop om.'

Ik knik gedwee, maar vind het helemaal niet leuk dat hij zo doet. Die stomme kilo's ook. Allemaal voor die rottige column. Was hij tegen mij maar net zo lief als tegen die jongen die slecht ter been is. Ik vind hem leuk, maar niet als hij zo overdreven doet.

'Dus niet meer smokkelen. Dat werkt niet.' Jasper houdt mijn blik lang vast. 'Het is aan je te zien dat je echt baalt van die vijf kilo. Of... baal je soms om een andere reden? Dacht je van me af te zijn na vandaag, als je je streefgewicht zou hebben bereikt?' Ineens verzacht zijn blik en hij kijkt me jongensachtig aan. 'Ben je mij soms zat?'

Ik kan een glimlach niet onderdrukken.

'Ja! Dat is het, hè?'

Ik lach om de gespeelde verontwaardiging op zijn gezicht, spring van die rottige weegschaal af en geef hem in een vloeiende beweging een stomp op z'n schouder. 'Nee, je zit ernaast.'

Hij humt. 'Ik denk toch dat ik aardig dicht in de buurt van de waarheid zit.'

Iets te fanatiek schud ik mijn hoofd. 'Niet waar.'

Een charmante glimlach breekt door op zijn gezicht. 'Gelukkig maar. Voorlopig ben je nog niet van me af, mevrouw Oldenbroek.'

Terwijl ik een kop koffie in mijn ene hand heb, bedien ik met mijn andere hand de muisknop en scrol naar beneden. Onder elkaar staan verschillende websites die verschenen nadat ik de zoekterm 'Second Love' had ingetypt. Vaak werken we snel in de tijdschriftenbranche. Tijd is geld, en dat gaat ook zeker op in dit glossy wereldje. Toch wil Fenna dit keer liever een uitgediept artikel en ik mag uitgebreid de tijd nemen voor de reportage. Er zullen maar liefst zes pagina's in *Claire* verschijnen. Het is fijn om naast de wekelijkse column een keer aan een ander groot project te werken. Eerst voelde het vreemd dat ík het stuk moest gaan schrijven. Ilse Oldenbroek, die geen vriend heeft en zelfs geen date meer heeft gehad sinds die mislukte avond met Tom. Als het om de liefde gaat kun je niet bepaald zeggen dat ik een bruisend bestaan heb. In eerste instantie wist ik niet zo goed wat ik met het onderwerp aan moest, maar hoe meer ik er de afgelopen dagen over nadenk en hoe meer ik me erin verdiep, hoe leuker ik het ga vinden. Natuurlijk is mijn persoonlijke mening over Second Love niet gewijzigd, al kan ik niet ontkennen dat ik het ook wel een spannend idee vind. Ik ben benieuwd geraakt naar het wereldje erachter en wil graag weten wat een persoon die al een partner heeft, beweegt om op date te gaan met iemand die ook een relatie heeft. Ik merk dat ik erover fantaseer op momenten waarop ik niet aan het werk ben. Alsof Second Love nu al een magische greep op me uitoefent.

Ik schrik op uit mijn gedachten als ik merk dat Fenna naast mijn bureau staat. 'Ilse, kan ik je zo even spreken?'

'Ja, natuurlijk. Zal ik meteen meelopen naar je kantoor?'

Fenna knikt afgemeten en draait zich om. Direct vraag ik me af wat er aan de hand is. Ik zet snel het beeldscherm uit, schuif mijn stoel aan en volg haar. Het kantoor van Fenna heeft een doorzichtige glazen wand. Zo zit ze afgezonderd, maar toch niet helemaal afgesloten van de rest. Alleen een horizontale strook melkglas houdt haar gedeeltelijk buiten zicht. De glazen deur staat altijd open, behalve als ze een belangrijk telefoontje moet plegen of een moeilijk gesprek moet voeren. Als Fenna de deur dan weer opendoet, lijkt de stoom uit haar oren te komen en zijn we allemaal gealarmeerd dat we beter een tijdje uit haar buurt kunnen blijven. Ik ben er dan ook helemaal niet gerust op als ze de deur achter me sluit. We nemen plaats en ze kijkt me aan met een strakke blik.

'Ik heb net de column gelezen die je vanmorgen hebt ingeleverd. En ik ben niet blij', doorbreekt ze de stilte. 'Hoe komt het dat je zo weinig bent afgevallen?'

Ik open mijn mond om iets te zeggen en klap hem weer dicht als er geen woorden uit komen.

'Dit wordt je twaalfde column, Ilse. Je bent nu... hoeveel? ... vijf kilo afgevallen? Is het raar dat ik dan vraagtekens plaats bij je inzet? Ik heb van tevoren tegen je gezegd dat je je startgewicht moest noemen. Dat heb je niet gedaan. We investeren een hoop geld in jouw column. Ben je je daar wel van bewust?'

Er valt een ongemakkelijke stilte. Fenna's woorden komen hard aan en het duurt even voordat ik in staat ben antwoord te geven. 'Ik vind het vervelend om te horen dat je niet tevreden bent. Laat ik vooropstellen dat ik ontzettend blij ben met mijn column. Misschien is het resultaat in kilo's nog niet zo groot, maar ik werk er echt hard aan. Mijn personal trainer zegt ook dat je beter rustig kunt afvallen dan...'

'Je personal trainer, goed dat je die noemt', onderbreekt Fenna me. 'Ik ben heel benieuwd wat jullie allemaal uitspoken al die uren. Als ik je columns er zo op nalees, hebben jullie het wel heel gezellig samen. Daar betaalt *Claire* niet voor.'

Mijn toenemende ergernis slaat om in ingehouden woede, zeker nu ze over Jasper begint. Ik voel het opborrelen in mijn binnenste. Kolken in mijn lijf. 'Dat is niet eerlijk, Fenna. We sporten. Hij begeleidt me', reageer ik, alsof ik het voor hem moet opnemen. 'Ja, hij is knap... Ik dacht dat het goed zou zijn daar ook over te schrijven... als amusement voor de lezer.'

Fenna wuift in de lucht met haar gemanicuurde hand. 'Waar het om gaat, Ilse, is dit: ik zie de rekeningen stijgen, maar ik zie je gewicht niet dalen... niet genoeg althans.'

Ik doe mijn best de irritatie onder controle te houden. Het is niet slim om vol tegen mijn leidinggevende in te gaan. Zeker niet nu ze in zo'n mineurstemming is.

'Ik zal je uitleggen waarom ik er bewust voor heb gekozen de cijfers op mijn weegschaal niet te noemen', praat ik kalm over haar rotopmerking heen. 'Stel, ik zou mijn startgewicht koppelen aan de column, wat voor signaal zou dat dan afgeven aan onze lezeressen? Als ik een gewicht noem, hoe moet een lezeres die een paar kilo zwaarder weegt zich dan voelen? En een dame met maat XL of XXL?' Ik laat een stilte vallen en ben trots op de beheersing die doorklinkt in mijn stem. 'Daarom heb ik ervoor gekozen alleen het cijfer te noemen van de kilo's die ik ben afgevallen. Het is niet de bedoeling dat iemand zich slecht over zichzelf voelt vanwege mijn column, toch? Lezeressen die ook willen afvallen, moeten zich gesteund voelen en weten dat ze niet de enigen zijn die een strijd voeren met hun kilo's.'

'Kom op', reageert Fenna met een bedenkelijk gezicht. 'Als ze iets willen bereiken, moeten ze natuurlijk wel van die bank af komen. Echt Ilse, als iemand zich voldoende inzet, komt die er heus wel. Daarom blijf ik ook het gevoel houden dat jij er niet alles aan doet. Kun je me vertellen waarom je bijvoorbeeld nog niet bij een diëtiste bent geweest?'

Ik slik een weerwoord, dat mijn personal trainer ook voedingsadviezen geeft, in. Hoewel ik er helemaal geen zin in heb en eigenlijk vind dat ik al meer dan genoeg overheb voor Ilses verschrikkelijke strijd tegen die klotekilo's, knik ik haar braaf toe.

11

'WAT EEN BITCH!'

'Nou, mam!' Sabine trekt haar wenkbrauwen hoog op en kijkt me over tafel aan, alsof ze wil controleren of ik wist dat dit woord in het vocabulaire van onze moeder voorkwam.

'Ja, sorry hoor', verontschuldigt mijn moeder zich. 'Ik gebruik dat woord niet vaak, maar het leek me hier wel van toepassing.'

Sabine giechelt. Ik neem een slokje thee en weersta de neiging een bonbon of een stuk noga van het schaaltje op tafel te pakken.

'Ik kan je leidinggevende ook niet helemaal volgen', zegt mijn vader, diplomatiek correct als altijd. 'Het gaat toch goed met je column? De lezers zijn enthousiast. Ze hebben vol lof over je gesproken in *De Telegraaf.* Laatst zei je dat *Claire* mailtjes en brieven binnen heeft gekregen van enthousiaste fans. Wat wil die vrouw nog meer?' Hij pakt een stuk noga met nootjes van het schaaltje en steekt het genietend in zijn mond. Mijn vader ziet mij zijn handeling volgen, ik schud mijn hoofd als hij het schaaltje uitnodigend voor mijn neus houdt.

'Die post blijft binnenkomen... De lezers vinden *Ilses strijd tegen de kilo's* echt heel leuk.'

'Wat die vrouw nog meer wil?' herhaalt mijn zus, met een niet veel goeds voorspellende grijns op haar gezicht. 'Dat Ilse zich bekeert tot het sla-prikkende volk, waar zo'n beetje de hele *Claire*-redactie uit bestaat!'

'Je gaat toch niet echt ook nog naar een diëtiste?' wil mijn moeder weten, terwijl ze een iene miene mutte met haar wijsvinger uitvoert tussen een pure, een melkchocolade en een witte bonbon.

'Ik zal wel moeten, helaas. Het noemen van mijn startgewicht gaat me echt te ver. Maar die diëtiste... tja, ik ben bang dat er niks anders op zit.'

Mijn vader fronst zijn borstelige wenkbrauwen. 'Je moet wel verschrikkelijk veel voor die column overhebben.'

'Zeg dat wel', valt mijn moeder hem bij. 'Je eet geen lekkere dingen meer, je laat je afbeulen in die sportschool, je hebt gesprekken met die zweverige zielenknijper en nu moet je óók nog bij een diëtiste langs. Ik vind het wat, hoor!'

Mijn vader kijkt me recht aan. 'Is dat het je nog steeds allemaal waard?'

'Ach...' antwoordt mijn zus in mijn plaats. 'Zolang Ils sexy Gijssie maar ziet. Hij verzacht een hoop leed.'

'Hij heet Jasper.'

Mijn moeder gaat verzitten op haar stoel. 'En wanneer krijgen wij die Jasper te zien?'

'Pas op hoor, Ils. Dit is het moment waarop mama je gaat overhalen hem uit te nodigen voor een kopje thee.'

Ik grinnik.

'Houdt die Jasper van voetbal?' wil mijn vader weten.

'Ophouden, jongens', reageer ik lachend. 'Er is helemaal niks gaande tussen Jasper en mij. Tenzij jullie je aanmelden bij de sportschool, iets wat ik niet zo een-twee-drie zie gebeuren, krijgen jullie hem niet te zien en ik heb eerlijk gezegd geen idee of hij van voetbal houdt. Het is mijn personal trainer. Hij wordt betaald door *Claire* en heeft geen enkel benul van de column die ik wekelijks schrijf.'

Sabines mond zakt een stukje open. 'Jasper weet niet dat half Nederland hem sexy Gijssie noemt?'

'Nee', corrigeer ik mijn zus. 'Half Nederland noemt hem geen sexy Gijssie. Jij noemt hem zo. Jij. En je collega's.'

'Maar...', reageert ze verongelijkt. 'Hij weet dus niet dat je over hem schrijft? Waarom heb je hem nooit verteld over je column? Je werk moet toch een keer ter sprake zijn gekomen, of de reden waarom je bent gaan sporten?'

'Het is beter als hij denkt dat ik zelf wil afvallen.' Drie gezichten kijken me glazig aan. 'Hij zal me lekker gemotiveerd vinden als ik hem vertel dat ik altijd een hekel aan sport heb gehad. Dat ik eigenlijk niks aan mezelf wil veranderen, dat het moet van mijn werkgever en dat ik zonder die column nooit één voet over de drempel van de sportschool zou hebben gezet.'

Mijn vader trekt een spijtig gezicht. 'Ik snap niet zo goed waarom hij dat allemaal niet zou mogen weten.'

'Ilse denkt dat hij alleen van heel knappe en slanke

dames houdt. Zij denkt dat ze meer kans bij hem maakt als hij denkt dat zij ook zo'n dun meisje wil zijn.'

Ik slaak een vermoeide zucht. 'Fijn dat je dat even voor me invult, zus, maar dat denk ik helemaal niet.'

Ze kijkt me meewarig aan. 'O nee?'

Veel te vroeg parkeer ik mijn auto in een straat vlak achter het centrum van Schagen. Via het achteruitkijkspiegeltje controleer ik mijn uiterlijk. En, al zeg ik het zelf, ik zie er goed uit. Dat mag ook wel als je denkt aan de tijd die ik erover heb gedaan om een outfit uit te zoeken en mijn haar en make-up in orde te maken. Eigenlijk weet ik niet waarom ik zoveel moeite heb gedaan. Het is niet eens een echte date. Er komt geen romantiek om de hoek kijken bij de afspraak die pas over een halfuur plaatsvindt. Ik pak mijn handtasje van de bijrijdersstoel, stap uit de auto en doe hem op slot. Rustig loop ik het straatje door dat naar het centrum leidt. In tegengestelde richting komt een gezin mijn kant op lopen. Alle vier hebben ze een ijsje in de hand. Het is heerlijk weer en ik heb nog tijd genoeg. Ik zou zelf ook best een ijsje bij Picobello kunnen halen. Als ik verder niet zondig dit weekend merkt de weegschaal daar heus niks van.

Ik sla rechts de hoek om naar de ijssalon en geniet van het geluid dat mijn hakken maken op de straatstenen. Hier loopt Ilse, columnist bij een groot glossy magazine. Op weg naar een man die haar kan helpen bij haar onderzoek. Maar nu eerst een ijsje. Ik besluit twee bolletjes te nemen in plaats van drie, en als ik met het ijsje op een bankje ga zitten besef ik dat ik niet mag knoeien. Het zwarte jurkje dat ik draag is heel vrouwelijk, een tikkeltje sexy, maar het zou ook voor zakelijk kunnen doorgaan. Misschien had ik de man met wie ik afgesproken heb moeten vertellen dat ik geen gewone Second Love-date ben. Hij is in de veronderstelling een leuke vrouw te ontmoeten en hoopt natuurlijk op een klik, die misschien wel leidt naar meer. De kans is groot dat Stefan, als hij tenminste echt zo heet, niet zit te wachten op een interview op zijn vrije zaterdagmiddag. Ik heb het hem niet verteld, bang dat hij onze afspraak zou afzeggen. Dat zou zonde zijn na de berichten die we afgelopen week over en weer hebben gestuurd.

Ik lik wisselend aan het bolletje met stroopwafelsmaak en aan dat met Oreokoekjessmaak en kijk naar het winkelende publiek dat voorbijloopt. Er is best wat tijd gaan zitten in het zoeken naar informatie over Second Love. Zonder zelf een actief lid te worden kun je eigenlijk niet veel vinden, wat natuurlijk fijn is voor de leden. Ik moest me aanmelden en een betaald lidmaatschap aangaan om naar de profielen van mannen te kunnen kijken en met ze te kunnen praten. De zoekopdracht heb ik ingesteld op mannen binnen een straal van vijftig kilometer rond Alkmaar. Sommigen van hen gingen al snel over op smerige praatjes of deelden zonder gêne hun fantasieën over wat ze allemaal met me wilden doen. Natuurlijk heb ik die berichten gauw weggeklikt. Stefan sprong eruit op een positieve manier. Hij bleef vriendelijk, netjes en kwam op mij over als een aardige man. Hij stelde voor in Schagen af te spreken en ik stemde ermee in. In de zomermaanden kwam ik hier vaak op donderdag om met mijn moeder over de Westfriese markt te lopen. We namen dan ook altijd een kijkje in de leuke kledingwinkels en dronken koffie op een van de gezellige terrassen rond de kerk.

Ook vandaag is het aardig druk. Ik kijk naar de menigte en ineens zie ik een bekend gezicht. Ik doe mijn best weg te kijken en vooral niet op te vallen, maar het is te laat. Hij heeft me al gezien. Het gaat door me heen dat ik het ijsje moet zien kwijt te raken.

'Hoi Ilse', begroet Jasper me als hij voor me staat.

Met het schaamrood op mijn kaken durf ik hem bijna niet aan te kijken. 'Hoi.' Ik denk terug aan wat hij een tijdje geleden tegen me zei: Zondig je nog weleens? Niet meer smokkelen, hoor.

'Prima weer voor een ijsje.' Hij glimlacht.

Verbaasd kijk ik hem aan.

'Al zou ik volgende keer voor een raketje gaan. Dat heeft maar vierenveertig calorieën. Wist je dat?'

Dus toch. Ik voel me al rot en nu gaat hij me ook nog de les lezen. 'Ik zal het onthouden', reageer ik afgemeten.

Jasper kijkt naar mijn hakken en laat zijn blik langzaam omhooggaan. 'Heb je zo een feestje?'

'Nee, een werkafspraak. En wat brengt jou in Schagen?'

'Ik ben hier opgegroeid en ga zo op bezoek bij mijn opa. We gaan samen naar het tuincentrum om plantjes voor hem te halen. En vanavond heb ik een verjaardag van een vriend van me. Ik ga nog steeds om met een paar jongens die hier wonen, ook al ben ik op m'n achttiende naar Alkmaar verhuisd.'

'Ging je toen op jezelf wonen?'

'Ho, pas op! Je ijsje smelt.'

Ik volg zijn blik en lik gauw aan de rand waar het stroopwafelbolletje de oubliehoorn raakt, terwijl ik het ijsje in mijn hand ronddraai.

'Ik ging samenwonen.'

Ik schrik onwillekeurig en doe mijn best dit voor hem te verbergen.

'Die relatie hield niet zo heel lang stand. Al was dat halfjaartje in Alkmaar genoeg om nooit meer ergens anders te willen wonen.'

Ik vind het leuk dat hij wat over zichzelf vertelt en realiseer me dat ik niet veel van hem weet.

'Blijf hier zitten, dan haal ik ook even een ijsje.'

Ik trek mijn mondhoek schuin en kijk op mijn horloge. Ik had heel graag met Jasper hier op een bankje gezeten, maar er is niet voldoende tijd. 'Sorry', zeg ik. 'Dat lijkt me heel gezellig, maar ik moet naar mijn afspraak.'

Jasper haalt z'n schouders op. 'Geen probleem. Ik zie je van de week weer in de sportschool.'

'Ik zal extra mijn best doen', zeg ik, waarna ik weer aan de rand van het ijsje lik.

Jasper lacht.

'Fijn weekend. Veel plezier bij je opa en succes met de plantjes.' Ik sta op van het bankje, gooi het restant van mijn smeltende ijsje in de vuilnisbak en loop naar het restaurant waar ik met Stefan heb afgesproken.

Als ik een paar minuten later plaatsneem op een bankje in de binnentuin, merk ik dat ik zenuwachtig ben. Ik heb er spijt van dat ik niet van tevoren heb verteld wat de echte reden van deze afspraak is. Wat als Stefan meer wil? Of boos wordt omdat ik hem onder valse voorwendselen hierheen heb laten komen? Lang hoef ik er niet over na te denken. Nog geen minuut later stapt Stefan de tuin binnen.

Hij laat zijn blik ronddwalen en glimlacht hartelijk als

hij mij herkent. Gelukkig lijkt hij zelf ook op zijn foto en valt zijn uiterlijk in het echt niet tegen. Stefan is lang, heeft brede schouders, donkerblond haar en een knap gezicht. Hij draagt een donkere spijkerbroek, schoenen die je ook onder een pak zou kunnen aantrekken, een taupekleurige trui en daarboven steekt het boordje van een wit overhemd uit. Zelfverzekerd loopt hij op me af. Ik sta op en ben blij dat ik als eerste aanwezig was. Ik had nooit zo zelfverzekerd op hem af kunnen lopen. Hij begroet me met één kus op de wang. Geen idee waarom, maar ik heb meteen een goed gevoel bij hem.

Stefan gaat zitten aan de andere kant van het tafeltje. 'Zullen we iets te drinken bestellen?'

'Een wijntje?'

Hij glimlacht. 'Dat lijkt me prima. Zullen we een fles bestellen?'

Ik knik.

Stefan bestelt een fles sauvignon blanc bij de serveerster. Ik kijk naar zijn gezicht. Naar de mimiek als hij praat. De lachrimpeltjes rond zijn lichtgrijze ogen. Zijn huid vertoont fijne lijntjes en is zongebruind, alsof hij vaak op het strand te vinden is. Hij moet een stuk ouder zijn dan ik. Eind dertig, begin veertig misschien? Ik kan me niet herinneren dat in zijn profiel gelezen te hebben. De serveerster loopt weer weg en Stefan neemt een gemakkelijke houding aan.

'Jij bent dus Anne. Leuk je te ontmoeten.'

'Ja, leuk', herhaal ik suf. 'Stefan? Heet je echt Stefan?'

Hij glimlacht breed. 'Zal ik je mijn rijbewijs laten zien?'

'Nee, dat hoeft niet.'

'Ik heet echt Stefan. Heet jij echt Anne?'

'Nee. Eigenlijk niet. Ik heet Ilse. Het leek me raar mijn echte naam te gebruiken. Vandaar Anne...' In een ongemakkelijk gebaar haal ik mijn schouders op. 'Ik ben een beetje zenuwachtig.'

Hij glimlacht opnieuw. 'Geeft niks. Is dit je eerste SL-date?'

'SL?'

'Second Love.'

'Uhm, ja. Of eigenlijk ook weer niet. Ik bedoel... ik heb nog nooit met iemand afgesproken via Second Love, maar dit is geen gewone date, zoals jij gewend bent.'

Stefan lijkt mijn gehakkel vermakelijk te vinden. In een paar zinnen, die er gelukkig wel vloeiend uit komen, leg ik hem uit waarom ik hier ben. Hij blijft me geïnteresseerd aankijken en stuurt de fles wijn, die samen met een wijnkoeler en twee glazen naar ons tafeltje wordt gebracht, niet terug. Er valt een stilte als de serveerster de wijnglazen inschenkt en beiden wachten we tot we weer alleen zijn.

'Proost.' Stefan heft zijn glas en wacht tot ik meega in het gebaar.

'Proost.' We klinken onze glazen en nemen een slokje. 'Vind je het niet erg? Ik bedoel... ik begrijp dat je hier met andere verwachtingen bent gekomen.'

'Regel één, Ilse...' zegt hij met een mysterieuze klank in zijn stem. 'Op SL-dates mag je niets verwachten. Bovendien hou ik wel van een verrassing.'

Ik kijk naar de pretlichtjes in zijn ogen en ben blij met zijn reactie. 'Dus het is oké als ik je een paar vragen stel?'

'Zolang ik anoniem kan blijven, zal ik je open en eerlijk antwoord geven. Dus vraag maar raak.'

'Goed.' Ik neem nog een slokje wijn en voel mijn lichaam ontspannen. 'Waarom doe je dit?' steek ik van wal. 'Waarom heb je een profiel op Second Love?'

'Zo...' Het glas dat Stefan naar zijn lippen heeft gebracht, zet hij terug op tafel zonder een slok te hebben genomen. 'Gelijk maar met de deur in huis vallen en de vraag stellen die je eigenlijk niet hoort te stellen?'

Ik schrik. 'Is dat zo?'

Er trekt een grijns over zijn gezicht. 'Je weet toch dat er op dates een ongeschreven regel bestaat dat je niet over je exen praat? Nou, die regel gaat bij SL-dates ook op.'

'Alleen zijn het in dat geval geen exen...'

'Touché. En toch zit niemand op dat soort gesprekken te wachten.'

Ik leun een beetje naar hem toe, geen genoegen nemend met zijn antwoord. 'Kijk, wat ik niet begrijp en tegelijkertijd fascinerend vind: waarom ga je doelbewust op zoek naar een buitenechtelijke relatie?'

'Je keurt het af?'

'Mijn persoonlijke mening doet er niet toe.'

'Nee, zo gemakkelijk kom je er niet vanaf', reageert hij hoofdschuddend. 'Ik zal antwoord geven op al je vragen, meewerken aan je reportage, maar eerst wil ik weten wat jij ervan vindt.'

Ik vertel hem hoe ik erover denk. Dat ik het een raar idee vind dat mensen die actief zijn op Second Love, op zoek zijn naar passie, spanning en avontuur, terwijl ze allemaal iemand thuis op de bank hebben zitten. Iemand die vraagt hoe hun dag was en geen enkel benul heeft van de zoektocht naar lust. Geen enkel idee van het pure bedrog. Ik laat een stilte vallen, waarin ik Stefan recht in zijn lichtgrijze ogen aankijk. Hij ontwijkt mijn blik niet.

'Meestal ontstaat een slippertje per ongeluk', praat ik verder. 'Het is niet netjes, maar ik kan ergens wel begrijpen dat het kan gebeuren. Second Love gaat verder dan dat. Mensen gaan dan bewust op zoek naar een tweede liefde. Als ik heel eerlijk ben, voelt dat helemaal verkeerd.' Als ik uitgesproken ben, probeer ik te peilen of ik hem heb beledigd. Ik ken Stefan natuurlijk niet lang genoeg om hem te kunnen doorgronden, zie hem alleen ernstig knikken. Langzaam. Alsof hij over mijn woorden nadenkt.

'Ik heb de keuze voor Second Love inderdaad bewust gemaakt en zal je proberen uit te leggen waarom. Als je weet dat de ander, je date, in hetzelfde schuitje zit, ben je niet alleen naar hetzelfde op zoek, je hebt ook allebei iets te verliezen. Snap je? Dat geeft een soort zekerheid. Je weet dat de ander er niet op uit is de relatie met je vaste partner kapot te maken. Ook zijn de verwachtingen vanaf het begin helder. Je weet waar je aan begint als je datet met iemand die al een relatie heeft. Het kan nooit meer worden dan een flirt, hooguit een affaire. De meeste SL'ers willen ook helemaal niet dat hun vaste relatie eindigt.'

'Maar', reageer ik fronsend, 'een hoop relaties stranden toch door Second Love? Wat als de vaste partner erachter komt? Ik denk dat het uiteindelijk een hoop schade en ellende veroorzaakt.'

'Dat zal deels waar zijn.'

'Deels?'

'Ja.' Stefan neemt een flinke teug wijn, en even denk ik dat er geen verdere uitleg meer zal volgen. Dan zet hij zijn glas terug op tafel en kijkt me peinzend aan. 'Ik heb de indruk dat mensen denken dat SL'ers hun vaste relatie niets waard vinden. Want waarom zoeken ze anders een affaire? Maar dat is niet zo. Echt niet elke vaste relatie van iemand die actief is op Second Love is bij voorbaat slecht. Ik zal een voorbeeld geven... Een tijdlang had ik een affaire met een vrouw wier man depressief was. Ze hield erg veel van hem, maar door de omstandigheden was er van seks al tijden geen sprake. Ze wilde haar man niet in de steek laten nu hij het zo moeilijk had, maar kreeg na een jaar toch een sterke behoefte aan een volwaardig seksleven.'

'En daar was jij?'

'Daar was ik.'

Hij zou mijn woorden beledigend kunnen opvatten, maar doet dit gek genoeg niet. 'Waarom ging het uit? Of zeg je dat niet zo in Second Love-land? Ik bedoel... waarom stopte jullie affaire?'

'Haar man werd beter.'

Even moet ik moeite doen niet te lachen. Zijn antwoord klinkt als de clou van een slechte grap. Ik hou me in, omdat ik zijn openheid waardeer. 'En jij werd overbodig?'

Hij knikt zonder enige blijk van emotie.

'Voelde je je daar niet vervelend bij? Een tijdlang zocht die vrouw alles wat ze bij haar man niet kon vinden bij jou en toen hij weer beter was, werd jij aan de kant gezet...'

'Ik snap dat het zo overkomt, maar eigenlijk was ik heel blij voor haar.' Stefan kijkt me glimlachend aan. 'Klinkt het gek als ik zeg dat ik me er geen moment rot over heb gevoeld? Natuurlijk waren er momenten dat ik ons contact miste. Je moet goed bedenken dat je tijdens een affaire echt niet alleen maar seks hebt met elkaar. Dat denken buitenstaanders, maar dat is veel te kort door de bocht. Als je een affaire hebt, leer je iemand kennen, net als bij een normale relatie. Die vrouw en ik hebben een hoop gesprekken gehad. Over het leven, over haar man en hun relatie. Ik heb de pijn gevoeld die zijn ziekte bij haar veroorzaakte. Ik was op een vreemde manier ook betrokken bij zijn leven. Toen hij uit die zware depressie kwam, ging het licht in de ogen van die vrouw weer schijnen. De glans kwam terug. Ik was echt blij voor haar.'

Alles wat Stefan me vertelt, maakt dat ik anders tegen Second Love aankijk. Ik kom er langzaam achter dat mijn eigen mening wel een beetje kort door de bocht was. 'Hebben jullie helemaal geen contact meer?'

'Soms schrijft ze me een brief. Ik weet het... dat klinkt vast heel ouderwets en hopeloos romantisch.' Hij lacht schamper. 'Maar het voelt als een brief van een goede vriendin. Ik vind het oprecht fijn dat hun relatie in stand is gebleven. Haar man weet niks van de affaire en nu hij weer gezond is, kan hij opnieuw een echte man voor haar zijn.' Stefan kijkt me aan en buigt zich een beetje naar me toe. 'Zeg me eens dat dat niet mooi is? Hun relatie heeft het overleefd dankzij Second Love.'

12

'HET WAS ECHT EEN LEUKE MAN', SLUIT IK MIJN VERHAAL af, vlak nadat Kim op zondagavond thuis is gekomen van een weekendje bij Stef. Op de televisie is het gepauzeerde beginscherm te zien van *Homeland*, de Netflix-serie waar we middenin zitten. Nu Kim thuis is, kunnen we eindelijk samen verder kijken. De enige keer dat we ruzie hadden was omdat ik verder was gegaan zonder haar. Dat dat niet mag, is zo'n beetje de belangrijkste regel die hier in huis geldt. We staan op het punt de volgende aflevering te starten, maar Kim wilde eerst in geuren en kleuren horen hoe mijn Second Love-ontmoeting is gegaan.

'Van tevoren had ik niet gedacht dat ik hem...' even zoek ik naar het juiste woord, 'sympathiek zou vinden. Ik dacht geen sympathie te kunnen voelen voor iemand die zijn partner in het geheim bedriegt.'

'Het blijft gewoon een lul, toch?' vraagt Kim zich schouderophalend af. Ze buigt zich voorover naar de salontafel en reikt naar het oortje van haar beker thee. 'Je zei net zelf dat hij al meerdere relaties heeft gehad via Second Love. En hij is dus al jaren getrouwd. Zijn vrouw weet van niks.'

'Klopt.' Ik volg haar voorbeeld, pak de overgebleven beker thee van het salontafeltje en trek mijn voeten onder me op de bank. 'Dat zegt inderdaad niet veel goeds over hem. Maar het was fijn dat hij zo open was en ook goed voor het artikel om die kant te kunnen belichten.'

'Ik vind het stoer van je. Eigenlijk was het toch een soort blind date met iemand die uit is op seks. Of zie ik dat nu verkeerd?'

'Volgens Stefan draait het lang niet altijd om seks.'

'Nee, vast niet.' Kim rolt met haar ogen. 'Wat nou als hij echt uit was op meer? Wat zou je dan hebben gedaan?'

'Fenna bellen?' reageer ik met een schuine grijns.

Kim schudt haar hoofd. 'Gelukkig bleek die Stefan geen engerd te zijn en heb je een leuke middag gehad. Het lijkt me best interessant om met zo iemand te praten. Iemand die zo ver af staat van een monogaam bestaan. Zo totaal anders is...' Ineens trekt ze een sip gezicht. 'Jouw werk bestaat gewoon uit wijntjes drinken met een leuke man. Ik heb gisteren aan één stuk door haren geknipt en geverfd.'

'Maar daarna heeft je vriend wel lekker voor je gekookt en hebben jullie een leuke avond gehad samen.'

'Dat is waar.'

'En jij zal toch ook weleens een leuke man in je kappersstoel aantreffen?'

'Dat valt vies tegen. Laatst had ik een man van in de veertig, hij was knap, ook al had hij amper haar. Hij vertelde me precies hoe hij het geknipt wilde hebben en ik dacht alleen maar: Hoe dan? Ik kan niet toveren, meneer!'

Ik schiet in de lach.

'Ja, lach maar. Nog erger is het als er van die dames komen die hun kappersbezoek gebruiken als goedkoop alternatief voor een psycholoog.'

Als ik haar niet-begrijpend aankijk, gaat ze verder. 'Je zou eens een dagje met me mee moeten lopen. Wat je allemaal te weten komt over mensen. Soms schrik ik ervan hoe openhartig mensen zijn in de kappersstoel. Klanten vertrouwen me echt alles toe. Meestal maakt dat het werk juist heel leuk, maar gisteren had ik te veel dames die de cijferlijsten van hun kroost opdreunden. Wat kan mij het schelen dat Gijsbert een vijf voor wiskunde staat?'

Ik lach opnieuw. 'Heeft Stef je nog een beetje kunnen opvrolijken?'

'Gelukkig wel. Het is voor het eerst dat ik het zo lang uithou met iemand. Al bijna vier maanden, en ik ga hem alleen maar steeds leuker vinden. En jij? Is er nog wat gebeurd tussen die Stefan en jou?'

'Nee, natuurlijk niet. Waar zie je me voor aan?'

'Nou, je zei dat je hem knap vond. Wat heb je gedaan toen die fles wijn leeg was?'

'Ik heb even getwijfeld of ik nog een wijntje zou nemen en met de trein terug naar huis zou gaan. Hij was goed gezelschap... Maar toen kwam het besef: ik heb geen relatie, maar hij wel. Hij kiest er natuurlijk zelf voor, maar ik wil niet bijdragen aan dat bedrog.'

'Knap van je.' Kim buigt zich naar me toe en geeft me een knuffel. 'Gelukkig. Ik weet niet waarom, maar op de een of andere manier ben ik opgelucht.' Ze gaat weer recht zitten en kijkt me aan met haar karamelkleurige ogen. 'Ik gun je het perfecte vriendje. Jouw eigen Stef.' Dan pakt ze de afstandsbediening en drukt op 'play'.

Kan iemand me vertellen waarom ik ook alweer zin had om vandaag naar de sportschool te gaan? Ik keek ernaar uit om Jasper weer te zien. Maar nu ik al bijna een uur in zijn bijzijn ben en het zweet uit zo'n beetje elke porie van mijn lichaam gutst, weet ik niet meer zo zeker wat hier nou leuk aan is.

'Kom op! Niet opgeven nu. Doorzetten! Tanden op elkaar, Ilse. Geef me er nog vijf.'

Verschrikt kijk ik naar Jasper die hoog uittorent boven het fitnessbankje waar ik op lig. Nog vijf? Hoe dan? Mijn armen trillen als rietjes. Als ik niet heel snel die halter laat zakken, word ik straks geplet onder al die loodzware gewichten.

'Goed zo! Ga door! Nog drie. Ik weet dat je het in je hebt. De laatste zijn het zwaarst. Kom op! Alles geven!'

De pijn in mijn armen is niet te doen en ik moet me inhouden om geen oergeluiden te maken. Met uiterste krachtinspanning maak ik de set af. Jasper begeleidt de halter uiteindelijk terug in zijn oorspronkelijke positie. Uitgeput blijf ik op het bankje liggen en kijk naar hem. Tot nu toe heeft hij alle keren dat ik hem zag een gemillimeterd baardje gehad. Vandaag is de schaduw op zijn kaaklijn weg. Hij lijkt er iets jonger door, maar niet minder mannelijk. Sommige mannen kunnen maar beter wat baardgroei laten staan om er niet als een puppy uit te zien. Bij Jasper is dit niet zo. Even bedenk ik of ik hem knapper vind met of zonder de donkere waas op zijn kaken. Jasper geeft me mijn waterflesje aan. Buiten adem kom ik overeind en ga rechtop op het bankje zitten. Hij grijnst als ik de overgebleven inhoud van het flesje in één keer naar binnen klok.

'Goed werk. Dertig seconden pauze en dan doen we nog een set', zegt hij met een blik op zijn sporthorloge.

'Nog een set?' vraag ik met een vermoeide zucht. 'Nee hoor, we hebben al drie...'

'Leuk geprobeerd, mevrouw Oldenbroek.' Er trekt iets van sarcasme over zijn gezicht. Het misstaat hem niet. 'Je hebt deze oefening twee keer gedaan.'

'Maar ik kan niet meer.'

'Staak je verzet en gebruik de pauze nou maar om op adem te komen.'

'Het is echt wel genoeg', sputter ik nog tegen.

'Stop met zeuren nu', reageert hij streng. 'Jij wilt dit toch? Dan zul je ervoor moeten werken ook. Nou, hup... Die dertig seconden zijn allang voorbij.'

Verbouwereerd kijk ik hem aan. Wie denkt hij wel dat hij is om me als een klein meisje toe te spreken?

'Je weet dat je me per uur betaalt, toch? Die rustpauzes van jou kosten een hoop geld. Zo schiet het niet op, Ilse. Je hebt een streefgewicht, weet je nog?'

Ik laat mijn schouders zakken en slaak een diepe zucht. Het liefst geef ik op. Ik voel er niets voor me nog langer te laten afbeulen. Maar dan denk ik aan de column. Dat is toch wat ik zo graag wil? En wat moet ik aan de lezers vertellen? Dat ik heb gefaald? En Fenna? Waarschijnlijk word ik op staande voet ontslagen. Ik haal diep adem en opnieuw neem ik mijn houding aan op het bankje. Ik probeer niet al te boos naar Jasper te kijken. Natuurlijk is het niet zijn schuld. Ik heb hem zelf wijsgemaakt dat ik dit wil. Jasper geeft de halter aan en ik duw de zilveren stang met aan weerszijden zwarte, ronde gewichten omhoog. Ik wil me niet laten kennen, maar bij de derde herhaling is de venijnige pijn in mijn armen terug. Nog twee herhalingen later zou ik het liefst de stang in de houder smijten en Jasper een eerlijk antwoord geven op de vraag: 'Jij wilt dit toch?'

Nee, ik wil dit helemaal niet. Natuurlijk wil ik dit niet. Ik moet dit doen voor mijn werk. Voor een column waar ik jarenlang keihard voor heb gewerkt. Een column die ik niet had gekregen als ik de strijd met de kilo's niet was aangegaan. Natuurlijk is dit niet wat ik ervan had verwacht. Die hele column is niet wat ik ervan had verwacht.

De volgende dag ga ik op mijn werk verder met een nieuwe tekst voor *Ilses strijd tegen de kilo's*. Een halfjaar geleden was ik er vast van overtuigd dat als ik ooit mijn eigen column zou krijgen, dat absoluut het allerleukste zou zijn om te doen. Inmiddels heb ik veel meer zin in deskresearch voor de reportage over Second Love.

Ik ben de column gestart met mijn hakken in het zand. Ondanks een stroef begin ga ik er uiteindelijk toch echt voor. Maar het gaat veel verder dan werk. De column lijkt inmiddels mijn hele leven te beheersen. Ik probeer zo goed mogelijk Jaspers voedingsadviezen op te volgen. Ik klaag niet als Kim me op haar kookdagen een groene salade voorzet en inmiddels bereid ik zelf ook gerechten waar het sla-prikkende volk bij *Claire* nog een puntje aan kan zuigen. Daarnaast sport ik me een ongeluk. Jasper daagt me uit alles te geven en in elke training tot het gaatje te gaan. Het is zwaar, al zijn die drie keer met hem een stuk leuker dan die ene groepsles in de week met Stef. En boven op dit alles zijn er nog de gesprekken met Veronique en ik heb zelfs een afspraak gemaakt bij een diëtiste.

Het is heel fijn dat de lezeressen de columns waarderen. Aan de mails merk ik dat veel vrouwen blij zijn dat ik zo eerlijk ben en dat veel van hen zich herkennen in mijn blunders. Het nadeel van mijn openheid is dat het bepaald niet helpt in de waardering van mijn collega's. Fenna heeft al laten merken dat ze me zwak vindt omdat ik niet genoeg afval, en Jolijn zei laatst dat het zo jammer is dat ik deze zomer toch nog geen bikini kan dragen.

Ik peins verder. Waarom heb ik geen zin om aan de column te werken? Het was wat ik het liefst wilde, waar ik al dit gedoe voor overheb. Het zit me dwars dat het lang niet zo leuk is als ik van tevoren had gedacht. Die klotestrijd tegen de kilo's ook. Misschien is het niet eens zozeer de strijd met het cijfertje op de weegschaal als wel de mentale strijd die het moeilijk maakt. Ik denk daar even over na en besluit die gedachte als uitgangspunt te nemen om de nieuwe column mee af te sluiten. We maken onszelf soms gek met onze eigen gedachten. Vindt Pietje me niet te dik? Hoe goed zou ik me voelen als ik vijftien kilo lichter was? Als ik het heb uitgewerkt in de tekst, lees ik alles nog één keer aandachtig door. Het is me weer gelukt. Het is een goed verhaal geworden. Maar waarom voel ik me niet blij?

Die middag ga ik verder met het artikel over Second Love. Op het profiel onder de schuilnaam Anne verander ik eerst mijn profielfoto. Fenna vond het niet goed dat ik mijn eigen foto gebruikte. Als iemand me zou herkennen en wist dat ik journalist was, zou *Claire* negatief in de publiciteit kunnen komen. Ik bekijk de binnengekomen berichten, verwijder wat me niet aanspreekt en bezoek een paar profielen van mannen die mijn interesse hebben gewekt. Het gesprek met Stefan heeft een hoop dingen verhelderd. Toch heb ik nog steeds vragen. Ik wil bijvoorbeeld graag weten of het iemand met een Second Love-profiel koud laat wat hij zijn partner aandoet. Ik kan de reportage niet alleen baseren op mijn eigen mening en de afspraak met één man, dus ik zal nog een keer moeten afspreken. Ik selecteer drie mannen, die ik een bericht stuur. Op dat moment verschijnt er in de chatfunctie een nieuw binnenkomend bericht. Het is van ene 'Fitnesshero'.

Hoi Anne,

Ik zie dat je uit Alkmaar komt. Zin om een keer af te spreken in de stad?

Het is een kort en direct bericht. Ik klik op het bijbehorende profiel en lees de informatie, maar die is zo beknopt dat ik er niet veel wijzer van word. Ook ontbreekt een profielfoto. Mijn vingers glijden over het toetsenbord als ik een bericht terugstuur.

Hoi,

Ik neem aan dat 'Fitnesshero' niet je echte naam is. Hoe heet je?

Lang hoef ik niet op antwoord te wachten. Vrijwel direct verschijnt in beeld dat er getypt wordt en enkele seconden later volgt een nieuw bericht.

Je bent nieuwsgierig, Anne. Daar hou ik van.

Ik heb geen naam voor je, maar iets veel leukers...

Een foto om te bewijzen dat ik een echte fitnesshero ben.

Mijn hart mist een slag en mijn mond valt open als ik de foto zie. Een paar seconden kan ik alleen maar staren.

Staren naar de man met het ontblote bovenlijf, voor me op het beeldscherm. Mijn oren suizen en mijn hart bonkt ineens zo hard dat het uit mijn ribbenkast lijkt te willen knallen. Dit is onmogelijk!

Vol schrik en afschuw knipper ik een paar keer met mijn ogen, maar het beeldscherm verandert niet. De man blijft me aankijken met een grijns die ik maar al te goed ken. Ik voel elk haartje op mijn lichaam recht overeind staan als de herkenning volledig tot me doordringt. De man op de foto is Stef!

13

'HEB JE KOEKJES IN JE BUREAU VERSTOPT OF ZO?'

Paniekerig kijk ik opzij naar Jolijn, die plotseling naast mijn werkplek opduikt.

Ze neemt me onderzoekend op. 'Rustig maar, hoor. Ik maakte maar een grapje! Al weet ik niet waarom je ineens zo nodig die bureaula moet dichtgooien...'

'Niks. Er is niks aan de hand', breng ik uit, terwijl ik mijn best doe mijn stem en gezichtsuitdrukking onder controle te krijgen.

'Nee? Weet je het zeker? Er ligt daar duidelijk iets wat ik niet mag zien... Zijn het echt koekjes?' Rond Jolijns mondhoeken verschijnt een vals lachje. 'Dat zou wel verklaren waarom je maar vijf kilo bent afgevallen. Jij stiekemerd! Je saboteert de boel gewoon, hè? Een beetje koekjes eten onder werktijd. En wij allemaal maar denken dat je zo je best doet voor die column van je.'

Ik kijk haar geërgerd aan. 'Niet dat het je iets aangaat, maar er liggen geen koekjes in mijn bureau.'

'Dan snap ik niet waarom je zo stiekem doet.'

'Wat kan ik voor je doen?' probeer ik haar aandacht af te leiden. Eigenlijk heeft Jolijn gelijk. Ik doe stiekem. In mijn bureaula ligt de geprinte foto van Stef en zijn Second Love-profiel. Zolang ik zelf nog niet bekomen ben van die verschrikkelijke ontdekking, wil ik niet dat iemand anders dit weet. Of eigenlijk mag helemaal niemand dit weten. Niet tot mijn hersenen weer logisch kunnen redeneren en ik weet wat ik hiermee aan moet.

'Ik wilde een afspraak met je plannen voor het doorpassen van de kleding', geeft Jolijn antwoord op mijn vraag.

Ik kijk haar niet-begrijpend aan.

'Je weet wel... voor de fotoshoot.'

Er valt een stilte waarin er bij mij geen lampje gaat branden.

'Gaat het wel goed met je, Ilse? Je bent het echt helemaal kwijt, hè? Waar zit je met je gedachten?'

'Ja, natuurlijk, de fotoshoot. Sorry, ik was even afgeleid', reageer ik, als me te binnen schiet dat er binnenkort een fotoshoot met interview in *Claire* verschijnt, naar aanleiding van *Ilses strijd tegen de kilo's*. Met een paar klikken op het toetsenbord open ik de werkagenda op mijn beeldscherm. 'Roep maar wat.'

Jolijn tuurt naar de lege plekken in mijn agenda en kijkt wat overeenkomt met die van haar. We plannen een afspraak in en voordat ze terugloopt naar haar eigen werkplek, kijkt ze me nog één keer recht aan. 'Gaat het echt wel goed met je, Ilse? Je ziet eruit alsof je zojuist te horen hebt gekregen dat een dierbaar familielid op sterven ligt.'

Ik probeer te glimlachen. Jolijns bezorgdheid is niet bepaald wat je noemt hartverwarmend. 'Het gaat goed. Echt.'

Het laatste uur van de werkdag ben ik allesbehalve productief. Ik staar voor me uit, alsof het probleem zich vanzelf oplost als ik maar lang genoeg wacht. Het lijkt een onmogelijke opgave wijs te worden uit de vele gedachten en emoties die door mijn lichaam jagen. Steeds zie ik de foto van Stef voor me. Ik probeer redenen te bedenken waarom het hem niet is. Maar ik kom er niet uit, eigenlijk weet ik het gewoon. Zijn foto, zijn profiel, de manier waarop hij tegen me praat in de chats. Fitnesshero is Stef. Om kwart voor vijf sluit ik de computer af en stop, zonder opnieuw naar de foto te kijken, de papieren uit mijn bureaula in mijn werktas.

'Wat moet ik hier nu mee?'

'En dat vraag je aan mij?'

In een wanhopig gebaar hef ik mijn armen op. Sabines naaktkat schrikt ervan en maakt een sierlijke sprong op de vensterbank. Daar blijft het beest me in de gaten houden, met zijn kop een beetje schuin.

'Goh. Ik weet het echt niet... Aan Kim vertellen, denk ik?' Vertwijfeld pakt mijn zus de iPad van me over en staart er een tijdje naar. Op mijn werk had ik Stefs foto en zijn Second Love-profiel geprint als bewijs, maar de weinige informatie over Fitnesshero maakte het een niet al te veelzeggend document. Vlak voordat ik naar huis ging, heb ik het daarom maar door de papierversnipperaar gehaald. Sabine wijst naar de iPad waar de chatwisseling op te zien is. 'Jemig Ilse, dit is toch niet te geloven? Wat erg voor Kim. Ze is toch stapelverliefd op hem?'

Ik knik spijtig en kijk naar Sabines kat, die over de vensterbank richting de bank loopt waar wij op zitten. Niet dat ik een hekel heb aan naaktkatten, maar iets aan Smeagols parmantige loopje maakt dat ik het beest altijd nauwlettend in de gaten hou. Je weet nooit wanneer hij op je schouder springt.

Sabine houdt de foto iets dichter voor haar gezicht. 'Het ziet er niet verkeerd uit, maar waarom hij meteen een foto moet sturen zonder shirt... Dat is toch heel fout?' Ze kijkt me aan. 'Shit... sorry. Niet alleen het ontbreken van z'n bovenkleding is natuurlijk fout. Dit is echt verschrikkelijk voor Kim en jij zit met een vreselijk dilemma.'

Ik knik mistroostig. 'Wat moet ik nu doen?'

We staren allebei nog even naar de foto van Stef. Dan kijkt Sabine opzij. 'Wat als het andersom was? Stel je eens voor dat Kim erachter komt dat jouw vriendje een profiel op Second Love heeft. Wat zou je dan willen dat zij zou doen?'

Met een diepe frons denk ik even na. 'Het aan me vertellen', besluit ik uiteindelijk.

'Dan help je wel gelijk hun relatie om zeep...'

'Maar ik kan toch niet doen alsof mijn neus bloedt?' Mijn veel te hoge stemgeluid verraadt de paniek. 'Ik kan dit toch niet voor me houden? En wat als Stef bij ons thuis over de vloer komt? Ik kan toch niet tegenover hem aan tafel gaan zitten?'

'Nee, natuurlijk niet', sust Sabine. 'Maar...' Ze houdt even stil. 'Eigenlijk weet je alleen zeker dat hij een profiel heeft. Zou het kunnen dat hij het daarbij laat? Dat hij alleen af en toe een beetje chat uit, weet ik veel, nieuwsgierigheid of verveling?'

Ik kijk haar aan en overweeg die mogelijkheid. Maar dan schud ik mijn hoofd. 'Dat lijkt me sterk. Er zijn talloze sites waarop je gewoon een beetje kunt chatten met onbekenden. Dan had hij toch gewoon daarvoor kunnen kiezen?'

'Ik wil ook helemaal niks goedpraten', gaat mijn zus verder. 'Maar misschien moet je er wel eerst achter komen hoe erg het echt is. Voordat je dingen tegen Kim zegt die je niet terug kunt nemen. Voordat je dingen stukmaakt.'

'We hebben het hier over Second Love! Hij vroeg me af te spreken in de stad! Dat zegt toch genoeg?'

Sabine legt een geruststellende hand op mijn arm. 'In eerste instantie dacht ik ook dat je het direct aan Kim moest vertellen, maar nu ik er zo over nadenk... Misschien moet je het nog niet doen. Ik bedoel, dit nieuws zal inslaan als een bom. Voordat je zo'n bom dropt, moet je eerst weten hoe de vork in de steel zit.'

'Hoe kom ik daarachter dan? Ik kan toch niet ingaan op zijn verzoek? Met hem afspreken in de stad en...' Het is Sabines gezichtsuitdrukking die maakt dat ik stop met praten.

'Waarom niet?' vraagt ze voorzichtig. 'Ik denk dat dat het beste is.'

Ongelovig schud ik mijn hoofd. Ik kan haar helemaal niet meer volgen. Ik slaak een kreetje als Smeagol op mijn schoot springt. Ik geef hem een duw, waarna hij prinsheerlijk gaat liggen op de bovenbenen van Sabine.

'Stef denkt dat jij Anne bent, toch?'

Ik knik.

‘En er staan geen foto’s van jou op je profiel?’

‘Ik gebruik een profielfoto van een onbekende. Fenna heeft me een foto gegeven die ik kan gebruiken. Geen idee wie het is.’

‘Geen foto’s van jou dus’, stelt Sabine vast. ‘En je hebt ook niks meer gezegd nadat je die foto van hem had gezien?’

Ik knik opnieuw.

‘Mooi. Daar kunnen we wat mee.’ Ze staart nadenkend voor zich uit. ‘Ik snap dat het een raar idee is om met hem af te spreken. Het klinkt natuurlijk allesbehalve logisch. Maar het heeft wel voordelen. Ten eerste kom je er dan achter of hij gewoon alleen een profiel heeft of ook daadwerkelijk actief lid is en ten tweede kun je hem voor het blok zetten.’

Als ik haar vragend aankijk, gaat ze verder. ‘Jij hebt dit ontdekt en je zit nu met een heel groot dilemma, maar eigenlijk is het zijn probleem. En daarbij, het lijkt me voor Kim ook veel beter als ze het van hemzelf hoort, in plaats van van jou.’

‘Je bedoelt dat ik met hem afspreek en hem de keuze geef?’

Sabine knikt daadkrachtig. ‘Precies! Of hij vertelt het zelf aan Kim, of jij doet het voor hem.’

Het is moeilijk in de dagen die volgen normaal te functioneren. De ontdekking van Stef op Second Love houdt me aldoor bezig. ’s Nachts slaap ik slecht. Overdag probeer ik afleiding te zoeken bij *Claire*. Maar dat lukt me niet goed. Ik merk dat ik met tegenzin werk aan de column. Ik wil het niet aan mezelf toegeven. Het is veel te pijnlijk om te erkennen dat de column die ik zo graag wilde, waar ik alles voor overhad en keihard voor heb gewerkt, me niet gelukkig maakt. De gedachte dat ik morgen weer een gesprek heb met Veronique staat me tegen. Ik vind het gewoon niet fijn om over mijn eetgewoontes te praten. En ik word er misschien wel blij van om Jasper te zien, maar het sporten zelf, dat in het zweet werken, vind ik vreselijk. De reportage maakt het er ook niet beter op. Ik begon het echt een leuke opdracht te vinden. Zeker na het gesprek met Stefan, dat ervoor zorgde dat ik mijn mening wat heb bijgesteld. En ik kan ook niet ontkennen dat lezen over mannen die vreemdgaan vermakelijk is, hoewel het ook vragen bij me oproept. Het leek me leuk nog een paar heren te interviewen. Maar dat een van die heren Stef zou kunnen zijn, had ik nooit kunnen bedenken. Hoe bizar en onwerkelijk is dit?

Hoe langer ik over het voorstel van Sabine nadenk, hoe meer ik besef dat er iets goeds in schuilt. In eerste instantie leek het me een idioot plan. Afspreken met Stef, terwijl hij denkt een Second Love-date te hebben met ene Anne. Het voelt zo verkeerd ten opzichte van Kim. Een paar dagen geleden zette ik het chatgesprek met meneer Fitnesshero voort. Vurig hopend dat Stef zich terug zou trekken en nooit echt van plan was geweest om af te spreken. Niets blijkt minder waar. Hij benadrukte hoe fijn het is dat we beiden in Alkmaar wonen en hoe handig, mocht er sprake zijn van een klik. Zijn opmerking bezorgde me kippenvel en een ronddraaiend gevoel in mijn maag. De knipoog-smiley die hij vervolgens stuurde, maakte het er niet veel beter op. De afgelopen dagen heb ik vaak genoeg op het punt gestaan dit hele plan af te blazen.

En toch loop ik nu op zaterdagmiddag het restaurant binnen, in het Golden Tulip Hotel aan de rand van

Alkmaar. Mijn lijf staat strakgespannen. Mijn nek voelt verkrampt. Ik probeer diep en rustig adem te halen. Ergens heb ik Stef allang veroordeeld en schuldig verklaard. Maar misschien, heel misschien, is er toch een logische verklaring. Iets waardoor alles op miraculeuze wijze op z'n plek valt. En als dat niet het geval is, waar ik dus van overtuigd ben, dan heeft mijn zus een goed punt. Als Stef er echt een dubbelleven op na houdt, is het beter dat Kim dat van hemzelf hoort.

14

ONTSPAN, ILSE. JE KUNT DIT BEST. ZO SPREEK IK MEZELF moed in. Je hoeft alleen maar ervoor te zorgen dat Stef aan zet is. Ik neem plaats aan een tweepersoonstafeltje in het restaurant en doe een zoveelste poging rustig adem te halen. Volgens mij ben ik nog nooit zó zenuwachtig geweest. Het voelt onwerkelijk hier nu te zitten, in een knalrode jurk. Eigenlijk wilde Stef dat ik meer foto's van mezelf zou sturen, maar die heb ik natuurlijk niet. Toen ik mijn 'nee' bleef volhouden, legde hij zich er uiteindelijk bij neer en vond het ook wel een spannend idee. Hij vroeg of ik een rode jurk wilde aantrekken, zei dat hij op dat moment het nummer *The lady in red* luisterde en al zin had in onze afspraak. Ik huiverde en kon het totaal niet rijmen met het machobeeld dat ik van hem heb. Om geen argwaan te wekken ben ik akkoord gegaan met de rode jurk. En nu is het wachten. Ik ben expres met mijn rug naar de ingang gaan zitten, ik wil niet dat hij rechtsomkeert maakt als hij ziet dat ik het ben.

Ergens hoop ik nog steeds dat het niet waar is. Dat Fitnesshero, net als ik, een foto van iemand anders heeft gebruikt en helemaal niet de vriend van Kim is. En als het wel Stef is die binnen komt lopen, dan hoop ik dat hij zich kapotschrikt. Dat hij uitleg geeft met het schaamrood op zijn kaken, en daarna vol berouw alles opbiecht aan Kim.

Een tikje op mijn schouder schrikt me op uit mijn gedachten. Ik draai mijn hoofd een kwartslag en kijk vol in het gezicht dat ik maar al te goed herken. Stefs gezichtsuitdrukking verandert pijlsnel. Eerst oogt hij zoals ik van hem gewend ben. Zelfverzekerd en een tikkeltje trots. Dan lees ik de herkenning in zijn ogen, en zie dat hij dit totaal niet had verwacht. Vervolgens knippert hij tweemaal, fronst zijn wenkbrauwen en herstelt zich.

'Ilse... Of zal ik je Anne noemen?' De verwarring op zijn gezicht is weg en heeft plaatsgemaakt voor de kenmerkende schuine grijns, die zijn rechtermondhoek iets omhoog laat bewegen.

Stef neemt plaats op de stoel tegenover me en ik sta perplex van zijn koele reactie. Het is niet alleen het ontbreken van schrik en paniek, het is zijn hele lichaamshouding. Hij oogt kalm, ontspannen zelfs, en leunt ietsjes achterover in zijn stoel.

'Het is geen toeval dat je een rode jurk draagt, neem ik aan?' Hij vat mijn zwijgen op als een bevestiging. 'Dus mijn date is met jou', gaat hij verder, alsof hij dat nog even voor zichzelf in moet vullen. 'Dat verklaart een hoop.' Weer die schuine grijns. 'Ik snap nu waarom je me niet meer foto's wilde sturen. Je lijkt totaal niet op je profielfoto, Anne. Was je bang dat ik niet zou komen opdagen als ik wist dat jij het was?' Hij laat een stilte vallen, maar ik ben nog steeds niet in staat te antwoorden. 'Waarom zo onzeker? Je profielfoto was leuk, maar jij ziet er ook goed uit, Ilse. Die rode jurk staat je fantastisch.'

'Stop hiermee...' breng ik uit met onvaste stem.

'Waarom? Mag ik je geen compliment maken?'

De rollen lijken compleet omgedraaid te zijn. Hoe kan het dat hij zich zo nonchalant gedraagt? Hoe kan het dat ik degene ben die strak staat van de spanning? Mijn mond zakt een stukje open als Stef een cola light bij een serveerster bestelt, die ineens uit het niets naast ons tafeltje staat. De vrouw kijkt me afwachtend aan. Gehaast schud ik mijn hoofd. Ik wil niets drinken. Ik wil dat deze ontmoeting heel snel gaat lopen zoals ik voor ogen had. Ik móét de touwtjes in handen nemen.

'Stef,' begin ik een stuk daadkrachtiger dan daarnet, 'voor mijn werk maak ik een reportage over Second Love en...'

'Aha', onderbreekt hij me. 'Ik vroeg me al af wat jij op Second Love te zoeken hebt.'

'Laat me even uitpraten. Ik ben me kapotgeschrokken toen ik erachter kwam dat jij daar een profiel hebt.'

'Kapotgeschrokken...' herhaalt hij mijn woorden. Er klinkt argwaan door in zijn stem. 'Meen je dat, Ilse? Of zag je je kans schoon?'

Ik frons.

'Ik bedoel... je bent nu hier. Dat zegt toch iets?' Hij boort zijn mysterieuze blik in mijn ogen en houdt deze lang vast. 'Kim en jij zijn heel close, toch? Jullie delen haast alles...'

Even sta ik té versteld om te kunnen reageren. 'Wat

bedoel je nu eigenlijk?' besluit ik hem recht op de man af te vragen. 'Stel je soms voor dat we jou ook delen?'

Zijn antwoord blijft even uit omdat de serveerster opnieuw aan ons tafeltje staat. Ze zet Stef een glas cola voor. Hij kijkt haar na als ze wegloopt en neemt een grote slok voordat hij mij weer aankijkt en verder praat.

'Is dat een gekke gedachte? Ze hoeft het toch niet te weten? Kom op Ilse, op een hoop van onze dates was jij er ook de hele avond bij... Je zult Kim en mij vast wel horen als we bezig zijn met elkaar. Die muren van jullie appartement zijn heus niet zo dik en Kim laat altijd luidruchtig merken hoe ze van me geniet.'

Ik wil dat hij stopt met praten. Ik wil geen woord meer horen van wat hij te zeggen heeft, maar het lukt me niet de situatie te veranderen. Mijn lichaam is verstijfd en mijn tong weigert dienst.

'Heb je je nooit voorgesteld dat jij het was die met mij in bed lag? Heb je nooit genoten van het gekreun in de andere kamer? Heb je jezelf niet stiekem betast toen je ons hoorde?'

'Je moet nu... héél gauw... je mond houden', breng ik uit met een haperend stemgeluid.

Stef kijkt me geamuseerd aan. Hij lijkt te genieten van de invloed die zijn woorden op me hebben. 'Hoezo, Ilse? Word je daar ongemakkelijk van? Komt het soms te dicht bij de waarheid? Ik kan het me voorstellen, hoor. Naar seks luisteren is vaak nog veel opwindender dan ernaar kijken. Je hoeft je er echt niet voor te schamen. Ik begrijp het.'

'Stop... Stop nu!'

Stef knijpt zijn ogen tot spleetjes. 'Zeg me dat je nooit over mij gefantaseerd hebt en ik stop. Maar ik heb je wel naar me zien kijken tijdens de sportlessen. Je geeft die mooie ogen van je maar wat graag de kost. Wil je niet weten wat er onder mijn kleding schuilgaat? Wil je me niet aanraken?' Hij richt zich een beetje op, buigt zich over het tafeltje heen en brengt zijn mond dicht bij mijn gezicht. 'Wil je mij niet in je voelen?'

'Nee...' reageer ik onvast. Ik wil meer zeggen, rake woorden naar zijn hoofd slingeren.

'Weet je het zeker, Ilse?' Stefs ogen boren zich opnieuw in de mijne. Een lange, donkere en doordringende blik. 'Ik heb ook over jou gefantaseerd. Ik heb me voorgesteld hoe het is om in jouw prachtige, zachte rondingen te knijpen. Ik wil elke centimeter van je lijf aanraken. Kim hoeft het niet te weten. Wíj kunnen het ook leuk hebben samen.'

'Als je nu niet heel snel ophoudt, dan... dan...'

'Dan wat?' De spot in zijn stem is duidelijk hoorbaar. Hij vangt mijn signalen totaal verkeerd op en lijkt er echt van overtuigd te zijn dat ik hem wil. Hij is zo beheerst, zo zeker van zijn zaak. Hoe hij daar in zijn stoel zit en ontspannen een slok cola neemt. Ik walg ervan! Dan recht ik mijn schouders en adem diep in.

'Dan wat? Dan loop ik weg en vertel ik Kim alles!' Voor het eerst durf ik hem in zijn ogen te kijken. Ik merk dat mijn woorden aankomen, er trekt zelfs iets van schrik over zijn gezicht. Net goed. Dit keer is het zijn beurt om zich ongemakkelijk te voelen.

'Dat zou je niet doen.' Hij lacht er smalend bij.

'Ik zou er maar niet zo zeker van zijn', pak ik door. 'Kim heeft het recht te weten met wat voor eikel ze een relatie heeft! Eerlijk gezegd was ik nooit een groot fan van jou, maar ik gaf je het voordeel van de twijfel. Zelfs toen ik je profiel op Second Love tegenkwam, dacht ik dat je het misschien niet actief gebruikte.' Ik laat een stilte vallen en adem diep in en uit. 'Helaas zit ik ernaast, dat is nu wel heel duidelijk.' Ik recht mijn rug, eindelijk ben ik aan zet. 'Ik dacht dat je op zijn minst het fatsoen zou hebben om te schrikken toen je zag dat ik je date was. Ik had nooit, maar dan ook nooit verwacht dat je me zo'n voorstel zou doen. Wat zegt dat veel over jouw verrotte karakter!'

Stef opent zijn mond, maar klapt hem weer dicht als er geen woorden uit komen.

'Dacht je echt dat ik op je praatjes in zou gaan? Dacht je echt dat wij twee nu seks zouden hebben, in een van de kamers hier boven?' Ik stoot een kort lachje uit. 'Los van dat ik kotsmisselijk word van het idee alleen al. Dat zou ik Kim toch nooit aandoen? Ze is mijn beste vriendin! Als je van iemand houdt wil je diegene geen pijn doen, maar dat is waarschijnlijk iets wat jij nooit hebt meegekregen in dit leven.' Als ik gasten van naburige tafels zie omkijken, val ik even stil en vervolg op zachtere toon. 'Hoe dan ook. Je mag kiezen: of ik vertel Kim alles, of je doet het zelf. Ik stel voor dat je voor dat laatste kiest. Het is beter als ze het van jou hoort.' Opnieuw een stilte waarin we elkaar aankijken. De spanning is om te snijden. 'Als je ook maar een greintje respect hebt voor Kim, als je ook maar iets voor haar voelt, dan stel je je op als een man en vertel je haar precies hoe het zit.'

Stef slaakt een vermoeide zucht. Zijn hele houding suggereert dat hij zich niet graag de les laat lezen.

'Wat wordt het?' Ik wacht even af, maar er volgt geen antwoord. 'Ik geef je een dag! Als je haar morgen niet zelf hebt verteld wat er allemaal gaande is, dan doe ik het voor je. Je wordt hoe dan ook ontmaskerd, Stef. Je bent erbij!'

Ineens gaat hij rechtop zitten en ik zie een glans in zijn ogen verschijnen. 'Jammer Ilse, jammer dat je dit zo ziet.' Een paar seconden blijft hij me onheilspellend aankijken. 'Zo jammer dat je nooit de zon in je leven laat schijnen. Waarom moet het allemaal zo moeilijk? We hadden het leuk kunnen hebben samen. Begrijp je dan helemaal niet dat je het leven moet vieren? Ik had je kunnen laten ontspannen... Ik kan je verwennen en laten voelen wat het is om goede seks te hebben. Het zou me niks verbazen als ik je gillend laat klaarkomen. Heb je dat weleens ervaren, Ilse? Ik denk dat dat precies is wat jij nu nodig hebt.' Hij grijnst zijn tanden bloot.

'Vertel jij het haar of ik?' vraag ik met ingehouden woede. Ik zou hem wel iets kunnen aandoen. Het half overgebleven colaatje in z'n arrogante smoel willen smijten. Of, nog beter, met mijn vuist die afschuwelijke grijns van zijn gezicht slaan. Maar er is één ding dat ik nog liever wil en dat is hier zo snel mogelijk weg.

Stef perst er een verwrongen lachje uit. 'Het is eeuwig zonde. En om antwoord te geven op je vraag: ik zie niet in waarom ik mijn eigen ruiten in zou slaan. Vertel jij het haar maar, als je dat per se wilt. Je zult wel merken wat er dan gebeurt...'

Als die laatste woorden tot me zijn doorgedrongen, voel ik mijn maag samentrekken. 'Wat bedoel je?' vraag ik met een trillende stem.

Stef staat op, doet een greep naar de portemonnee in zijn achterzak en legt vijf euro op het tafeltje. 'Jammer, Ilse. Het had zo leuk kunnen zijn', zegt hij, zonder antwoord te geven op mijn vraag. Dan draait hij zich om en beent het restaurant uit.

15

IK HEB GEEN IDEE HOELANG IK NOG IN HET RESTAURANT heb gezeten. Toen de serveerster voor de tweede keer na Stefs vertrek kwam vragen of ik echt niets wilde drinken, realiseerde ik me dat ik beter weg kon gaan. Ik was zo in de war dat ik niet meteen terug naar huis fietste, maar naar het huis van mijn zus. We bestelden pizza en dronken samen een fles wijn leeg, terwijl ik mijn hart luchtte. Sabine werd kwaad om Stefs uitspraken en sloeg beschermend een arm om me heen. Maar toen ik vertelde over mijn rode jurk en dat Stef in het chatgesprek had verwezen naar het nummer *The lady in red,* vond ze me heel naïef. Ze zocht de song op op YouTube en we luisterden ernaar. Als ik dat eerder had gedaan, dan had ik kunnen weten dat Stef meer van plan was dan alleen iets drinken. Het is slaapkamermuziek, bedoeld voor romantische aangelegenheden! Als ik weer denk aan Stefs volslagen idiote voorstel, lopen de rillingen over mijn rug. Hoewel de confrontatie totaal anders liep dan ik had verwacht, ben ik blij dat ik hem voor het blok heb gezet. Hoe erg het ook is, Kim gaat de waarheid te horen krijgen. Ik vind nog steeds dat het beter is als ze het van hem hoort, maar de kans is groot dat ik het haar zelf moet vertellen. Ik zie er behoorlijk tegen op. Hoe breng je zulk nieuws? Afgelopen nacht spookten er verschillende scenario's door mijn hoofd. Alsof ik me daarmee kon voorbereiden om het op een zo goed mogelijke manier aan Kim te vertellen.

Als ik de voordeur open, tref ik Kim op onze hoekbank. Binky ligt languit op haar schoot. Onmiddellijk merk ik dat ze het weet. Ik zie het aan haar houding, ze lijkt wel in trance en aait Binky aan één stuk door. Ik heb geen idee wat Kim precies weet, wat Stef haar heeft verteld. Alles? Of heeft hij zijn eigen draai eraan gegeven? Voorzichtig ga ik bij haar op de bank zitten.

'Het spijt me zo, Kim. Ik vind het zo erg voor je...' Pas als ik praat, lijkt mijn aanwezigheid haar op te vallen. Een kort hoofdknikje in mijn richting geeft aan dat ze me gehoord heeft. De blik in haar ogen is hard. Koud. Leeg. Misschien is ze in shock. Het is ook afschuwelijk om te moeten horen hoe je vriendje daadwerkelijk in elkaar steekt. Zal Stef haar vlak voor mijn komst hebben ingelicht? Anders zou ze me gisteravond toch wel overstuur hebben opgebeld?

Ineens verschuift ze met een abrupte beweging. Binky glijdt deels van haar schoot af, hupst op de bank en kijkt zijn baasje rechtop zittend aan. Kim negeert het konijn en kijkt me voor het eerst aan. 'Wat spijt je dan?' vraagt ze met een holle stem.

'Nou gewoon... Alles! Dat dit gebeurd is. Ik weet niet precies wat Stef je heeft verteld. Als je vragen hebt, wil ik die natuurlijk beantwoorden.'

'Dat hoeft niet', onderbreekt ze me bars. 'Ik weet genoeg. Stef heeft me alles verteld.'

Ik schuif een stukje naar haar toe en leg mijn hand op haar arm. Kim verstart en duwt de hand abrupt weg.

'Ik vind het echt zo erg...' val ik in herhaling. Het blijft een tijdje stil. Kim blijft onbewogen voor zich uit staren. Ineens vraag ik me af wat Stef haar precies verteld heeft. 'Stef is hier dus geweest...' begin ik voorzichtig. 'Wat heeft hij je precies verteld?'

Ze krimpt een beetje ineen. De gedachte aan Stefs woorden doet haar zo te zien pijn. 'Het is... Het is... verwarrend', zegt ze met lange tussenpozen.

Ik knik. 'Zal ik je vertellen wat ik weet?'

Een nauwelijks zichtbaar knikje volgt.

'Je weet dat ik voor *Claire* een reportage over Second Love maak', leid ik het verhaal in. Ik vertel haar alles. Van de aanmaak van het nepprofiel onder de schuilnaam Anne, de binnenkomende chatberichtjes van Fitnesshero en de schok toen ik Stef op de foto herkende. Kim kijkt stoïcijns voor zich uit, maar ze hoort me wel, want als ik even stilval, kijkt ze me aan. Ik ga verder en vertel over het gesprek met Sabine omdat ik niet wist wat ik moest doen en over de ontmoeting met Stef gistermiddag. Dit laatste deel kost me de grootste moeite. Ik vind het moeilijk de goede woorden te vinden, om het niet erger te maken dan het al is, maar ik wil ook eerlijk zijn en geen dingen achterhouden. Het is zo afschuwelijk pijnlijk mijn beste vriendin te vertellen wat haar vriendje allemaal tegen mij zei.

Ik werp een blik opzij en probeer in te schatten in hoeverre ze alles wat ik haar vertel al wist, maar ik kom er niet goed achter.

'Het is zo bizar… zo onwerkelijk', praat ik daarom verder. 'Dat Stef op deze manier in elkaar steekt en compleet anders is dan je al die tijd dacht. Ik vind het zo erg voor je…' De woede die ik voel tegenover Stef komt in alle hevigheid opzetten in mijn binnenste.

'Hé, gaat het wel?' probeer ik contact te maken, als Kim dof voor zich uit blijft staren. Het is een belachelijke vraag, want het is overduidelijk dat het niet gaat.

Kim buigt zich voorover, trekt haar knieën op en plaatst haar hoofd ertegenaan. Het geluid van de eerste snikken die komen klinkt zacht, maar algauw ontstaat er een luidkeels huilen. Ze slaat haar armen om haar hoofd en knieën en smoort daarmee een deel van het geluid. Ik aai over haar rug in langzame, geruststellende bewegingen. Minutenlang zitten we zo. Als het huilen is overgegaan in een ongecontroleerde, haperende ademhaling, fluister ik kalmerende woordjes tegen haar rug. Ze slaan nergens op, maar Kim lijkt er rustig van te worden.

'Alles wat ik je verteld heb…' zeg ik uiteindelijk. 'Wist je dat allemaal al? Of hoorde je dingen voor het eerst?'

Kim haalt haar hoofd uit haar armen vandaan en kijkt me met een rood, gezwollen gezicht aan. Haar blik is glazig.

'Komt mijn verhaal een beetje overeen met wat Stef je heeft verteld?'

Er trekt iets over haar gezicht wat ik niet kan plaatsen.

'Wat denk je zelf?' vraagt ze met een stem die niet van haarzelf lijkt te komen.

Ik frons.

'Stef is hier gisteravond geweest. We hebben heel lang gepraat en hij heeft me alles verteld. Dat wil zeggen: de waarheid!'

'Hoe bedoel je?'

'Zoals ik het zeg.'

Ik schrik van de kille klank in haar stem. Er valt een onbehaaglijke stilte.

'Ik kon het eerst niet geloven', praat ze verder. 'Het gaat veel en veel te ver. Maar ik heb tijd gehad om erover na te denken, de hele nacht heb ik aan niets anders gedacht.' Weer een stilte. Ineens kijkt ze me recht aan. 'Nu pas... nu je me dit alles hebt verteld, weet ik hoe het echt zit! Ik wilde het eerst niet geloven. Maar misschien wist mijn onderbuikgevoel het al heel lang. Stef heeft me al vaker gewaarschuwd. Ik heb er alleen nooit naar geluisterd. Ik kon hem niet geloven. Wij zijn al zo lang vriendinnen! Ik wéét toch wie jij bent?'

Ik voel een ijskoude golf door mijn lichaam trekken die al mijn spieren lijkt te bevriezen. 'Waar... Waar heb je het over?'

Plotseling kijkt Kim me recht aan, haar ogen spuwen vuur. Ik deins een beetje achteruit. 'Waarom kun je het niet hebben dat ik eindelijk gelukkig ben? Eerst dacht ik dat je Stef niet mocht. Ik dacht dat je je bedreigd voelde door hem, omdat wij zo close werden samen. Ik dacht dat het tijd nodig had, dat je er wel je weg in zou vinden. Alle keren dat Stef me vertelde dat je lang naar hem keek, sloeg ik daar geen acht op. Je bent mijn vriendin! Je zou onze vriendschap altijd vooropstellen! Maar jij... je bent gewoon stikjaloers! Je hebt onze liefde nooit een kans gegeven! Alle leugens die je me vertelt. Stef zou mij dat nooit aandoen! Hij houdt van me! Ik kan niet begrijpen dat je zoiets verzint om mijn relatie kapot te maken! Dat is... Dat is echt gestoord!'

Een geluidloze knip van de vingers maakt dat alles er ineens compleet anders voor staat. Kims woorden voelen als een bekogeling met stenen. Ik kan ze niet ontwijken en ze komen keihard aan.

'Maar... dat is niet waar! Ik lieg niet tegen je! Ik zou nooit tegen je liegen!'

'Nee? Nog niet zo lang geleden dacht ik dat ook. Maar blijkbaar heb ik me heel erg in jou vergist. Ik begrijp werkelijk niet hoe je zulke grote leugens kunt verzinnen! Word je niet kotsmisselijk van jezelf?'

'Ik verzin het niet, Kim... Echt niet!' breng ik hortend en stotend uit.

'Stef heeft me precies verteld hoe het zit, dus stop maar met liegen!' snauwt ze. 'Het gekke is nog dat hij het voor je opnam. Hij zei dat je er niks aan kunt doen, dat je niet helder nadenkt, omdat je zó tot over je oren verliefd op hem bent! Terwijl jij je best doet onze liefde te besmeuren met je leugens en daarmee onze jarenlange band naar de filistijnen helpt, maakt hij zich druk om onze vriendschap. Dat zegt toch genoeg?'

Ik weet niet wat ik moet zeggen. Ik voel paniek, angst en totale verslagenheid, allemaal door elkaar. Hoe kan het dat ze me niet gelooft?

'Stef zei dat ik het je niet te veel mag aanrekenen. Dat ik mild moet zijn. Maar ik kan het niet! Waarom doe je zoiets? Waarom gun je mij niet het geluk?!'

Ineens staat ze op en beent met stevige passen naar haar

slaapkamer. Ik loop als een klein, onzeker hondje achter haar aan.

'Wat ga je doen?' Ik hoor zelf de wanhoop doorklinken in mijn stem.

'Wat denk je?' Kim schuift met een harde zwiep haar kastdeur opzij. Gooit een weekendtas op bed en begint deze lukraak te vullen met wat ze ook maar tegenkomt. 'Weg! Ik heb geluisterd naar wat je te zeggen had. Tot op het moment dat je de woorden uitsprak, kon ik me niet voorstellen dat je tot zoiets in staat zou zijn. Ik vergeef het je nooit dat je Stef onder druk hebt gezet om het uit te maken met mij! Dat hij dat maar beter kon doen, omdat je anders deze leugens over hem zou verspreiden. Je had het allemaal uitgedacht, hè? Dacht je echt dat ik erin zou trappen? Dat ik jou zou verkiezen boven de liefde van mijn leven?'

Ik kijk toe hoe Kim een stapel strings de weekendtas in smijt, maar geen enkele bh. Wel een aantal broeken en shirts inpakt, maar haar sokken vergeet. Ineens komt er een gedachte in me op. 'Ik heb bewijs! Ik kan je laten zien dat ik niet lieg! Ik kan je laten zien dat Stef een profiel heeft op Second Love en dat hij me berichtjes en zijn foto stuurde.'

Kim laat de weekendtas voor wat hij is en knijpt haar ogen tot spleetjes. 'Heel even heb ik gedacht dat Stef ongelijk had, dat hij het mis had, want zoiets zou jij nooit doen. Dus ik heb vannacht een account aangemaakt en heel Second Love afgezocht. Maar er is géén Stef op Second Love...'

'Hij gebruikt een andere naam', val ik haar in de rede. 'Hij noemt zichzelf Fitnesshero. Hij...'

‘Fitnesshero bestaat niet. Mijn vriend zit niet op Second Love. Het is echt ziek, Ilse!’

‘Maar ik lieg niet. Echt niet! Je moet me geloven. Ik...’

Kim snuift. ‘Ik, ik, ik... Ja hoor, het draait allemaal om jou. Hou op, Ilse! Er is hier niemand die je nog gelooft.’ Ze ritst de tas dicht, stampt met haar half ingepakte bagage de kamer uit, rukt de voordeur open en laat deze met een knal achter zich in het slot vallen.

16

DE ERGSTE KATER OOIT LIJKT ZICH IN MIJN LICHAAM TE hebben gevestigd. Alleen heb ik geen druppel gedronken. Ik heb verschrikkelijke spierpijn, een zwaar en naar gevoel in mijn hele lijf, maar ik heb al dagen niet gesport. Kims woorden tollen eindeloos lang na in mijn hoofd.

Ik dwing mezelf naar kantoor te gaan, in de hoop afleiding te vinden, maar ik zit als een zombie achter mijn bureau. Na het werk rij ik langs de snackbar en ik kruip vroeg mijn bed in. Ik wil niks voelen, nergens aan denken, alleen maar slapen. Na twee dagen staat het menu van patat met een kaassoufflé en een beker softijs met chocoladestukjes me tegen en laat ik een pizza bezorgen. Op donderdagochtend schrik ik wakker als met een ruk het gordijn op mijn slaapkamer wordt opengedaan. Ik kreun, vanwege de onverwachte hoeveelheid licht in de kamer.

Eerst zie ik alleen vage schimmen, maar als mijn ogen gewend zijn geraakt, zie ik mijn moeder en Sabine naast het bed staan. Ze wisselen een blik met elkaar.

'Goedemorgen! Tijd om het leven weer onder ogen te komen, zusje.'

'Ilse, meisje... wat is er toch allemaal aan de hand?' Mijn moeder neemt plaats op het bed en legt bezorgd een hand op de opbolling van het dekbed.

'Laat me slapen', kerm ik zachtjes.

Sabine laat haar blik over de plek naast mij gaan, waar de pizzadoos, ijsbekers en papieren zakken van de snackbar liggen. 'Zo te zien heb je genoeg tijd in je bed doorgebracht.' Ze loopt om het bed heen, schuift het afval met een armbeweging opzij en gaat ook zitten. 'Niet eerlijk hoor... Eerst bedenken we samen een plan om Stef te ontmaskeren. Dan vang ik je op als je hem hebt ontmoet. Vervolgens ga je naar Kim toe en dan... radiostilte!'

'Ik heb je een appje gestuurd', sputter ik tegen.

'Ja, een halfslachtig berichtje dat je me later terugappt! Ik heb je heel vaak proberen te bellen en je hebt gewoon je telefoon uitgezet!'

'Sorry...'

'Je hebt me alles van heel dichtbij laten meemaken en bij de ontknoping blijft het dagenlang stil.'

'Sorry. Echt, sorry.'

'Kennelijk had je even wat tijd nodig', praat Sabine verder. 'Maar het is nu donderdag en ik hou het niet meer van de spanning. Ik moet gewoon weten wat er is gebeurd. Gisteravond heb ik mama gebeld. Zij heeft de sleutel van jouw appartement en we spraken af om samen bij je op bezoek te gaan.'

'Het leek mij ook een goed idee om even poolshoogte bij je te komen nemen', bevestigt mijn moeder. 'Ging het gesprek met Kim niet goed?'

Ik kijk van mijn moeder naar Sabine en weer terug.

'Sabine heeft me zo'n beetje verteld wat er speelt... Wat een toestand, lieverd.'

Ik zucht en glimlach in één beweging. 'Dat is het zeker.'

Mijn moeder en zus luisteren aandachtig en onderbreken me niet één keer als ik ze alles over het gesprek met Kim vertel. Ik zie afwisselend schrik en medeleven op hun gezichten staan.

'Ik dacht al wel dat het mis moest zijn gegaan', reageert Sabine als ik uitgesproken ben. 'Anders had je me vast wel de goede afloop laten weten.'

'Het spijt me dat ik je niet op de hoogte heb gebracht. Ik kon het niet opbrengen. Ik was tot niks in staat... Gewoon naar mijn werk gaan kostte al moeite. Maar het is inderdaad niet erg aardig van me.'

Sabine slaat haar armen om me heen. 'Het geeft niet, zusje. Ik begrijp het wel.'

Mijn moeder volgt haar voorbeeld en zo blijven we een tijdje met z'n drieën op bed zitten.

'Wat bof ik toch met jullie, hè?' zeg ik, als we elkaar los hebben gelaten. Met mijn vingers haal ik het vocht onder mijn ogen vandaan. Het oprakelen van de ruzie met Kim, de steun en het medeleven van mijn moeder en zus maken me week vanbinnen.

'En wij boffen met jou', reageert mijn moeder.

Sabine knikt. 'Ja, we boffen met elkaar. Maar misschien is het toch een goed idee als jij nu een douche neemt, dan kun je die muffige snackbarlucht van je afspoelen.'

Even later stap ik de badkamer uit in mijn zachtroze badjas. Mijn moeder zet net een pot thee op de eettafel in de woonkamer.

'Moet je geen haast maken voor je werk?' vraagt ze met een blik op mijn outfit.

Met een glimlach neem ik plaats op een van de stoelen rondom de eettafel. Meteen komt Binky naar mijn voeten toe gehupst. 'Ik heb een halve dag vrij genomen en werk vanmiddag thuis', reageer ik, terwijl ik het konijn aanhaal.

'Dat doe je goed. Binky heeft al eten en drinken en ik heb zijn hok schoongemaakt. Ik heb net ook je bed verschoond en de ramen opengezet.'

'Mam,' reageer ik verbaasd, 'wat lief!'

'Je konijn was heel blij dat hij weer lekker uit zijn hok mocht. Het is toch ook niks voor dat arme beestje... de hele tijd in zijn kooi te moeten zitten.' Mijn moeder schenkt thee in twee grote bekers en zet er één voor me neer.

'Waar is Sabine?'

'Broodjes halen.'

We horen de voordeur open- en dichtgaan. 'Nou... daar zal je d'r hebben.'

Sabine komt de woonkamer binnen met twee linnen tassen vol boodschappen. Ze zet de spullen op tafel en loopt een paar keer heen en weer naar de keuken om servies, bestek en andere benodigdheden voor de brunch te pakken. Ik bekijk de inhoud van de tassen en merk dat mijn maag knort.

'Misschien moet je straks een dubbele sessie met die Jasper inplannen', zegt mijn zus, als we alle drie aan een dikbelegd broodje zitten. 'Ik heb de pizzadoos en al die andere rommel in je slaapkamer weggegooid. De weegschaal vindt je dieet van de afgelopen dagen vast niet leuk.'

Ik werp haar een vernietigende blik toe, die ze beantwoordt met een grijns.

'Het is maar goed dat je personal trainer niet aan huisbezoeken doet', gaat ze door.

'Niet zo lelijk doen tegen je zus', berispt mijn moeder Sabine. Dan kijkt ze naar mij. 'Dat sporten is misschien niet eens zo'n gek idee, Ilse. Waarom bel je Jasper niet? Beweging zal je vast goeddoen. Even al je zorgen, verdriet en frustraties eruit zweten.'

Ik slaak een diepe zucht. 'Ik weet het niet, ik ben niet echt in de stemming voor de sportschool.'

'Nee. Logisch ook.' Sabine vult haar glas met verse sinaasappelsap en kijkt ons om beurten aan. Mijn moeder en ik knikken haar toe. 'Heb je na zondag nog wat gehoord van Kim?'

Ik voel een scherpe steek in mijn binnenste en schud mijn hoofd. 'Ze zal wel bij Stef ingetrokken zijn. Raar hè? Ik heb precies het tegenovergestelde bereikt van wat ik wilde. Niet dat ik wilde dat het uit zou gaan, maar... jullie begrijpen me wel.' Ik pak het glas met de gele vloeistof van mijn zus aan en neem een slok.

Mijn moeder knikt. 'Ik begrijp het, maar vroeg of laat komt Kim er heus wel achter hoe Stef echt in elkaar zit.'

'Misschien duurt dat wel jaren', verzucht Sabine. 'Stef is volgens mij zo'n typische pathologische leugenaar. Die kan dit een eeuwigheid volhouden. Hij is zo berekenend, sluw en gemeen. Het feit alleen al dat hij vanaf het begin op Kim heeft ingepraat en haar heeft laten denken dat

Ilse een oogje op hem had. Het lijkt wel of hij haar heeft gehersenspoeld!'

'Dat denk ik ook', zeg ik zuchtend. 'Hij heeft zo'n grote invloed op haar. Ze is gestopt met het drinken van alcohol. Helemaal prima als dat haar eigen keuze was geweest, maar ik denk dat hij het haar heeft opgelegd. En ook hoe Stef over bepaalde dingen denkt... Ineens denkt Kim overal precies hetzelfde over.'

Mijn moeder kijkt me aan met een blik die zegt dat ze met me heeft te doen. 'Hun relatie is verre van gezond, maar ik denk niet dat er nu veel is wat jij eraan kunt doen. Hoe moeilijk dat misschien ook is.'

Sabine fronst. 'En toch vind ik Kim wel heel naïef. Ik weet dat ze halsoverkop verliefd is geworden op die griezel en geloof best dat ze denkt dat hij echt de liefde van haar leven is. Maar jullie zijn al vanaf de basisschool vriendinnen! Dat gooi je toch niet zomaar weg?'

Ik haal mistroostig mijn schouders op.

'Kim staat niet open voor de waarheid', gaat Sabine verder. 'Ze kiest ervoor Stef te geloven. Alsof ze bewust oogkleppen opzet, om maar niet te hoeven zien wat er werkelijk aan de hand is.' Mijn zus kijkt me schuldbewust aan. 'Sorry, ik wil het er niet in wrijven. Ik vind het alleen zo stom. Als iemand een goede vriendin is, dan ben jij het wel. Je verdient dit gewoon niet...'

Ik glimlach om haar lieve woorden en wil net iets zeggen als ik opschrik van telefoongerinkel. Het is de huistelefoon. We gebruiken die eigenlijk nooit en ik kan me niet herinneren dat iemand dat nummer heeft. Snel loop ik naar het toestel en neem op.

'Met Ilse Oldenbroek.'

'Ilse, met Fenna', klinkt het gejaagd. 'We zitten hier allemaal klaar voor de fotoshoot. Waar blijf je?'

'Waar ik blijf?' vraag ik fronsend. 'Ik heb vanochtend vrij genomen en werk vanmiddag thuis.'

'Je bent het gewoon vergeten', klinkt het beschuldigend. 'Ze is het gewoon vergeten!' herhaalt Fenna voor de mensen die blijkbaar om haar heen staan. De ergernis in haar stem is hoorbaar. 'We hebben je in het afgelopen halfuur verschillende appjes gestuurd en hebben je wel tien keer gebeld! Waarom neem je niet op? Waarom reageer je niet?'

De vragen blijven in de lucht hangen en ik kijk schuldbewust naar mijn mobiel die op de eettafel ligt. Gisteravond heb ik hem uitgezet en vandaag is het er nog niet van gekomen hem weer aan te zetten.

'De visagist, de fotograaf, Jolijn als stylist... er staat hier een heel team op je te wachten!' Fenna is duidelijk heel erg boos. 'Dit kan dus echt niet, Ilse! Weet je wel wat voor een eer het is dat je in het tijdschrift komt te staan, met een complete fotoshoot en bijbehorend interview? Op deze manier krijgen we nooit op tijd een *Claire* in de winkel. Tijd is geld! Afspraken vergeten is not done! Wat zeg ik? Een afspraak vergeten? Je bent gewoon een complete fotoshoot met interview vergeten, waarbij jij het stralend middelpunt zou moeten zijn. Jij bent de hoofdpersoon waar alles om draait vandaag. Zonder jou ligt alles stil! En waar ben je?! O, oeps, vergeten! Dat is toch te gek voor woorden?!'

'Het spijt me heel erg! Het zal niet meer gebeuren, Fenna. Ik zal...'

'Ilse?' onderbreekt ze me, met een stem die me direct

het zwijgen oplegt. 'Wat doe je nog aan de telefoon? Haast je naar kantoor! We wachten op je!'

Nog nooit heb ik me zo snel aangekleed. Mijn moeder had mijn broodje ingepakt en een flesje water klaargezet, zodat ik in de auto kon ontbijten. Ik ben die hele fotoshoot vergeten. Het is zo ontzettend stom dat ik er niet aan heb gedacht. Nog niet zo lang geleden was Fenna heel kritisch over mijn column. Vandaag is ze, op zijn zachtst gezegd, ook niet blij met me. En het erge is: ze heeft helemaal gelijk. Toen ze een paar weken geleden voor het eerst over de fotoshoot begon, was ik oprecht verbaasd. Niet de zoveelste BN'er werd in de spotlight gezet, maar ik, Ilse Oldenbroek, zou het stralende middelpunt in *Claire* zijn. Met uitgebreide shoot en bijbehorend interview. Fenna vindt het belangrijk om de vrouw achter Ilses strijd tegen de kilo's te laten zien. En ook al is het een hele eer, ik voel me er ook kwetsbaar en ongemakkelijk onder. Hierin kan ik me niet verschuilen achter mijn pen.

Gelukkig werkt het verkeer mee en vind ik snel een parkeerplek bij het gebouw van *Claire*. Ik ren de trap op naar de tweede verdieping en doe hijgend de deur open.

'Daar is ze eindelijk!' roept Jolijn, zodra ze me in het vizier krijgt. 'Hup! Meteen de visagie in. Dan laat ik je ondertussen de kleding zien die ik voor je heb uitgekozen.'

'Het spijt me, het spijt me echt enorm.' Met het schaamrood op mijn kaken kijk ik naar de groep mensen die op me staat te wachten. Fenna kijkt misprijzend, maar Carmen, de fotograaf met wie we vaak en graag werken, lacht me bemoedigend toe.

'Geen probleem hoor, Ilse. Ik heb in de tussentijd wat

achterstallig werk ingehaald en sommigen hebben gewoon een uurtje koffiepauze gehad en lekker bijgekletst.' Ze blikt onopvallend naar Jolijn. Het doet me goed dat Carmen me op mijn gemak probeert te stellen.

Als ik plaatsneem in een stoel bij Chantal, de visagiste, zie ik een waanzinnige hoeveelheid make-up op haar werktafel uitgestald. Ze kijkt even naar de conditie van mijn huid en begint dan met het aanbrengen van een primer.

Jolijn komt erbij staan, slaat haar armen over elkaar en kijkt van Chantal naar mij. 'Je hebt geen make-up op, zie ik. Dat scheelt in ieder geval tijd met de boel eraf halen.' Ze zucht diep. 'Ben je ziek of zo? Kind, wat zie je bleek! Gelukkig kan Chantal wonderen verrichten!'

De visagist lacht naar Jolijn en vangt haar belediging naar mij zo te zien op als een compliment.

'Chantal, je zult Ilses gezicht flink moeten shapen en contouren. Een hap uit die appelwangen kan geen kwaad, lijkt me.' Jolijn lacht hard om haar eigen grap.

Chantal kijkt Jolijn even aan, maar geeft geen antwoord en richt zich op haar werk. Met een sponsje brengt ze foundation aan op mijn gezicht.

Ik erger me aan Jolijns bemoeienis. 'Je zei dat je de kleding die je hebt uitgezocht zou laten zien', help ik haar herinneren.

'Ja, klopt. Ik haal het rek even.' Ze loopt naar een andere ruimte en komt terug met een volgestouwd kledingrek op wieltjes. Trots laat ze een paar items zien. Ik kan niet geloven wat ik zie: als dit een verkiezing van de beste circusoutfit zou zijn, zou ik een heel eind komen. De kleding is hysterisch. Geen enkel item zou ik zelf hebben uitgekozen.

'En?' vraagt ze, na het ophouden van een paar kledingstukken.

'Het is...' Ik zoek het juiste woord. 'Het is nogal heftig.'

'Kom op! Jij wilt in de schijnwerpers staan! Dan kun je geen grijzemuis-pakje aantrekken. En zo makkelijk is het niet om kleding voor je uit te zoeken, het mag allemaal niet te voluptueus worden.'

De fotograaf komt bij ons staan, richt haar blik op het kledingrek en kijkt Jolijn vervolgens afkeurend aan. 'Het is de bedoeling dat we niets verhullen met kleding, maar juist Ilses prachtige rondingen laten zien. Het is nota bene een fotoshoot waarbij het allemaal draait om *curves*!'

'Als jij je op de fotografie richt, Carmen, dan hou ik me bezig met de styling', bijt Jolijn van zich af. 'Laten we ieder vooral doen waar we goed in zijn. Afgesproken?'

Carmen laat een sceptisch lachje horen en haalt het meest overdreven kledingstuk van het rek. 'Zeg eens eerlijk, Ilse? Wat vind je hiervan?'

Ik kijk naar het jasje. Het bestaat uit verticale banen met pailletten, in de kleuren goud, roze en zwart. Het is niet alleen een oogverblindend lelijke kleurencombinatie, het glinstert ook veel te opzichtig. 'Ik vind het echt een spuuglelijk jasje.'

Carmen en Chantal schieten in de lach en Jolijn kijkt me verschrikt aan. 'Je hebt echt geen idee wat ik heb moeten doen om aan dat jasje te komen! Weet je wel wat dat kost?'

'Niet alles wat duur is, is ook per definitie mooi.' Carmen en Chantal lachen nog harder als ik de uitspraak kracht bijzet door nonchalant mijn schouders op te halen.

Jolijn kijkt me met grote ogen aan. Dit is ze niet van me

gewend. Door alles wat er speelt met Kim heb ik er even zo genoeg van dat het me niet uitmaakt hoe ik op haar overkom.

'Weet je, Ilse, daarom hadden we ook een doorpassessie gepland', reageert Jolijn met een pissige ondertoon in haar stem. 'Dat die niet doorging omdat jij zo nodig een halve dag vrij moest nemen, daar kan ik niks aan doen. Het heeft me veel extra werk opgeleverd omdat ik zelf alle items moest overwegen en een selectie maken. Jij kunt niet gaan zeuren nu al het werk al gedaan is.'

Daar heeft Jolijn wel een punt: zij kan er natuurlijk niets aan doen dat ik nooit meer aan onze afspraak van vanmorgen heb gedacht. 'We passen zo wel even wat', probeer ik haar milder te stemmen. 'Is dit echt het enige wat je hebt?'

'Dit rek heeft mijn absolute voorkeur', reageert ze afgemeten. Als ik haar lief aankijk, gaat ze overstag. 'Goed dan... er is nog veel meer, maar dat is allemaal niet zo spectaculair als dit. Dit rek springt er echt uit! Hierin steel je de show!'

'Ik wil zo best een paar dingen passen, maar ik ben ook benieuwd wat je nog meer hebt', zeg ik diplomatiek.

Jolijn knikt en staat op. Ik begin te wennen aan het gevoel van de sponsjes en kwasten, die Chantal met zacht strijkende bewegingen over mijn gezicht laat gaan. Even later laat ze het eindresultaat zien.

'Heel erg mooi!' stel ik goedkeurend vast. 'Dankjewel.'

Jolijn, die in de tussentijd nog drie kledingrekken de kamer in heeft gerold, komt dichterbij en tuurt vanaf een paar centimeter afstand naar m'n gezicht. 'Ja, heel mooi! Knap werk, Chantal! Alhoewel... die bolle wangen kunnen nog wel wat minder. Zou je niet nog wat meer shapen?'

Ik kan een vermoeide zucht niet onderdrukken.

'Laten we ieder vooral doen waar we goed in zijn', reageert Chantal scherp. 'Misschien is het een idee als jij je ook aan die uitspraak houdt?'

Ik giechel, maar stop meteen als ik Jolijn boos zie kijken. Het is beter om haar nu niet op de kast te jagen. Anders weet ik zeker dat ik straks niet onder een van haar clownspakjes uit kan komen.

17

EEN PAAR UUR LATER ZITTEN DE FOTOSHOOT EN HET interview erop en ik ben opgelucht dat ik weer in de auto zit. Mijn gedachten dwalen af naar afgelopen middag. Kennelijk was ik niet de enige die zich aan Jolijn ergerde. Misschien ben ik wel altijd veel te mild voor haar geweest. Ik zou eens flink hard van me af moeten bijten, zodat ze weet dat er niet met me te sollen valt. Al heb ik het ook zelf laten gebeuren. De bollewangen-opmerking mag dan wel grappig bedoeld zijn, het is echt niet leuk om te horen. Normaal gesproken kan ik de beledigingen van Jolijn wel verdragen en lukt het me om haar rotopmerkingen van me af te laten glijden. Nu kan ik het er niet bij hebben. De breuk met Kim raakt me verschrikkelijk. Ik vraag me af of het ooit nog goed komt tussen ons. Als Stef in beeld blijft, zal onze vriendschap nooit meer worden zoals die was.

Als ik onze woonwijk in rij, minder ik vaart en schakel terug naar een lagere versnelling. Ik zie ertegen op om naar huis te gaan. Een leeg huis. Een huis zonder Kim. Ik voel een band om mijn maag samenspannen. Misschien moet ik het advies van mijn moeder en zus opvolgen en al mijn zorgen, verdriet en frustraties eruit zweten. Ik weet dat Stef nu niet werkt en dat is maar goed ook. Ik moet er niet aan denken hem in de sportschool tegen te komen. Voor het appartement parkeer ik de auto. Een paar minuten later stap ik weer in met mijn sporttas. Op naar de sportschool. Of beter gezegd... op naar Jasper. Wie weet fleur ik daarvan op.

'Hé Ilse', begroet Jasper me bij binnenkomst. 'Hebben wij een afspraak staan of...'

Ik schud mijn hoofd. 'Nee, we hebben geen afspraak, hoor. Hoi, trouwens.'

'Gelukkig. Ik was al bang dat ik je vergeten was. Niet dat ik niet blij ben je te zien...' Een hartelijke glimlach verschijnt op zijn gezicht.

Ik glimlach terug. Ineens heb ik zin om mijn sporttas op de grond te laten vallen, naar hem toe te lopen en me overstuur in z'n armen te gooien. Ik wil zijn geborgenheid voelen, ik wil niets liever dan dat hij me troost. Jaspers armen beschermend om me heen. Zijn lijf dicht tegen me aan. Zijn lichaamswarmte... voelbaar. Ik wil dat hij geruststellende woordjes in m'n oor fluistert. *Alles komt goed, Ilse. Je komt hier wel doorheen. Ik ben er voor je...*

'Ik heb zo wel even tijd om je te begeleiden met je training. Begin jij vast met je warming-up en wat cardio?'

Ik knik en merk dat ik me teleurgesteld voel. Dat is natuurlijk onzin, want natuurlijk kan hij niet weten dat ik snak naar zijn omhelzing. Als ik wil dat hij weet dat ik er helemaal doorheen zit, als ik steun van hem verlang, dan zal ik hem dat zelf moeten vertellen. Ik kleed me om en denk na over die optie. Jasper vertellen wat er in m'n hoofd omgaat... Het klinkt aanlokkelijk en ik kan niet ontkennen dat het eigenlijk precies is wat ik wil. Maar het staat te ver af van de relatie die we inmiddels met elkaar hebben opgebouwd. Ik zie hem nu al drie maanden lang een paar keer per week en het lijkt erop dat we elkaar graag mogen, maar we hebben nog nooit een echt persoonlijk gesprek gevoerd. Ik kan niet zomaar uit het niets mijn hart bij hem uitstorten. Ik ben gewoon één van zijn klanten. Het is heus niet de bedoeling dat onze relatie verder gaat dan dat.

Ik berg mijn spullen op in een kluisje en start met de warming-up. In tegenstelling tot wat mijn moeder voorspelde, zorgt het losmaken van mijn spieren er niet voor dat het terneergeslagen gevoel in m'n lichaam wegebt. Ook als ik daarna een halfuur de longen uit mijn lijf ren op de loopband, voel ik nog steeds de schrale pijn in mijn binnenste. Mijn longen lijken haast in brand te staan, al is dat gevoel niet per se onprettig. Ik wil niet meer denken aan Stef, of aan de ruzie met Kim. Ik wil niet meer denken aan het feit dat onze jarenlange vriendschap op de klippen is gelopen. Dat Kim bij Stef is ingetrokken. Dat ze ervoor kiest hem te geloven in plaats van mij. Het doet te veel pijn. Ik wil ook niet meer denken aan mijn werk. Ooit was een eigen column mijn ultieme droom. Ik had er alles voor over, werkte er keihard voor. Het is zo ontmoedigend dat het in de verste verte niet is wat ik ervan had verwacht. De column maakt me allesbehalve gelukkig, en kijk waar de reportage over Second Love toe heeft geleid.

Na de coolingdown heeft mijn ademhaling weer zijn normale ritme. Als ik van de loopband af stap voel ik me leeg en hol vanbinnen. Precies goed. Ik kijk de zaal rond, zie dat Jasper bezig is een oudere vrouw wegwijs te maken op een crosstrainer en besluit zelf alvast met de krachttraining te beginnen.

'Nog tien!' roept Jasper, als ik na een aantal krachttrainingsoefeningen aan m'n laatste set burpees ben begonnen. 'Maak van die laatste tien je beste. Hoger springen! Niet afraffelen!'

Met moeite doe ik mijn best de oefening uit te voeren zoals Jasper het graag ziet. Ik ben een uur aan het sporten en heb alles gegeven. Ik kan niet meer.

'Nog vijf burpees. Kom op, Ilse!'

In plaats van opnieuw in de lucht te springen, ga ik staan en zet mijn handen op mijn knieën om een beetje op adem te komen.

'Hé, wat is dat nou? Je moet er nog vijf. Kom op! Je hebt nog geen pauze. Even netjes je set afmaken.' Ik hoor de afkeuring in zijn stem.

'Ik kan niet meer...' breng ik hijgend uit.

'Heus wel.'

'Nee, echt niet!' sputter ik tegen. Ik laat mezelf uitgeput terug op de grond zakken en blijf stug zitten.

Jasper blijft staan. 'Ik heb nu tijd voor je. We zouden toch nog samen wat oefeningen doen?' Ik voel zijn hand op m'n schouder landen. Hij geeft er een bemoedigend kneepje in. 'Nou, vooruit dan maar, die laatste vijf krijg je cadeau. Kom maar even op adem, dan gaan we zo...'

'Er zit echt niet meer in vandaag', onderbreek ik hem bars.

Even blijft het stil. 'Wil je opgeven?'

Ik knik, sta vermoeid op en kijk hem aan. 'Wat?'

'Ik weet het niet goed met je', reageert hij voorzichtig.

Ik knipper met mijn ogen en weet zelf niet of dat van het zweet is of van de opkomende tranen.

Jasper kijkt vertwijfeld en lijkt af te wegen of hij zich zal uitspreken of dat hij zijn gedachte voor zich houdt. Uiteindelijk besluit hij tot het eerste. 'Kijk Ilse, je komt wel elke keer trouw sporten, maar ik heb het gevoel dat je je niet honderd procent inzet om je doel te behalen. Het lijkt... Het lijkt alsof je het niet echt wilt. Ik doe echt mijn best je te motiveren en er samen alles uit te halen wat erin zit. Maar als de strijdlust bij jou ontbreekt, dan... tja... Misschien moet je overwegen om in de zaal te gaan sporten. Zonder begeleiding. Gewoon in je eigen tempo. Eerlijk gezegd denk ik dat deze trainingssessies zonde zijn van je geld.'

Jaspers woorden vallen koud op m'n dak. Ineens knapt er een elastiekje in mijn hoofd dat al veel te lang op spanning heeft gestaan.

'Waarom denkt iedereen het recht te hebben iets over mij te zeggen?' bijt ik hem hard toe. 'Waarom is mijn best doen niet genoeg? Waarom moet het allemaal zo afschuwelijk perfect?' Als ik zie dat Jasper compleet uit het veld geslagen is door mijn plotselinge uitspatting, wankel ik even. Maar ik ben niet in staat me in te houden. Ik ga van het ene op het andere moment volledig door het lint. 'Natuurlijk wil ik dit niet!' schreeuw ik in zijn gezicht. Het deert me niet eens dat de andere sporters gestopt zijn met hun oefeningen en mijn woede-uitbarsting vanaf een afstandje volgen. 'Ik haat sporten! Ik haat het om in deze klotesportschool te zijn, tussen alle perfecte lichamen! Ik wil geen voedingsadviezen en ik wil al helemaal geen kritiek als ik kies voor een cappuccino! Die vierenzestig calorieën kunnen me aan m'n reet roesten!' Na die laatste woorden barst ik hevig in tranen uit. Alles komt eruit. Alle frustraties over *Claire*, mijn column, de reportage, mijn collega's, Stef en Kim. Alles lijkt een uitweg te zoeken midden in de fitnesszaal van de sportschool. Jasper staat perplex tegenover me en de andere sporters kijken nog steeds ademloos naar het tafereel. Dan kom ik in beweging. Ik haast me de zaal uit, langs de apparaten en de andere sporters, naar mijn kluisje. Ik wil hier zo snel mogelijk weg om nooit meer terug te keren.

18

DOOR HET GELUID VAN DE VOORDEUR DIE OPEN- EN DICHT-gaat schrik ik op uit mijn gedachten. Een paar tellen later stapt Kim de woonkamer van ons appartement binnen. Ze richt haar blik op mij en kijkt daarna laatdunkend naar de snoeppapiertjes en lege verpakkingen naast me op de vloer. Nu realiseer ik me pas hoe erg ik me heb laten gaan en het schaamrood stijgt naar mijn kaken. Na mijn explosie in de sportschool ben ik langs de supermarkt gegaan. Het kon me niks meer schelen. Alles waar ik ook maar enigszins trek in had verdween in mijn winkelwagentje. Drop, snoep, koek, chips, toastjes en Franse kaasjes. Thuis heb ik een onesie aangetrokken en ben me te buiten gegaan aan al het lekkers, maar ervan genieten lukte niet. Misschien hoopte ik troost te vinden onder in een van de verpakkingen... Wie zal het zeggen? Veronique heeft er vast een antwoord op.

'Ik zie dat je nog steeds opgaat in je slachtofferrol...'

Ik kijk op naar Kim. De afkeer op haar gezicht spreekt boekdelen. Ze komt hard en koud op me over. Heel anders dan hoe ik van haar gewend ben. 'Hoe dan ook...' praat ze verder.

Er loopt een koude rilling over m'n rug. Ineens is het me volslagen duidelijk hoe onze vriendschap ervoor staat. Er is niets meer van over.

'Ik kom Binky ophalen.'

Die laatste zin werkt als een plens koud water in m'n gezicht. Veel te snel sta ik op van de vloer. 'Hoe bedoel je, je komt Binky ophalen?' Door het snelle opstaan trekken tintelingen door mijn benen en ik moet even wachten tot de slaap eruit wegebt. Hoelang heb ik eigenlijk in dezelfde houding op de vloer gezeten? Een uur? Een middag?

'Nou, gewoon... het is ook mijn konijn. We hebben Binky samen gekocht, dus het lijkt me niet meer dan logisch dat ik ook als ik hier niet meer woon, voor hem zorg.'

Niet alleen de boodschap over Binky, maar ook de uitspraak dat Kim hier niet meer woont komt hard aan. Het is zo definitief. Alsof onze vriendschap niet meer te redden valt. 'Maar... hoe... hoe zie je dat voor je dan?' vraag ik timide.

'Een co-ouderschap lijkt me op z'n plaats.'

Ik kijk haar schaapachtig aan. 'Een co-ouderschap?'

Kim blijft onbewogen staan. 'Binky zal vanaf nu twee huizen hebben. De ene week is hij bij jou en de andere week is hij bij Stef en mij', legt ze ijzig kalm uit.

'Maar...' Er valt een lange stilte. Meer weet ik niet uit te brengen. Kim deelt het mee alsof het een vaststaand feit is. Alsof zij en Stef dit samen besloten hebben en ik me er maar in moet schikken. Ik heb totaal geen grip op de situatie en alle vastigheid in mijn leven glipt tussen mijn vingers door. Dan zie ik dat Kim een katten-transportbox achter haar rug tevoorschijn haalt. Ze wil echt het konijn meenemen. Nu! Zonder vooraankondiging! Kim loopt naar het openstaande hokje van Binky en kijkt of hij in zijn slaapverblijf is.

'Dit meen je niet!' breng ik uit. 'Kom op zeg... Dat kun je dat beestje toch niet aandoen?'

'Hoezo niet?' reageert Kim koel. 'Ik heb al een hok en alles geregeld. Het staat allemaal voor hem klaar bij Stef thuis.' Als ze ziet dat Binky niet in zijn slaapverblijf is, loopt ze een rondje door de woonkamer en kijkt op alle favoriete plekjes waar ons konijn zich graag schuilhoudt. 'We zullen ervoor zorgen dat Binky een goed tweede huis krijgt. Het zal hem aan niks ontbreken. Stef zegt dat er niet alleen plek is voor mij, maar ook voor Binky.'

'Wie z'n idee is dit eigenlijk?' vraag ik, terwijl ik haar op de voet volg.

Met een ruk draait ze zich naar me om. Haar ogen spuwen vuur. 'Wat is dat nou weer voor belachelijke vraag!'

'Het was Stefs idee... Híj vond het een goed plan Binky bij me weg te halen. Waar of niet?'

'Daar ga ik niet eens antwoord op geven!' Kims stem klinkt schril. 'Hoor je zelf niet hoe paranoia je klinkt?! Doe niet zo dramatisch, Ilse. Doe niet alsof we je kind ontvoeren!' Ze schudt haar hoofd, hurkt en werpt een blik onder de bank. Daar vindt ze Binky languit liggend. 'Hé Bink... Ik heb je gemist, vriendje. Je mag een weekje komen logeren in je nieuwe huis. Vind je dat leuk?' Kim houdt een konijnensnoepje voor de bank en direct komt het bruine konijn in actie. Hij eet het snoepje uit Kims hand en laat zich door haar in de transportbox tillen.

Ik zie het met lede ogen aan en weet niet wat ik moet doen om iets aan de situatie te veranderen. 'Ik weet dat je boos bent op mij...' probeer ik rustig te zeggen. 'Ik weet dat je denkt dat ik leugens heb verzonnen over Stef en dat hij je heeft wijsgemaakt dat ik verliefd op hem ben...'

Kim snuift van woede.

'Maar laat Binky er alsjeblieft buiten. Je kunt een konijn niet de dupe laten worden van onze ruzie.'

'Niet alles draait om jou, Ilse... Je hebt nu eenmaal niet het alleenrecht op Binky.'

'Waarom moet Binky twee huizen hebben? Het is een konijn! Geen kind van gescheiden ouders!'

Kim kijkt me lang en ijzig aan, alsof een kind van gescheiden ouders precies is hoe ze over Binky denkt.

Het maakt me kwaad en ik verhef mijn stem. 'Dit is echt belachelijk! Het slaat helemaal nergens op! Als je Binky wilt zien kom je maar hierheen. Dit is zijn huis. Je draait helemaal door, Kim! Sinds wanneer ben je gestopt zelf na te denken? Heb je dan echt niet in de gaten wat Stef met je doet? Ben je echt zo blind?'

'Hou op over Stef!' Ook Kim begint nu half te schreeuwen. 'Dit heeft helemaal niks met hem te maken. Ik neem Binky nu mee en over een week breng ik hem terug.' Met de box op schouderhoogte loopt ze naar de voordeur. Ik zie Binky door de tralies met grote kraalogen naar me kijken, zijn langwerpige oren gespitst. Niet veel later valt de deur achter ze dicht.

Goedkeurend laat ik mijn blik door de woonkamer gaan. Alle rommel is opgeruimd. De vuilniszak is de deur uit en de ramen staan open. Vanmorgen stond ik op met een enorme schoonmaakwoede. Ik heb alles aan kant gemaakt, gestofzuigd en gedweild. Toen de woonkamer spic en span was, had ik zelfs nog energie om de wc en badkamer een goede beurt te geven. Daarna heb ik bloemen gehaald. Grote oudroze rozen, paarse gerbera's, witte lelies, die nog gedeeltelijk open moeten gaan, en veel groen. In een glazen vaas heb ik het boeket geschikt en op tafel gezet. Meteen oogt het appartement gezelliger. Er moet iets veranderen. Ik kan niet blijven toekijken hoe ik de regie over mijn leven kwijtraak. Ik heb mijn best gedaan iets van *Ilses strijd tegen de kilo's* te maken, maar ik voel me er helemaal niet gelukkig bij. Ik heb geprobeerd Kim te laten inzien hoe Stef daadwerkelijk in elkaar steekt, zonder resultaat. Maar van lijdzaam toezien wordt het ook allemaal niet beter. Ik loop naar het aanrecht, drink een glas kraanwater en maak een paar aardbeien schoon. Ook die heb ik vanochtend gekocht, samen met ander fruit. Als ik aan tafel ga zitten, klinkt het geluid van de intercom. Ik frons. Tussen het schoonmaken door heb ik mijn ouders en zus een berichtje gestuurd en voorgesteld om vanmiddag een lange boswandeling te maken. Als reactie stuurde mijn moeder in de groepsapp een foto van Rover, die al met de lijn in zijn bek klaarstond. 'We hebben er zin in!' stond erbij. Nu er aangebeld wordt weet ik ineens niet meer zeker waar we hebben afgesproken. Kwamen ze toch eerst hiernaartoe? Ik sta op en loop naar de intercom op de gang.

'Hallo?'

'Ilse? Ben jij dat?'

Direct herken ik de stem. Ik knipper een paar keer met mijn ogen en zeg dan: 'Ja. Hoi. Wie is daar?'

'Jasper... van de sportschool.' Er volgt een stilte waarin mijn hart een slag overslaat. 'Het zal wel heel raar zijn dat ik ineens bij je voor de deur sta, maar ik hoopte... Ik hoop eigenlijk dat je me binnen wilt laten en dat we kunnen praten.'

Direct zie ik mijn uitbarsting weer voor me, de mensen in de sportschool die naar me keken en Jaspers blik die ik nog in mijn rug voel branden. Ik schaam me rot. Toch druk ik op het knopje, waardoor de deur beneden opengaat. Er klinkt een zoem. Ik ren naar de dichtstbijzijnde spiegel. Ik heb ongeveer een minuut de tijd om iets aan mijn uiterlijk te veranderen, voordat Jasper voor de deur staat. Vol spanning werp ik een blik in de spiegel, mijn haar en make-up zitten goed, ik heb leuke kleding aan en met dank aan de schoonmaakwoede vanmorgen is het appartement om door een ringetje te halen. Ik zou Jasper alleen al een knuffel willen geven voor zijn geweldige gevoel voor timing. Opnieuw denk ik terug aan hoe onze laatste ontmoeting is verlopen en huiver. Wat komt hij eigenlijk doen? Hoe kan ik me ooit normaal gedragen nadat ik zo tegen hem ben uitgevallen?

Het geluid van de bel bij de voordeur klinkt. Ik ben op van de zenuwen, adem diep in en uit en loop naar de deur.

'Hé Ilse', zegt Jasper, als ik de deur tussen ons openmaak.

'Hoi', reageer ik kinderlijk.

'Hoe gaat het met je?'

'Goed', zeg ik automatisch. 'Of nou ja, beter dan de laatste keer dat we elkaar zagen.'

Hij glimlacht. 'Mag ik binnenkomen?'

'Ja, natuurlijk', zeg ik, me eraan ergerend dat ik dit zelf niet heb voorgesteld. Ik ben zo verbaasd dat hij ineens voor de deur staat, dat ik al m'n manieren in één klap ben vergeten. 'Kom verder. Wil je iets drinken?'

Jasper loopt de gang door en kijkt rond als hij in de woonkamer aankomt. 'Ik wil liever praten. De laatste keer dat we elkaar zagen houdt me nogal bezig...'

Ik knik en ga op de bank zitten. Jasper volgt mijn voorbeeld. Het is raar om hem nu op mijn bank te zien zitten. Ik neem zijn vrijetijdskleding in me op. Tot nu toe heb ik hem alleen op de sportschool in sportkleding gezien, behalve dan die keer in Schagen, maar toen was ik zo in shock dat ik niet op zijn outfit heb gelet. Hij draagt zwarte sneakers, die er nieuw uitzien, een donkerblauwe spijkerbroek en een smetteloos wit shirt. Het staat hem ontzettend goed. De stoppeltjes rond z'n kaaklijn zijn terug. Ik kijk er even naar.

'Ilse... wat ik niet helemaal goed begrijp... de laatste keer dat we elkaar zagen. Kennelijk heb ik iets verkeerds gezegd.'

Ik glimlach om aan te geven dat het zijn schuld niet is, maar hij praat alweer verder.

'Tijdens je intake hebben we samen besproken wat je wilde bereiken. Je doel was erg ambitieus, maar jij wilde het graag en daarom heb ik je flink gedrild. Ik realiseer me nu dat ik te ver ben gegaan... Ik heb je te hard gepusht...'

Er valt een stilte waarin ik zijn woorden laat bezinken. Het duurt even voordat ik doorheb dat hij hiernaartoe is gekomen om zijn excuses aan te bieden. Terwijl ik degene ben die uit haar dak is gegaan. 'Jij bent te ver gegaan? Nee, natuurlijk niet! Ik heb me heel erg laten gaan. Ik ben zo vreselijk tegen je tekeergegaan. Dat had je niet verdiend.' Verlegen kijk ik hem aan. 'Sorry... echt... Er zijn een aantal dingen die je niet weet. Toen ik onder jouw begeleiding begon met sporten heb ik je niet alles verteld.'

Jasper fronst en ik realiseer me dat ik hem een hoop uitleg verschuldigd ben.

'Ik wil je graag uitleggen hoe het zit en hoop dat je me mijn uitbarsting kunt vergeven.'

Ik vertel hem over *Claire,* waar m'n baan uit bestaat en hoe hard ik de afgelopen jaren heb gewerkt om te komen waar ik nu sta. Ik vertel over het gesprek met Fenna, dat ik in eerste instantie m'n geluk niet op kon omdat ik eindelijk mijn eigen wekelijkse column zou krijgen. En dat ik er vervolgens achter kwam dat het thema al vaststond. Jasper knikt en blijft me ernstig aankijken. Ik waardeer het dat hij niet moet lachen om *Ilses strijd tegen de kilo's.*

'Het leek me beter om jou dit allemaal niet te vertellen. Ik dacht dat het goed zou zijn als jij zou denken dat ik het zelf wilde. Dat ik zelf op het idee was gekomen om af te vallen en er alles voor overhad om het voor elkaar te krijgen.'

Jasper knikt weer. Langzaam. 'Goh, als ik dit allemaal geweten had, dan had ik je nooit zo erg gepusht. Ik heb je tot het uiterste gedreven en je geen moment rust gegund. Ik dacht dat dat was wat je van mijn begeleiding verwachtte.'

'Dat heb ik je ook laten denken.'

'Maar waarom heb je het nooit verteld?'

'Ik wilde m'n column zo echt mogelijk laten zijn en daarnaast...' Ik verbreek het oogcontact en ontwijk zijn blik. 'Ik dacht dat als je zou weten dat ik alleen maar kwam opdraven omdat het moest voor m'n werk, dat je me dan een zwakkeling zou vinden.'

'Jij een zwakkeling?! Hoe kun je dat nou denken?' Jasper klinkt oprecht verbaasd.

Verlegen haal ik mijn schouders op. 'Het is toch zo? Je zei zelf dat je dacht dat de personaltraining-sessies zonde van mijn geld zijn en dat het me aan motivatie en strijdlust ontbreekt.'

'Ilse?' Jasper wacht net zolang totdat ik hem weer aankijk. 'Als ik geweten had dat het allemaal zo in elkaar steekt, dan had ik het heel anders aangepakt met je. Dan zou ik dat nooit gezegd hebben. Ik dacht juist dat ik er goed aan deed zo hard voor je te zijn. Dat dat de manier was om jou te motiveren, omdat je er zelf op gebrand was af te vallen. Het zou nooit in me opkomen jou zwak te vinden. Echt niet. Dat is totaal niet hoe ik over je denk...'

Ik glimlach. Jasper glimlacht terug en plots voel ik dat ik het warm heb. Als ik maar niet bloos.

'Sommige vrouwen willen geen grammetje vet op hun lichaam. Ik dacht dat jij dat ook wilde, daarom ging ik op deze manier met je om. Mijn persoonlijke mening doet er niet toe. Het is mijn taak als personal trainer om zoveel mogelijk aan jouw wensen te voldoen. Maar nu we toch open en eerlijk tegen elkaar zijn: ik hou helemaal niet zo van dat afgetrainde en gespierde bij vrouwen. Je zou misschien anders van mij verwachten vanwege m'n werk, maar van mij hoeft het allemaal niet zo perfect en strak. Eerlijk gezegd vind ik vrouwelijke rondingen juist iets om trots op te zijn.'

Mijn mond valt open van verbazing.

Jasper schiet in de lach. 'Aan je gezicht te zien zag je die niet aankomen. O hemel. Dus al die tijd dacht je dat ik een of andere militair was, die jou het ene na het andere commando liet uitvoeren?'

Ik grinnik.

'Mooi is dat. Dus nu haat jij sporten voor de rest van je leven. En dat allemaal omdat ik niet wist van je column en je nogal hard heb aangepakt.'

Beschaamd kijk ik hem aan. 'Volgens mij heb ik dat gezegd, hè? Maar ik haat het sporten niet. Eigenlijk begon ik de personaltraining-sessies steeds leuker te vinden...' Snel slik ik de rest van mijn zin in. We praten ineens zo openhartig met elkaar dat ik hem bijna verteld had dat het niet zozeer aan het sporten lag, maar aan het feit dat ik er keer op keer meer naar uitkeek hem weer te zien.

Jasper kijkt me lang aan en glimlacht uiteindelijk. Misschien hoef ik niets te zeggen. Misschien weet hij het zo ook wel.

'Hoe weet je eigenlijk waar ik woon?' verander ik van onderwerp. Straks vertel ik hem ook nog dat ik een bovengemiddelde interesse voor zijn vrijetijdskleding en de stoppeltjes op zijn kaaklijn heb.

Hij grijnst jongensachtig. 'Toen je het abonnement bij de sportschool afsloot, heb je je gegevens moeten opgeven. De laatste keer dat we elkaar zagen hield me zo bezig. Ik begreep het niet goed en vond het zo stom van mezelf dat ik je had weggejaagd.' Hij laat een stilte vallen en even denk ik te merken dat ook hij zijn gedachte inslikt. 'Nou goed...' besluit hij te zeggen. 'Ik kon het niet loslaten. Misschien is het niet helemaal zoals het hoort, maar ik heb je adres in ons systeem opgezocht. Voor privédoeleinden.'

Ik moet lachen.

'Ik had het natuurlijk ook aan Stef kunnen vragen. Hij is toch samen met jouw huisgenoot? Alleen is Stef niet mijn meest favoriete collega, dus nou ja.' Nonchalant haalt hij zijn schouders op.

'Wat? Je mag Stef niet?'

'Niet bepaald, nee.' Er valt een stilte. Ik hoop dat Jasper meer vertelt, maar dat doet hij niet.

'Mag ik vragen waarom niet?'

Ineens kijkt hij ongemakkelijk. 'Hij is de vriend van je vriendin, en hij is een collega, dus het is niet zo netjes om over hem te roddelen.'

Zijn uitspraak zegt veel over hem. Ik zou dat moeten waarderen, maar ik kan mijn nieuwsgierigheid niet bedwingen. 'Dat hebben we dan gemeen. Ik heb het ook niet zo op Stef... Ik kan zelfs zeggen dat het de enige persoon is aan wie ik echt een hekel heb.'

Jasper trekt zijn wenkbrauwen op.

'Dat ik zo tegen je tekeerging in de sportschool lag niet per se aan wat jij zei. Op een ander moment zou ik hier heel anders op hebben gereageerd, maar in de afgelopen dagen is er nogal veel gebeurd. Het werd me allemaal te veel en ineens knapte er iets. Ik kon me niet meer inhouden en jij moest het ontgelden.'

'Hmm... En Stef had daar iets mee te maken?'

'Dat kun je wel zeggen.' Beknopt leg ik hem uit wat er allemaal speelt. Ik vertel hem over de reportage over Second Love en wat daar allemaal uit voort is gekomen. Jasper luistert aandachtig en onderbreekt me niet één keer. Ik sluit af met dat Kim bij Stef is ingetrokken en vertel hem zelfs over het co-ouderschap van Binky.

'Wat een verhaal! Hij heeft je vriendin helemaal in z'n

macht. Ik had al zo mijn bedenkingen bij hem... Wat een misselijkmakend mannetje.'

Zijn oprechte frustratie doet me goed. Het is fijn om mijn hart bij hem te luchten. Ineens vraag ik me af waarom we nooit eerder zo met elkaar gesproken hebben. 'Wil je inmiddels iets drinken?'

Er verschijnt een charmante glimlach op zijn gezicht. 'Ik lust wel een cappuccino, met minstens vierenzestig calorieën, alsjeblieft.'

Ik schrik.

'Wat? Te vroeg voor dit grapje?'

'Nee. Ik bedenk me net iets... Ik heb afgesproken met mijn ouders en zus om een boswandeling te maken.' Snel werp ik een blik op mijn horloge en ontdek dat ik al een halfuur geleden van huis had moeten vertrekken. 'Ik ben het helemaal vergeten. Dat is niks voor mij.' Ik trek mijn mondhoek een beetje schuin en voel frustratie in mijn lijf. Jasper zit op mijn bank, voor het eerst hebben we een goed gesprek. Kan ik mijn familie bellen en zeggen dat er iets tussen is gekomen?

'Bel ze en zeg dat je eraan komt. Ik moet er toch zo vandoor.'

'Oh...' Een golf van teleurstelling trekt door m'n lichaam. Dit heb ik heel dom aangepakt. Zojuist wilde hij nog iets drinken en nu is hij zo beleefd dat hij zegt dat hij weg moet. Ik kan mezelf wel voor m'n hoofd slaan. Stomme, stomme Ilse!

Jasper staat op en loopt naar de gang.

'Jasper?'

Hij draait zich naar me om. 'Ja?'

'Ik waardeer het echt enorm dat je me bent komen

opzoeken en ik ben blij dat je nu alles weet. Dit hadden we... Dit hadden we eerder moeten doen.'

Een warme glimlach volgt. 'Mee eens. Het was fijn even met je te praten. Hopelijk heb ik het misverstand kunnen rechtzetten.'

'Misverstand? Het lag toch niet aan jou?'

'Dat bedoel ik niet', zegt hij. Zijn ogen twinkelen. 'Ik bedoel dat ik je de indruk heb gegeven dat je iets aan jezelf moest veranderen. Het is jammer dat je je eigen lichaam niet kunt zien hoe ik het zie... Ik vond je altijd al mooi.'

Een ogenblik kan ik hem alleen maar aanstaren.

'Zou je...' Hij kijkt me vanonder zijn wimpers aan en ik geniet van zijn blik. 'Zou je een keer met me willen afspreken? Buiten het sporten om?'

'Dat lijkt me heel leuk', zeg ik met een grijns van oor tot oor.

Jasper overbrugt de afstand tussen ons in en blijft vlak voor me staan. Ineens is zijn gezicht nog maar enkele centimeters van het mijne verwijderd. Ik sluit mijn ogen en voel hoe Jasper een zachte, tedere kus op mijn wang drukt. Het moment is perfect. Het legt een belofte voor onze date en ik kan nu al niet wachten tot deze ingewilligd wordt. Met zijn helderblauwe ogen vlakbij kijkt hij me aan. 'Ik kijk ernaar uit.'

19

DE GROND ONDER MIJN VOETEN VOELT AAN ALS ZACHT verende wolkjes. Ik kan het maar niet geloven. Ik, Ilse Oldenbroek, heb een date. Geen nepdate voor mijn werk en ook niet met de eerste de beste man. Ik heb een date met Jasper! Het allerleukste en allerknapste mannelijke exemplaar dat hier in de wijde omgeving rondloopt. En... hij heeft gezegd dat hij me mooi vindt. Dat vond hij zelfs altijd al. Terwijl ik dacht dat hij alleen oog had voor superslanke en fitte dames, dat alleen het perfecte plaatje goed genoeg voor hem was. Ik zet de douche uit, wring het ergste vocht uit mijn haardos en open de schuifdeur. Direct vult de badkamer zich met stoom. De geur van de douchegel die ik zojuist heb gebruikt, hangt nog in de lucht. Genietend snuif ik het op, pak een handdoek en sta even stil om te achterhalen of ik iets hoorde. Ik open de badkamerdeur en het geluid wordt luider. De ringtone van mijn mobiele telefoon klinkt vanuit de slaapkamer. Met de handdoek om me heen geslagen loop ik naar de slaapkamer, terwijl mijn druipende haar plasjes maakt op de laminaatvloer. Net als ik mijn telefoon van het bed pak, houdt hij op met rinkelen. Ik kijk op het scherm: zeven gemiste oproepen. Ik frons en blijf naar het scherm staren. De naam van de beller is wat me nog het meest verbaast. Tom... Waarom zou Kims broer me zo vaak achter elkaar bellen? Dat doet hij niet om nog meer verhalen over zijn werk op een boorplatform te vertellen. Ik schrik als de telefoon in mijn hand opnieuw overgaat. Tom. Ik strijk mijn natte haar achter mijn oor en neem op.

'Tom? Met Ilse.'

'Ilse, je spreekt met Tom', klinkt het gehaast.

Onmiddellijk springen de haartjes op mijn arm overeind en een koude rilling loopt over mijn rug. Zijn stem klinkt anders. Wat is er aan de hand?

'Je moet niet schrikken, maar...'

Direct trekt al het bloed weg uit m'n hoofd. Waarom gebruiken mensen die zin? Iedereen weet dat er nooit iets goeds achteraan komt.

'Er is iets gebeurd', praat Tom verder. 'Kim ligt in het ziekenhuis. Ze hebben me gebeld, maar ik ben niet in Nederland. Ik hoopte dat jij in staat bent om...'

'Ik ga naar haar toe', zeg ik nog voordat hij zijn zin af kan maken. 'Waar ligt ze? In Alkmaar?'

'Nee, in Beverwijk, in het brandwondencentrum... Er is afgelopen nacht een brand geweest in het appartement van haar vriend.'

Dan gaat alles razendsnel. Ik weet dat ik het gesprek met Tom heb beëindigd, me in sneltreinvaart heb aangekleed en op mijn telefoon het adres van het brandwondencentrum in Beverwijk heb ingetoetst. Dat moet wel, want ineens sta ik in de deuropening van de ziekenhuiskamer waar Kim ligt. De autorit hiernaartoe heb ik op de automatische piloot gereden. Ik ben overspoeld met angst. Hoe erg is Kim eraan toe? Wat is er gebeurd? Mijn hart bonkt keihard in mijn keel als de beelden van de kamer tot me doordringen. Een ziekenhuisbed, een zachtgele deken met wafelstructuur, monitors die piepgeluiden maken en een infuuspaal waar een zakje vloeistof aan hangt. Ze heeft schrammen op haar gezicht en een slangetje in haar neus. In haar rechterarm bevindt zich een infuus en haar linkerarm is gewikkeld in een enorme hoeveelheid verband.

'Je bent er...' klinkt het zwak.

Ik schrik van het krakerige, gedempte geluid van haar stem. 'Natuurlijk', zeg ik, terwijl ik naar het bed toe loop. Het is afschuwelijk haar zo te zien en ik kan niet voorkomen dat mijn ogen vol tranen schieten. Ik probeer me te focussen op Kims gezicht. Hoewel het gehavend is, gaat er iets vertrouwds van uit. Ik overweeg haar een knuffel te geven, maar wil haar niet nog meer pijn bezorgen. Uiteindelijk geef ik alleen een kus op haar voorhoofd.

'Je bent er gewoon...'

Ik ga op een stoel naast het bed zitten en knik. 'Natuurlijk. Niemand die mij tegen kan houden.'

Kim doet een poging tot een glimlach, maar het gebaar eindigt in een zichtbaar pijnlijke grimas.

'O sorry...' zeg ik schuldbewust. 'Heb je veel pijn?'

'Ze hebben me er iets voor gegeven, maar ik heb me weleens beter gevoeld, geloof ik.'

Ik glimlach om haar luchtige woordkeuze. 'Wat is er gebeurd?'

Kim verstart. Er glijden tranen over haar wangen, zonder geluid. Ik zoek in mijn handtas naar een pakje zakdoeken, haal er een uit en dep haar tranen voorzichtig.

'Ga maar slapen', zeg ik als ze is uitgehuild. 'Ik blijf bij je.'

Kim slaapt en ik zit naast haar bed op een stoel. Ergens wil ik heel graag te weten komen wat er precies is gebeurd. Ik zou het aan het verplegend personeel kunnen vragen, maar iets houdt me tegen. Is het de angst voor antwoorden of het feit dat ik niet bij haar bed vandaan wil zijn voor het geval ze wakker wordt? Zelfs in haar slaap is te merken dat Kim iets verschrikkelijks heeft meegemaakt. Ze is onrustig en kermt af en toe zachtjes. Ik stuur Tom een berichtje dat ik bij zijn zus ben en dat ze op dit moment slaapt. Dan begint me iets te dagen. Aan de telefoon vertelde Tom dat de brand afgelopen nacht in Stefs appartement was. Waar is hij eigenlijk? Mijn keel voelt alsof iemand er een hand omheen legt, en knijpt. Bij Kim lijkt het erop dat alleen haar linkerarm ernstig is verwond, maar hoe erg is Stef eraan toe? Ook al is hij absoluut de minst favoriete persoon in mijn omgeving, ik wens hem heus niet echt iets ergs toe. Hoe hevig was de brand eigenlijk?

Ongewild denk ik aan hoe het zou zijn als Stef hier ook aan Kims bed zou zitten. Zouden we met elkaar praten? Zou ik met hem te doen hebben? Ik kan me er moeilijk een voorstelling van maken. Kim leek in eerste instantie verbaasd dat ik er was. Zelf heb ik geen seconde getwijfeld of ik hiernaartoe moest gaan. We mogen dan wel ruzie hebben, dat maakt op dit moment allemaal niet uit. Het is een zorg voor later. Het enige wat nu telt is dat het goed komt met mijn vriendin.

Als er twee uur verstreken zijn, wordt Kim wakker. Ze is meteen heel helder. 'Er was brand...' zegt ze. 'Brand bij Stef thuis. We lagen te slapen en ineens stond de rook al in de slaapkamer. Het ging allemaal zo snel... Ik weet alleen nog flarden, zie aldoor verschrikkelijke beelden en de brandgeur zit nog in mijn neus.' Ze valt stil en even denk ik dat ze opnieuw gaat huilen. Dan herpakt ze zich en vertelt moedig verder. 'We moesten wegkomen... zo snel als we konden... Maar op weg naar buiten realiseerde ik me dat Binky nog in de woonkamer was...'

Binky!, gaat het voor het eerst door me heen. Nog geen moment heb ik aan hem gedacht of erbij stilgestaan dat hij óók in Stefs appartement was.

'Ik gilde naar Stef... zei dat we terug moesten... Maar hij schreeuwde dat het al te laat was. Hij duwde mij voor zich uit, richting de voordeur...' Kim zwijgt. Net als ik een vraag wil stellen praat ze verder. 'Ik kon Binky toch niet achterlaten? Dus ik duwde Stef opzij, hij pakte mijn arm om me tegen te houden. Volgens mij hebben we staan worstelen in de gang, terwijl daar helemaal geen tijd voor was. Uiteindelijk schreeuwde hij dat ik het zelf maar moest weten en hij draaide zich om en rende naar buiten.'

'Wat?' Ik hap naar adem.

'Ik ben de woonkamer in gerend... Ik weet nog dat ik me moeilijk kon oriënteren. Er was zoveel rook en ook hier en daar vlammen. Ik weet niet hoe, maar het is me gelukt om bij het hok te komen en het met me mee te zeulen...'

'Je bent in je eentje Binky gaan redden?' vraag ik vol ongeloof.

'Ik moest wel. Iemand moest het doen.' Kim staart voor zich uit en schudt dan haar hoofd, alsof ze zich los wil maken van een gedachte. 'Het laatste stuk, de gang door naar de voordeur, redde ik het bijna niet meer. De gang is smal en het hok groot. Ik had Binky er natuurlijk uit moeten halen, maar in de paniek heb ik daar niet aan gedacht. Ik keek om me heen en zag overal vuur. De vlammen kwamen langs de wanden omhoog.' Kim huivert.

'En toen?' vraag ik. 'Hoe is het je gelukt naar buiten te komen?'

'Een buurman op Stefs galerij heeft zijn leven gewaagd om mij en Binky naar buiten te krijgen.'

'Waar was Stef dan?'

'Beneden...' Kim slaat haar ogen neer. 'Hij stond op grote afstand van het appartement. Bijna aan de andere kant van de straat. Ik heb het niet zelf gezien, maar de buurman die mij heeft gered, was hier vanmorgen met zijn vrouw. Ze vertelde dat ze 112 had gebeld en dat de buren bij elkaar alarm sloegen, zodat iedereen op tijd weg kon komen. De buurman zei dat sommige andere buren kwaad waren, omdat Stef alleen zichzelf in veiligheid heeft gebracht. Stef heeft niemand gewaarschuwd... Hij heeft de brandweer niet gebeld... Niet aan zijn buren gedacht... Niet aan mij...' Kim kijkt me weer aan. Verdriet en verslagenheid tekenen zich af op haar gezicht. 'De buurvrouw zei dat Stef waarschijnlijk in shock was. Dat hij daarom niet logisch nadacht. Dat hij puur gedreven door overlevingsinstinct alleen aan zichzelf heeft gedacht.'

'Dat zou kunnen', geef ik toe. Ik bijt op mijn lip. Ik zou

er nu heel wat voor overhebben om me uit te spreken over Stef. Wat een ongelooflijke klootzak! Wat een walgelijk figuur! Ik hou me in, omdat ik weet dat Kim er op dit moment helemaal niks aan heeft als ik me laat gaan.

Onderweg terug naar Alkmaar blijven de gedachten door mijn hoofd malen. Kim die brandwonden heeft opgelopen aan haar linkerarm, hand en vingers, omdat ze Binky wilde redden. Stef die alleen zichzelf in veiligheid heeft gebracht. De buurman, die met gevaar voor eigen leven Kim en Binky heeft gered. Wat als hij er niet was geweest?

Wat ik totaal niet begrijp is waarom Stef niet aan Kims ziekenhuisbed zat gekluisterd. Hij moet toch inmiddels een beetje zijn bijgekomen van de shock?

Het bezoek kwam vrij abrupt tot een einde. Ik merkte dat het Kim veel kracht en moeite kostte over de brand te praten. Nog los van alle emoties en de pure doodsangst die ze heeft uitgestaan, was het fysiek zwaar. Haar lichaam had rust nodig.

Vlak voordat ik wegging wees ze me op een visitekaartje, dat op een tafeltje in de hoek van haar kamer lag. De gegevens van een dierenartspraktijk in Alkmaar stonden erop. De buurman die Binky gered heeft had het daar neergelegd, omdat het konijn daarnaartoe was gebracht. Ik knikte en zei dat ik ons konijn daar meteen zou ophalen. Bij het weggaan drukte ik haar op het hart dat ze me altijd mag bellen.

'Hoe gaat het met Binky?' is het eerste wat Kim vraagt als ik mijn hoofd om de hoek van haar ziekenhuiskamer steek. Toen ik twee dagen geleden tegen haar zei dat ze me altijd kon bellen, had ik niet verwacht dat ze dat al zo snel zou doen. Drie kwartier geleden hing ze volledig overstuur aan de telefoon. Ze huilde en ik kon haast niks uit haar woorden opmaken.

'Goed', geef ik antwoord, verrast door haar normale vraag. 'Stefs buren hebben hem opgevangen en naar de dierenarts gebracht. Toen ik Binky daar ophaalde zei de dierenarts dat hij het konijn helemaal had onderzocht. Wonder boven wonder is hij er zonder schade vanaf gekomen. Hij is nog niet zo actief als anders en ik vind hem ook een beetje schrikachtig. Bij elk geluidje gaan z'n oortjes omhoog en zet hij grote ogen op. Maar dat is niet zo gek natuurlijk... Ik knuffel hem de hele tijd en je krijgt de groetjes van Bink.'

Kim knikt opgelucht. 'Fijn... Sorry dat ik je net zo overstuur opbelde. Ik wist niet wat ik anders moest doen.'

Ik neem plaats op de stoel naast het bed. 'Daar hoef je toch geen sorry voor te zeggen? Ik heb zelf gezegd dat je me altijd mocht bellen en ben heel blij dat je dat hebt gedaan.'

'Stef is hier geweest...'

'Ja... zoiets begreep ik al uit je telefoontje. Ik kon je niet goed verstaan en ben meteen naar je toe gekomen.'

Kim glimlacht wrang. 'Er is me veel duidelijk geworden... Er is zoveel gebeurd... Natuurlijk vond ik het raar dat Stef me niet geholpen heeft Binky te redden. Als hij me gewoon geholpen had... Als we geen tijd hadden verspild door in de gang te bekvechten... Als we samen het hok door de deuropeningen hadden getild... Als...' Ze schudt lichtjes haar hoofd. 'Ik dacht dat de buurvrouw misschien gelijk kon hebben, toen ze het over overlevingsinstinct had. Dat kan toch? Natuurlijk vond ik het raar dat hij niet naar het ziekenhuis toe kwam om bij me te zijn.'

'Is hij helemaal niet geweest?!'

'Nee. Nou, ja. Vanmorgen pas.'

'Klootzak!' Voor ik er erg in heb, heb ik het al gezegd. Ik schrik ervan.

'Zeg dat wel...' Kim slaat haar ogen neer en legt haar handen op het zachtgele beddengoed waar ze tot haar middel onder ligt. Als ze me weer aankijkt staan haar ogen intens droevig. 'Ik dacht dat hij het moeilijk had. Dat hij, net als ik, aldoor beelden van de brand op zijn netvlies zag. Ik dacht dat hij naar me toe zou komen zodra hij eraan toe was... Sinds zondagnacht wilde ik niets liever dan dat hij bij me zou zijn. Toen ik hem vanmorgen zag was ik zo blij.'

'Wat is er gebeurd?'

'Ik weet het niet precies. Eigenlijk was het meteen al raar. Anders. Meteen toen hij binnenkwam. Hij leek onbereikbaar. Alsof hij een scherm tussen ons had opgetrokken. Ik voelde een ongelofelijke afstand tussen ons, die er daarvoor nooit is geweest. Ik deed mijn best contact met hem te maken, maar hij bleef zo koeltjes... haast onverschillig.'

Ik huiver. Kim beschrijft Stef precies zoals ik hem zie. Het raakt me dat ze deze kant van hem echt niet kende.

'We hebben wat gekletst. Over niks eigenlijk. Het gesprek verliep stroef en moeizaam. Het was allemaal zo tegenovergesteld van hoe het altijd tussen ons was. Na een paar minuten kwam een verpleegster mijn verband verversen en temperatuur en pols meten. Ik schrok. Zelf had ik mijn arm al gezien. Het is zo lelijk, Ilse. Ik weet niet of het ooit nog goed komt. Om Stef dit te besparen zei ik dat hij wel even weg mocht lopen. Hij hoefde het niet te zien van mij. Liever niet zelfs. Maar hij bleef zitten. Doodstil. Zijn gezicht... er sprak één en al afschuw uit! Ik zei nog een keer dat hij weg moest gaan, wilde hem zelf ook liever uit de kamer hebben. Maar hij luisterde niet. Ik heb me zo geschaamd door hoe hij naar me keek. Zo intens diep geschaamd voor die afschuwelijke arm.' Er rolt een traan over Kims wang. Met haar goede hand veegt ze hem ruw weg. 'De verpleegster bleef professioneel en zei dat brandwonden, zoals die van mij, er erg heftig kunnen uitzien, maar dat ze met een goede behandeling er heel wat van kunnen maken. Stef vroeg wat die behandeling inhield en of mijn arm ooit weer normaal zou worden. De verpleegkundige antwoordde dat ze eerst zouden aankijken hoe het herstel zich voortzet en dat de beslissing voor een huidtransplantatie op dit moment nog niet vaststaat. Voor mij was dit geen nieuwe informatie, maar Stef schrok er ontzettend van. Hij heeft niks meer gezegd tot de verpleegster weg was. Hij heeft al die tijd zijn blik afgewend.'

'En toen?' vraag ik als het lang stil blijft.

'Toen ze weg was keek hij me onheilspellend aan. Hij leek wel een heel ander persoon. Zo hard en koud. Hij zei dat hij hier niet mee kon leven. Dat het onmogelijk was. Hij zei...' Kim begint zacht te huilen, haar schouders schokken. Dit keer veegt ze de tranen niet weg. Ze maken donkere plekken op het beddengoed. 'Hij zei dat ik niet meer perfect was... Ik was niet meer mooi... En het was mijn eigen schuld. Had ik maar niet dat kutkonijn moeten redden... Misschien dat de wonden herstellen, maar mijn arm en hand zullen nooit meer hetzelfde worden. Het was een klap in m'n gezicht en tegelijkertijd voelde ik me volledig verdoofd. Niet alleen zijn woorden, maar zijn hele manier van doen... Hij was ineens zo anders! Een volslagen vreemde! Ik begon te huilen en vroeg waar mijn vriend was. Waar was de Stef die ik kende? Waar was de man van wie ik hield? Hij snoof en lachte cynisch... Die is er nooit geweest, riep hij. Het duurde even voordat alle puzzelstukjes in elkaar vielen. Hij grijnsde zo intens gemeen. Uiteindelijk vroeg ik hem of het klopte... of alles wat jij me verteld had de waarheid is. Hij lachte me uit en deed me minachtend na. "Wat is de waarheid?" bleef hij herhalen met een raar hoog stemmetje. "Zeg me wat de waarheid is, Stef. Zeg me dat je van me houdt. Zeg me dat je nooit andere vrouwen hebt geneukt en dat ik de liefde van je leven ben." En toen ineens stond hij op. "Iedereen heeft zijn eigen waarheid", zei hij met een ijzige klank in zijn stem.'

'Wat... Wat verschrikkelijk voor je...'

'Hij bleef op me neerkijken, met de blik van een vreemde. Zijn laatste woorden zal ik nooit vergeten... Ik hoor ze keer op keer in mijn hoofd. "En wat dan nog? Dacht je nou echt dat jij zo bijzonder was?"'

20

EINDELIJK IS HET ZATERDAGAVOND. DE DAG VAN MIJN allereerste date met Jasper. Al de hele week heb ik ernaar uitgekeken, getwijfeld over wat ik aan zal trekken, hoe ik mijn haar en make-up zal doen en hoe de avond gaat verlopen. Ik heb er heerlijk over gedagdroomd. Het was een aangename tegenhanger voor al het andere wat er deze week is gebeurd. Soms voelde ik me schuldig. Kim ligt in het brandwondencentrum. Haar hele leven staat op z'n kop. Alsof het meemaken van een brand nog niet afschuwelijk genoeg was, bleek haar vriend niet te zijn wie ze dacht dat hij was. Vergeleken bij Kims problemen lijken kleding en make-up zo onbelangrijk. Ik heb zelfs even getwijfeld of ik de date moest afzeggen, maar toen ik dit met Sabine besprak heeft ze me streng toegesproken en het meteen uit mijn hoofd gepraat. Zij vindt dat ik alle recht heb om met leuke dingen bezig te zijn. Ik mag genieten van de voorpret en ik zou toch wel heel stom zijn om een date af te zeggen met niemand minder dan sexy Gijssie. Mijn zus heeft natuurlijk gelijk. Tijdens het wekelijkse etentje bij mijn ouders voegde mijn vader hier nog een wijze raad aan toe. Hij zei dat het goed was om er voor andere mensen te zijn, maar dat dit nooit je eigen geluk in de weg mag staan. Stel dat je altijd voorrang geeft aan het leed van anderen, dan zou dat dus betekenen dat je nooit zelf gelukkig kunt zijn. Het zorgde er in elk geval voor dat ik het schuldgevoel van me kon afzetten en echt uitzie naar vanavond. Ik kijk op mijn telefoon om te zien of ik nog een berichtje van Jasper heb ontvangen. Toen hij mijn adres opzocht in het systeem van de sportschool, heeft hij ook mijn 06-nummer achterhaald. Dat Jasper nu tussen mijn contactpersonen staat, geeft me steeds opnieuw een fijn gevoel. Alsof hij nu officieel deel uitmaakt van mijn leven. De berichtjes die hij stuurde heb ik al minstens tien keer gelezen. Toen hij deze dag voorstelde en vroeg of ik een etentje zag zitten, heb ik door de kamer gedanst. Een hele avond tegenover hem aan een klein tafeltje zitten bij kaarslicht lijkt me niet bepaald een straf! Hopelijk kan ik door de spanning wel een hap door mijn keel krijgen, maar dat is van later zorg. Jasper heeft het restaurant uitgekozen en eigenlijk weet ik alleen dat hij me zo komt ophalen. Het scherm van mijn mobiel kondigt geen nieuw bericht aan, dus stop ik hem in mijn favoriete uitgaanstasje, samen met mijn portemonnee, huissleutel en lippenstift. Dan loop ik terug naar de badkamer om voor de laatste keer mijn uiterlijk te controleren in de spiegel. Twee minuten geleden heb ik dit ook al gedaan, dus er zal echt niet opeens een veeg mascara op mijn wang zitten of op miraculeuze wijze spinazie tussen mijn tanden zijn gekomen. Alles ziet er goed uit, stel ik vast. Ik loop nog even naar de grote spiegel in de slaapkamer en kijk tevreden naar mijn outfit. Ik heb nieuwe zwarte enkellaarsjes aan, ze hebben mooie, opvallende studs op de achterkant en een halfhoge hak. De panty die ik heb uitgekozen heeft een matzwarte kleur, en is zo dun dat mijn huid erdoorheen te zien is. Daarboven draag ik een kokerrok, die mijn rondingen laat zien maar toch afkleedt, met een zijden blouse van donkerrode stof. De blouse heb ik losjes in de rok weggestopt en de bovenste knoopjes opengelaten. Mijn lippenstift heeft dezelfde kleur als de blouse en ik heb opvallende zilveren oorbellen in die ik van m'n ouders voor mijn verjaardag heb gekregen. Als de deurbel gaat schrik ik onwillekeurig. Jasper is precies op tijd. Ik spreek mezelf toe: ik zie er goed uit en mag me best op mijn gemak voelen. Toch vliegt de spanning me naar de keel wanneer ik naar de intercom loop. Voordat ik opneem haal ik diep adem.

'Hoi Ilse, ik sta beneden.'

'Leuk. Ik kom eraan.'

'Misschien had ik een auto moeten regelen', zegt Jasper, als we even later in de trein tegenover elkaar zitten. Hij is me komen ophalen met zijn fiets en ik heb het ritje naar het station bij hem achterop gezeten. Het is jaren geleden dat ik bij iemand achter op de fiets zat en hoewel het op- en afspringen er waarschijnlijk niet erg charmant uitzag met mijn kokerrok, heb ik van elke minuut genoten. Ik moest hem natuurlijk wel goed vasthouden. 'Dat had gekund', praat hij verder. 'Maar het leek me eigenlijk wel leuk om met de trein te gaan. Nu kunnen we allebei drinken.'

Door de luidspreker klinkt de stem van de conducteur. 'Beste reizigers, goedenavond. Het volgende station is Amsterdam Centraal. Station Amsterdam Centraal.'

'Is het nodig?' vraag ik als de conducteur gestopt is met praten.

'Wat?'

'Nou... jezelf moed indrinken voor de date met mij?'

Er verschijnt een charmant lachje op Jaspers gezicht. 'Wie zegt dat ik niet stiekem al een shotje tequila achterover heb geslagen?'

'Echt?'

'Nee. Al denk ik wel dat het goed werkt tegen de spanning.'

Ik grijns. 'Spanning? Heb jij daar last van dan?'

Hij haalt zijn schouders op en laat het antwoord in het midden. 'Ik wil het gewoon goed doen, maar misschien heb ik het al een beetje verpest door je achter op dat oude barrel te laten zitten. Niet echt een vervoersmiddel voor een dame.'

De trein mindert vaart bij het binnenrijden van het station en Jasper staat op. 'Kom, we moeten er hier uit.'

We gaan naar The Seafood Bar, zo'n vijf minuten met de metro vanaf het station, en meteen vind ik zijn keuze voor het restaurant leuk. Ik kijk mijn ogen uit in het witte, moderne, maar toch ook sfeervolle en chic aangeklede restaurant. We worden vriendelijk ontvangen en een ober laat ons de verse vis en zeevruchten van de dag zien. Daarna worden we naar een tafeltje voor twee begeleid. Overal zie ik indrukwekkende schalen met prachtig uitziende kreeft, grote diepe borden met oesters op een bedje van ijs en etagères met de meest kleurrijke vis. Dat belooft wat. We nemen bij ons tafeltje plaats en kiezen voor een fles sauvignon blanc. Ik ben aangenaam verrast dat Jasper droge witte wijn drinkt.

'Heb je Kim nog gesproken?' vraagt hij als de ober wegloopt. 'Ik heb nog eens nagedacht over wat je me laatst vertelde en eigenlijk is het raar. Jullie zijn al jarenlang vriendinnen en Stef is nog maar een paar maanden in haar leven. Hoe kan het dat ze hem gelooft en niet jou?'

Als mijn gezicht vertrekt, haast Jasper zich te zeggen: 'O, sorry. Het gaat me ook helemaal niks aan.'

'Dat is het niet', werp ik tegen. 'Er is in de tussentijd een heleboel gebeurd... nogal heftige dingen.'

'Je hoeft het me niet te vertellen. Als je het er liever niet over hebt is dat oké natuurlijk.'

Ik glimlach om zijn galante houding en vertel hem over het telefoontje van Tom afgelopen zondag. De ober komt terug met de fles wijn en stukjes stokbrood met kruidenboter. Ik stop met praten en laat een stilte vallen, terwijl de ober de wijnglazen inschenkt. Als hij weer weg is voelt het vreemd om te proosten, nu we het over zo'n beladen onderwerp hebben. Jasper lijkt dit haarfijn aan te voelen. Hij laat zijn glas onaangeroerd staan en spoort me met een hoofdknikje aan om verder te gaan. Ik vertel over de brand bij Stef thuis, dat Kim in het brandwondencentrum ligt en geef hem een samenvatting van de bezoekjes die ik daar afgelopen week heb gebracht. Jasper luistert aandachtig. Ik kan merken dat hij onder de indruk is van het verhaal.

'Voel je je opgelucht dat Kim nu eindelijk weet hoe Stef echt in elkaar steekt?' vraagt hij als ik uitgesproken ben.

Ik trek een moeilijk gezicht en neem even de tijd erover na te denken. 'Aan de ene kant wel. Ik kan niet ontkennen dat het fijn is dat hij door de mand is gevallen. Het voelt als gerechtigheid dat zijn leugens niet langer worden geloofd. Maar tegelijkertijd vind ik dat heel slecht van mezelf. Hoe kan ik daar nu blij om zijn terwijl Kim zoveel narigheid heeft moeten meemaken om achter zijn ware aard te komen? Natuurlijk, ik heb nu weer mijn vriendin terug, maar ik had liever gezien dat dat op een andere manier gebeurd was en dat dit alles Kim bespaard was gebleven.'

'Je bent een goede vriendin...'

'Vind je?' Ik staar naar het tafeltje tussen ons in. 'Ik vind mezelf niet heel nobel. Kim ligt in het brandwondencentrum. Ze heeft een ontzettend traumatische ervaring achter de rug. Haar vriend laat haar niet alleen in de steek, ze komt er ook nog eens achter dat hij de hele tijd tegen haar heeft gelogen. En ik... ik ben stiekem opgelucht dat het uit is.' Als ik opkijk van het tafeltje, zie ik dat Jasper me aankijkt met grote ogen.

'Natuurlijk ben je dat! Hij was absoluut niet goed voor haar. Het enige wat ik hem moet nageven, is dat hij haar wilde tegenhouden toen ze het brandende appartement in wilde gaan voor het konijn. Het was goed van hem dat hij niet wilde dat Kim in gevaar kwam.'

Ik hou mijn hoofd een beetje schuin. 'Goh, daar had ik nog niet aan gedacht. Maar je hebt gelijk. Als hij daarna normaal had gedaan en met Kim mee naar het ziekenhuis was gegaan...'

'Dan zou het nog steeds een eikel zijn, maar dat was iets beter geweest.' Jasper glimlacht warm. 'Kim mag echt heel erg blij zijn dat je er, ondanks alles, nog steeds voor haar bent. Je bent trouw en loyaal. In mijn ogen is dat echte vriendschap.'

Er valt een stilte. Het doet me goed dat hij zo positief over me denkt. 'Dankjewel... Lief dat je dat zegt.' Ik kijk hem aan en ons oogcontact houdt lang stand. Beiden knipperen we niet één keer. Uiteindelijk ben ik degene die het moment verbreekt door te glimlachen. 'Nou, goed... genoeg over de brand en Kim en Stef. Niet echt een luchtig gesprek om een date mee te beginnen.'

'Niet echt, nee... Maar ik ben blij dat je je genoeg op je gemak voelt bij mij om het met me te willen delen.'

'Zullen we daarop proosten?'

Jasper gaat mee in het proostgebaar en beiden nemen we een slokje. Ik merk hoe prettig het is om mijn hart bij hem te luchten. Het is pas de tweede keer dat we op deze manier met elkaar praten en toch voelt het zo goed... zo vertrouwd.

Veel te snel gaat de avond voorbij. We bestellen allebei de kreeftensoep, en ook een aantal fingerfood-hapjes die we samen kunnen delen. Als het eten wordt gebracht, heft Jasper nogmaals zijn glas. Hij proost op onze eerste date, wat me een warm gevoel vanbinnen bezorgt vanwege het woord 'eerste'. Hij had het weg kunnen laten en waarschijnlijk heeft hij het onbewust gezegd, maar het lijkt een belofte dat er meer van dit soort avonden gaan volgen. De wijn en het eten smaken heerlijk en alles is veel te snel op. Ik wil niet dat er een einde aan de avond komt en ben blij als Jasper voorstelt om in plaats van een dessert te nemen een drankje te drinken in een cocktailbar.

'Hou je eigenlijk van cocktails?' vraagt hij, als we in een hip barretje naast elkaar hebben plaatsgenomen.

Ik schiet in de lach.

Jasper fronst. 'Mis ik iets?'

'Je hebt me net meegenomen naar een restaurant waar alleen vis op de kaart stond...'

'O jee. En ik heb helemaal niet gevraagd of je vis wel lekker vindt.'

'Nee, precies. Cocktails lijken me iets meer allemansvriendjes.'

Jasper moet ook lachen. 'Dat zou wat zijn zeg... Dat je eerst bij je date achter op zijn fiets moet zitten en dat hij je daarna na een ritje in de trein meeneemt naar een visrestaurant, terwijl je walgt van vis! Het had wel een perfect stukje opgeleverd voor dat dateleed-artikel van laatst.'

'Huh?' Dit keer ben ik degene die fronst.

'Ik weet nu alles, Ilse. Wat dacht jij dan', reageert hij, met een mysterieuze twinkeling in zijn mooie blauwe ogen. 'Nadat je me had verteld over je column ben ik natuurlijk op onderzoek uitgegaan. Wist je dat je bij de bibliotheek alle tijdschriften kunt inzien? Ze hebben er een heerlijke leestafel en ik heb me er een hele middag vermaakt met jouw werk. De dames van de bieb vonden een man met een stapel *Claires* wel leuk, geloof ik. Al snel raakten we in gesprek en voor ik het wist hadden we een theekransje met koekjes erbij.'

'Dat meen je niet.'

'Toch wel. Die dames van de bieb bleken groot fan te zijn van jouw column. Ze raakten er maar niet over uitgepraat. Zeker niet toen ik ze vertelde dat ik er net achter was gekomen dat ik Gijs ben...'

Mijn mond zakt een stukje open. Al die tijd heb ik ongegeneerd over hem kunnen schrijven, omdat ik er absoluut van overtuigd was dat hij het nooit zou lezen. Ik heb hem zelfs 'sexy Gijssie' genoemd in een van mijn laatste columns. Het ging vanzelf. Ik moet ergens gaandeweg gewend zijn geraakt aan de naam die Sabine altijd gebruikt.

'Oef...' is het enige wat ik kan uitbrengen.

Jasper grijnst. 'Volgens mij ben je toe aan een cocktail.'

'Zeg dat wel.' Ik ontwijk zijn blik en richt me op de kaart. De cocktails hebben indrukwekkende namen. Ik bekijk de beschrijvingen een voor een en neem de tijd, in de hoop dat daarmee het gespreksonderwerp verandert. Uiteindelijk besluit ik tot een gewone manhattan.

Jasper wenkt een serveerster en kiest zelf voor een whisky sour. 'Je schrijft goed', zegt hij als de bestelling is opgenomen. 'Ik wist al dat je humor hebt, maar het is leuk om te zien dat je ook grappig bent op papier.'

Ik trek een gezicht. 'Kunnen we erover ophouden, alsjeblieft?'

'Hoezo? Ik heb me ontzettend vermaakt met jouw artikelen en columns.'

'Het is gênant...'

Er valt een stilte, die zo lang duurt dat ik hem uiteindelijk wel moet aankijken. Hij heeft een speels lachje rond z'n mondhoeken. 'Sexy Gijssie... Best een eretitel, als je het mij vraagt.'

Onverhoopt schiet ik in de lach. Het is een behoorlijk ongemakkelijke situatie, maar het feit dat Jasper het gewoon benoemt, maakt het iets makkelijker.

'Mijn zus noemt je zo... Zij en haar collega's.'

'Wow! Half Nederland schijnt van je column af te weten!' Hij fluit tussen zijn tanden. 'Maar, wat ik niet begrijp... als je column zo'n succes is, hoe kan het dan dat ik het al die tijd niet wist? Los van dat jij het me niet verteld hebt, bedoel ik. Die dames van de bieb zeiden dat erover geschreven is in *De Telegraaf* en dat mensen op verjaardagen *Ilses strijd tegen de kilo's* aanhalen. Hoe kan het dat niemand er tegen mij over begonnen is? Er moeten toch mensen in de sportschool zijn die jouw columns lezen?

'Dat is wel te verklaren, hoor... De column heet *Ilses strijd tegen de kilo's,* maar je moet weten dat ík Ilse ben, om te weten dat ik de maker ben. Er staat bijvoorbeeld geen foto van mij bij. Vrienden en familie weten het natuurlijk wel, maar veel andere mensen lezen de columns ook.'

'En die mensen lezen gewoon een leuke column, zonder te weten dat jij de Ilse van de columns in *Claire* bent', vult hij aan.

'Precies! Daar komt wel verandering in trouwens. Ik kom binnenkort zelf in *Claire,* met foto's en een interview. *Het gezicht achter Ilses strijd tegen de kilo's,* is de titel.'

'Jeetje, je wordt nog een bekende Nederlander. Gaaf hoor. Toen ik achter het succes van je column kwam, dacht ik even dat ik de afgelopen maanden onder een steen moest hebben gelegen. Iedereen leek ervan af te weten. Iedereen, behalve ik.'

Ik grinnik. Dan komt de serveerster aanlopen met de drankjes en proosten we opnieuw.

'Had ik al gezegd dat je er heel mooi uitziet vanavond?'

Er verschijnt een blos op mijn wangen die ik gauw probeer te verbergen door een slokje van de cocktail te nemen.

'Dankjewel... Volgens mij hoef ik niet meer te zeggen dat ik jou er ook goed uit vind zien. Dat heb je al gelezen.'

'Ilse?' Jasper leunt iets naar me toe en kijkt me met een intense blik aan. Ik kan de stoppeltjes op zijn kaaklijn onderscheiden.

'Ja?'

'Als ik je zoen... Dat wil ik al de hele avond doen, maar er is iets wat me tegenhoudt.'

Ik ben niet in staat te antwoorden. Ik kan alleen maar naar hem kijken en geniet van de manier waarop hij terugkijkt.

'Als ik je zoen... leest heel Nederland dan hoe ik het ervanaf breng, of...'

Ik overbrug het laatste stukje ruimte tussen onze gezichten. Zachtjes druk ik mijn lippen op de zijne. Ze zijn zacht, warm en brengen een ongelooflijk gevoel teweeg. Jasper lijkt niet verrast door mijn toenadering. Hij vouwt zijn hand achter mijn hoofd. Ik sluit mijn ogen. Na een langzame kus opent hij zijn mond en voel ik zijn tong naar binnen gaan. Onze tongen verkennen elkaar. Rustig. Teder. Ik raak er volledig door in extase. De zoen is zo heerlijk dat ik alles om me heen vergeet. Ik ben niet meer in de cocktailbar, niet meer in Amsterdam. Het enige wat nog telt zijn Jaspers lippen, zijn tong, zijn hand achter mijn hoofd, zijn geur. De zoen wordt heviger. Onze bewegingen sneller. Ik sla mijn armen om zijn bovenlichaam en voel zijn sterke rugspieren onder mijn handen. Vol passie zoenen we elkaar. Hongerig. Vurig. Jasper is degene die zich op een gegeven moment rustig terugtrekt. Mijn ogen hou ik nog even gesloten, ik wil niet dat de zoen voorbij is. Ik zou eeuwig in dit moment willen opgaan. Als ik uiteindelijk toch terugkeer in het hier en nu, is het Jaspers blik die de landing op aarde waard maakt. Zijn ogen staan warm. Ik zie er hetzelfde genot en verlangen in dat ik zelf ervaar.

21

NA BIJNA TWEE WEKEN IN BEVERWIJK IN HET BRANDwondencentrum te hebben gelegen, mag Kim eindelijk naar huis. Een paar dagen geleden had ze me gevraagd of ik bij het gesprek met haar arts aanwezig wilde zijn. Ik kon de man wel zoenen toen hij vertelde over het herstel van Kims arm en hand. Inmiddels is duidelijk dat de brandwonden tweedegraads waren, dat kunnen ze vaststellen nu de wonden goed zijn genezen. Een huidtransplantatie is niet nodig en ze zou snel naar huis mogen. Kim kon haar tranen niet bedwingen, zo blij was ze. De afschuwelijke brand en Stef, die aan haar ziekenhuisbed zijn ware aard heeft laten zien, hebben een hoop met haar gedaan. Ze was eerst erg somber en terneergeslagen en at weinig. Maar sinds ze weet dat ze naar huis mag, gaat het beter. Alsof er een knopje is omgegaan. Ik denk dat het goed voor haar is om thuis te komen en ben al vanaf vanmorgen vroeg bezig om alles in orde te maken. Het huis is aan kant en de koelkast is gevuld met boodschappen. Ik heb bloemen op tafel gezet, slingers opgehangen, en de letterballonnen met de tekst *Welkom thuis* zijn duidelijk zichtbaar. Ik bekijk het geheel, hoop dat de versieringen een glimlach op Kims gezicht zullen toveren en dat het niet te overdadig is. Misschien zit ze helemaal niet op deze feestvreugde te wachten, maar haar thuiskomst in stilte voorbij laten gaan lijkt me ook geen goed plan.

Eigenlijk hebben we het nog steeds niet echt over de ruzie gehad. Ik heb het niet aangekaart omdat ik het kinderachtig vind dat Kim mij zou moeten vertellen dat zij het fout had en ik goed. Dat weet ze zo natuurlijk ook wel. Waarschijnlijk zegt ze er nog wel een keer iets over, als ze zich beter gaat voelen. Gelukkig heeft Kim niet alleen steun van mij. Tom heeft haar opgezocht, haar collega's zijn langs geweest en de gesprekken met slachtofferhulp lijken haar goed te doen. Ze wordt langzaam maar zeker opener over de angst die ze de nacht van de brand heeft gevoeld.

'Welkom thuis!' roep ik als Kim de woonkamer in loopt. Ik heb haar net opgehaald van het brandwondencentrum en draag haar spullen naar binnen.

'Wow!' Ze kijkt me geëmotioneerd aan. 'Wat lief! Wat heb je er een werk van gemaakt!'

'Ik ben gewoon heel blij dat je er weer bent. Ga lekker zitten, dan maak ik thee voor ons.'

Als ik met twee dampende bekers vanuit de keuken naar de salontafel loop, merk ik dat Kim voor de bank bij Binky op de grond is gaan zitten. Ze aait het konijn. Pas als

ze opkijkt zie ik dat er tranen over haar wangen stromen.
'Sorry hoor.' Ze veegt de tranen met haar mouw van haar gezicht. 'Ik wil helemaal niet huilen. Jij bent juist zo lief en hebt zo je best gedaan.'

'Dat geeft toch niks. Ik begrijp dat het heftig voor je is om Binky weer te zien.'

Ze zucht diep, alsof ze haar emoties even wil ventileren. 'Het is fijn dat hier alles nog hetzelfde is...' Opnieuw kijkt ze naar het konijn dat languit gestrekt op het vloerkleed ligt. Er rolt een nieuwe traan over haar wang. 'Ik ben zo blij dat Binky en ik er allebei nog zijn...'

Met een brok in mijn keel ga ik bij ze op de grond zitten en omhels Kim. 'Ik ook...' zeg ik als we elkaar weer aankijken. 'En dankzij jou is ons konijntje er nog. Je bent een heldin.'

'Zo voel ik me anders niet.' Ze slaakt een nieuwe zucht. 'Ils?'

'Ja?'

Even blijft het stil. 'Er is iets wat ik je wil zeggen... Ik ben zo stom geweest. Hoe heb ik ooit een man tussen onze vriendschap kunnen laten komen?' Ze knippert een paar keer. 'Het spijt me zo... Het spijt me zo verschrikkelijk! Ik kan maar niet begrijpen dat ik al die tijd zo blind ben geweest. Dat ik me zo heb laten manipuleren. Jij bent altijd eerlijk tegen me geweest. Jij hebt altijd het beste met me voorgehad. Ik vind het zo erg dat ik je niet op je woord geloofde. Ik schaam me zo dat ik jou voor leugenaar heb uitgemaakt en dat ik zoveel lelijke dingen tegen je heb gezegd.'

Ik leg mijn hand op Kims goede arm en kijk haar recht aan. 'Het zit wel goed.'

'Nee, dat zit het niet. Ik ben een afschuwelijk mens

geweest. Eigenlijk begrijp ik er helemaal niks van dat je nog steeds zo lief voor me bent. Hoe kun je zo vergevingsgezind zijn? Hoe kan het dat juist uitgerekend jij mij erdoorheen sleept, terwijl ik zo'n slechte vriendin ben?'

'Je bent geen slechte vriendin. Echt niet. Het kwam door Stef. Hij is een meesterlijke leugenaar. Hij heeft twee gezichten en tot vorige week heb jij dat tweede gezicht nooit gezien. Je geloofde in de liefde...'

'Nee, dat is te makkelijk. Het is niet alleen zijn schuld. Wij kennen elkaar door en door en ik heb je behandeld alsof onze jarenlange vriendschap niets voorstelde. Ik had je moeten vertrouwen. Ik heb onze vriendschap kapotgemaakt... En dat... dat vind ik heel erg.'

'Hé', zeg ik sussend en wacht even totdat ze me weer aankijkt. 'Onze vriendschap kan wel tegen een stootje hoor. Je hebt hem niet kapotgemaakt. Kijk dan, we zitten hier nog steeds. Je wist gewoon niet wie je moest geloven en bent ontzettend voor de gek gehouden door Stef. Nu weet je voor eens en voor altijd dat je op me kunt rekenen. Wat er ook gebeurt.'

'Wat er ook gebeurt', herhaalt Kim langzaam. Ze glimlacht warm en slaat haar rechterarm om me heen. 'Ik zal nooit, maar dan ook nooit meer aan je twijfelen.'

'En, heb je hem al gezien?'

Ik frons en kijk op naar Jolijn die aan mijn bureau staat.

'De nieuwe *Claire* is net van de drukker binnengekomen. Ik dacht: jij rent gelijk naar het eerste het beste exemplaar om de fotoshoot te bekijken!'

'O. Ik wist niet dat het er al was.'

Jolijn trekt een diepe rimpel in haar gezicht, alsof ze

zich niet kan voorstellen dat ik niet meteen naar de receptie ben gerend. Dan verandert haar gezichtsuitdrukking en haalt ze een splinternieuwe *Claire* achter haar rug tevoorschijn. 'Tadaa! Mooi hè? Je hebt zelfs een vermelding gekregen op de cover!'

Ik staar naar de glossy voorkant van het tijdschrift. *Wees trots op je curves!* staat er in mooie, opvallende roze letters. 'Wow... gaaf!'

'Zeker! Het enige wat een beetje jammer is, is dat ze niet alle outfits hebben geplaatst.'

'Dat is toch niet zo gek. We hebben foto's geschoten in iets van twintig kledingsetjes.'

'Ja, precies! Er staan er uiteindelijk maar vier in. Ze staan wel elk op een eigen pagina, maar toch is het een beetje een domper. Ik heb er zoveel werk aan gehad!'

'Vier is toch een heel mooi aantal? Ze hadden natuurlijk ook nog plek nodig voor het interview zelf. Uiteindelijk is het dus best een behoorlijk item geworden.'

'Tja, dat kun jij makkelijk zeggen. Jij staat te shinen op elke bladzijde. Ik ben degene die het moet doen met alleen een simpele vermelding van mijn naam als stylist.'

'Dat is inderdaad ontzettend oneerlijk', reageer ik sarcastisch.

'Zeg dat wel!' Jolijn knikt ferm. Het ontgaat haar volledig dat ik haar voor de gek hou. 'Nou goed, kijk zelf maar. Ik denk dat je er wel heel blij mee zult zijn. Met dank aan mij zie je er in ieder geval heel goed uit. Al vind ik nog steeds dat Chantal je gezicht veel meer had moeten shapen. Ze hadden je sowieso wat meer mogen fotoshoppen als je het mij vraagt. Een paar kilootjes minder had niemand erg gevonden.'

Met open mond kijk ik haar aan, niet in staat een gevatte opmerking terug te kaatsen.

Jolijn glimlacht breed en legt de *Claire* voor me op mijn bureau. 'Ik ben weer weg. Veel kijkplezier!'

Het duurt even voordat mijn hersenen haar belediging hebben verwerkt. Hoe doet ze dat toch steeds? Elke keer verpakt ze een compliment samen met een sneer. Ik kijk haar na. Volg hoe ze met haar lange, slanke lijf parmantig over de afdeling loopt, terug naar haar eigen werkplek. Als ze uit het zicht verdwijnt pak ik hoofdschuddend de *Claire* van mijn bureau en blader voorzichtig van voor naar achter. Ik hou mijn adem in. Ergens halverwege staar ik plotseling naar mijn eigen gezicht. Ik wist dat ik erin zou komen te staan, maar het is toch gek om mezelf van top tot teen afgebeeld te zien in het tijdschrift waar ik al jaren voor werk. Een foto beslaat de hele rechterpagina. Ik draag een zwarte jumpsuit, mijn voeten zijn gestoken in hoge zilverglimmende pumps, op mijn hoofd staat een zwarte suède hoed en opvallende zilveren sieraden hangen om mijn nek en pols. De felrode lippenstift steekt er mooi bij af. Het mag gezegd, ik zie er goed uit. Ik straal een soort stoere no-nonsensementaliteit uit. Ik kan bijna niet geloven dat ik dit zelf ben. Op de linkerpagina staat groot de titel van het item: HET GEZICHT ACHTER ILSES STRIJD TEGEN DE KILO'S. Halverwege de bladzijde is een zin uit het interview uitgelicht. *Omarm je curves!* Ik laat de tekst even voor wat hij is en blader door. Op de volgende bladzijde is links een foto te zien van mij in een kleurrijke jurk en gaat rechts het interview verder. Ik lees de koppen. *Wees trots op je rondingen!* En: *We hoeven niet allemaal maat XS te hebben.* Ik sla nog een bladzijde om. *Bij Claire weten ze waar het om gaat.* En even verder: *Iedereen mag gewoon zijn wie hij of zij is.* Ik frons en lees het stukje dat daarbij hoort. Er wordt me gevraagd waarom ik niet meer ben afgevallen en of ik *Ilses strijd tegen de kilo's* wel als een succes ervaar. Het antwoord is goed, maar op de een of andere manier krijg ik een nare smaak in mijn mond van de vraagstelling. Ik verplaats mijn blik naar een andere groot uitgelichte kop. *Sporten is niet m'n hobby. Gelukkig maakt sexy Gijssie het geploeter en gezweet meer dan waard.* Mijn mond zakt een stukje open. Ik weet zeker dat ik dit niet zo gezegd heb. Het eerste gedeelte wel, maar ik heb het in het interview absoluut niet gehad over sexy Gijssie. Ik kijk naar de foto op de rechterpagina. Het is een close-up, waarop je mijn gezicht en de bovenkant van een witte blouse met franjes ziet. Mijn haar en make-up zitten wel mooi, maar het is niet mezelf die ik zie. Ik sla om naar de volgende pagina en vind links de laatste foto van de fotoshoot. Het is de foto van een outfit die me is opgedrongen door Jolijn. In vergelijking met een hoop andere van haar verschrikkelijke clownkostuums die ze me probeerde aan te smeren, valt het mee. Het is een donkere broek, die tot hoog in m'n taille komt en wijd uitlopende pijpen heeft, met daarop een ingestopte blouse, waarvan de kleuren rood, paars, roze en lila zijn. Dan valt m'n blik op de rechterpagina. Vol ongeloof en afschuw staar ik ernaar. *De psycholoog aan het woord,* staat er in koeienletters bovenaan. Het duurt even tot het tot me doordringt. Plotseling bonkt mijn hart in mijn keel en breekt het zweet me uit. Ik moet moeite doen mijn adem te controleren en een enorme golf woede gaat door me heen als ik de woorden lees: *Ilse heeft echt een probleem. In de gesprekken die ik met haar heb gehad, is gebleken dat ze zich verschuilt achter het feit dat niet iedereen maat xs hoeft te hebben. Dat zegt ze wel zo stoer, maar als je in Ilses hart kijkt zie je een onzeker meisje dat zichzelf te dik vindt. In dat opzicht is haar strijd nog lang niet gestreden.* Ik hap naar adem en voel een traan over mijn wang glijden. Ik wil niet verder lezen. Met een ruk sla ik de bladzijde om. Daar staat de titel die het volgende item aankondigt. *Weg met die vetkwabjes. 10 tips om het perfecte lichaam te krijgen. Ga voor slank, slanker, slankst!*

'Wat is dit?' vraag ik, als ik het glazen kantoortje van Fenna binnenstorm, de *Claire* omhooghoudend.

Fenna zit met haar rug naar me toe. Ze draait haar bureaustoel een halve slag en ik zie dat ze aan de telefoon is. Ze houdt haar wijsvinger in de lucht, ten teken dat ik even moet wachten.

Met tegenzin doe ik wat me wordt opgedragen. Het liefst wil ik tegen haar tekeergaan en helemaal niet geduldig afwachten. Ik heb het gevoel alsof er stoom uit mijn oren komt en weersta de neiging door haar kantoor te ijsberen.

'Ilse, wat kan ik voor je doen?' vraagt ze uiteindelijk, als het gesprek is afgerond.

Opnieuw houd ik het tijdschrift omhoog. 'Wat is dit?!'

Fenna fronst. 'De *Claire*.'

'Ja, natuurlijk is dit de *Claire*. Maar ik bedoel... wat is dit?' Ik sla het tijdschrift open bij mijn item en smijt het zo'n beetje voor haar op het bureau.

'De fotoshoot...' Ze zucht diep. 'Wat is het probleem? Ik merk aan je dat iets je niet lekker zit.'

Ik blader een paar bladzijdes verder, totdat de verschrikkelijke, dikgedrukte letters verschijnen die Veroniques tekst aankondigen. 'Er zit me zeker iets niet lekker! Hoe kan dit?'

'Je moet echt duidelijker zijn', reageert Fenna met lichte ergernis in haar stem.

'Dit!' Ik tik met mijn wijsvinger op de pagina. *'De psycholoog aan het woord! Ilse heeft echt een probleem. Ilse verschuilt zich.* Wat een rotstreek! En welke idioot is er op het idee gekomen om dit het eropvolgende item te laten zijn?' Met een ruk sla ik nog een bladzijde om. *'Weg met die vetkwabjes! Ga voor slank, slanker, slankst!'*

Fenna gaat iets verzitten. 'Ik volg je echt even niet... Heb je nu een probleem met de fotoshoot of met het eropvolgende artikel?'

'De gesprekken die ik met de psycholoog heb gevoerd waren privé! Ik heb me kwetsbaar opgesteld. Ik heb het achterste van mijn tong laten zien. Dat ga je toch niet in een tijdschrift plaatsen dat half Nederland leest? Dat is echt heel gemeen! En dan ook nog de overgang naar dit artikel!'

Fenna fronst. 'Dat lijkt me een heel ander item.'

'Het gaat om de volgorde!' roep ik wanhopig uit. 'Hier staat *Omarm je rondingen, wees trots op wie je bent* en dat niet iedereen maatje XS hoeft te hebben, en meteen daarna zeggen we totaal het tegenovergestelde!'

'Geef eens hier...' Fenna pakt het tijdschrift aan, bladert terug en langzaam weer vooruit. Bij elke pagina blijft haar blik een paar seconden hangen. 'Ja... nou...' zegt ze uiteindelijk. 'Jij staat er toch mooi op?'

Even ben ik met stomheid geslagen. Begrijpt ze werkelijk

niet wat het probleem is? 'Veronique aan het woord laten is een steek onder water, Fenna. En die twee items staan direct na elkaar geplaatst. Ze hebben allebei een volstrekt andere boodschap. Dat spreekt elkaar toch ontzettend tegen?'

'Wat we willen uitdragen is de boodschap dat *Claire* voor iedereen is', reageert ze afgemeten. 'Dat doen we door beide kanten van de medaille te belichten, maar eigenlijk houden we gewoon van fit en slank. Dat weet iedereen toch? Het is niet bepaald een geheim. Iedereen kijkt liever naar een strak, afgetraind lichaam dan naar een volgevreten dikzak.'

Verbluft kijk ik mijn leidinggevende aan. 'Noem je mij nu een volgevreten dikzak?!'

'Nee, natuurlijk niet, Ilse.' Fenna lacht alsof ik een grapje heb gemaakt. 'Jij hebt een... wat zal het zijn? Maat M?' Ze blijft me aankijken, maar ik geef geen antwoord. 'Je bent in ieder geval allesbehalve obees. Waar het om gaat is het perfecte plaatje. Wij zijn een vooraanstaand magazine. We laten zien wat vrouwen willen zien. En jouw psycholoog hebben we aan het woord gelaten omdat het bijdraagt aan de volledigheid van het artikel. Onze lezers zijn daar benieuwd naar. Geloof mij maar.'

'En dat het voor mij aanvoelt als een snoeiharde vuist in mijn gezicht kan niemand iets schelen? Heeft er ook maar iemand een seconde over nagedacht dit met mij te overleggen?'

'Zou je toestemming hebben gegeven?' kaatst Fenna terug.

'Nee, natuurlijk niet!'

'Precies. Drie keer raden waarom we het je niet gevraagd

hebben. Niet alles gaat in overleg, Ilse.' Fenna blijft me aankijken en haalt uiteindelijk haar schouders op. 'Je moet er niet zo zwaar aan tillen, meid. Misschien trek je het je allemaal iets te veel aan.'

Ik schud mijn hoofd en kan maar niet begrijpen dat ze er zo anders in staat. 'Weet je, Fenna? Ik was trots. Trots dat mijn column zo'n succes is geworden en dat ik iets voor vrouwen in Nederland kan betekenen. Ik was oprecht blij dat jullie een fotoshoot in het magazine wilden plaatsen. Niet omdat ik daarmee in de spotlight zou komen te staan, maar omdat *Claire* daarmee een ander geluid afgeeft. Er zijn zoveel vrouwen in Nederland onzeker over hun uiterlijk. Er zijn genoeg dames die strubbelen met hun gewicht. Het voelde alsof jullie volledig achter me stonden en me oprecht waarderen om wie ik ben. Maar dan ineens maken jullie vertrouwelijke gesprekken openbaar, en het volgende artikel...' Ik schud mijn hoofd. 'Ik voel me in de steek gelaten. En erger nog: het gaat niet alleen om mij. Wat moeten al die vrouwen hiervan denken? Al die *Claire*-lezeressen die zich herkenden en net gelezen hebben dat zij er óók mogen zijn. Vervolgens zien ze dit! Dat is... Dat is ronduit gemeen.'

'Stel je toch niet zo aan, Ilse. Je maakt er een veel te groot ding van! Die vrouwen lezen gewoon een leuk artikel en vervolgens leren ze hoe ze hun buik platter kunnen krijgen... Daar is niets mis mee.'

Ik sluit mijn ogen en voel me verslagen in elke vezel van mijn lijf. Mijn baas begrijpt er werkelijk niets van.

'Ik zie geen probleem', praat Fenna verder. 'Je hebt wel lef. En dat bedoel ik niet in positieve zin. Ik had een dankbare houding van je verwacht. Je hebt je eigen column gekregen. Er is een heel artikel aan je besteed. We hebben nergens op bezuinigd. Je kunt sporten met een personal trainer, naar de psycholoog en noem het allemaal maar op. We hebben een fotoshoot met interview voor je geregeld. Een journalist, fotograaf, stylist en visagist stonden voor je klaar. Maar mevrouw heeft last van sterallures en vindt dat ze het recht heeft er nog tegenaan te schoppen ook! Dat vind ik heel jammer, Ilse. Dit had ik niet van je verwacht. Als je baan je lief is, zou ik hier maar eens goed over nadenken en snel een toontje lager zingen.'

Ik kijk haar recht aan en knik ferm. Ineens zie ik alles heel helder en weet precies wat me te doen staat.

22

IK ZET TWEE WIJNTJES OP DE SALONTAFEL EN KIJK VOL verwachting naar Kim, die net uitgelezen is.

'Wow, Ils... Dit is echt... wow!' Ze richt haar blik weer op de tekst en leest hardop voor: '*Natuurlijk, gezondheid is belangrijk en je gewicht zegt iets over die gezondheid. Maar staar je alsjeblieft niet blind op het cijfertje op de weegschaal, lieve dames. Het neemt zoveel geluk weg! Het kan zo'n obsessief groot ding worden, dat je haast zou vergeten waar het in het leven echt om draait. Liefde, vriendschap. Maak je geen illusie dat alleen het juiste getal op de weegschaal gelukkig maakt. Want geloof me, dat is niet zo. Er is zoveel meer! Ik zeg niet dat je niet zou moeten afvallen of dat je geen gezond leven zou moeten nastreven. Maar wees alsjeblieft een beetje mild voor jezelf. Wees lief, heb lief en dan gaat de rest je zoveel gemakkelijker af. Voer geen strijd met jezelf, maar focus op het zoeken naar geluk.'* Kim kijkt op van het tijdschrift in haar handen. 'Mooi geschreven!' Ze beweegt haar wenkbrauwen een paar keer op en neer. 'En dan nu het volgende: *Het perfecte plaatje vliegt ons dagelijks om de oren. Constant worden we geconfronteerd met uiterlijk vertoon. We blijven onszelf vergelijken met anderen en spiegelen onszelf aan de meest perfecte lichamen. Maar zeg nu zelf... draagt dit bij aan je geluk? Of zie je juist alleen maar wat er allemaal 'niet goed' is aan jezelf? Eigenlijk is de titel van deze column helemaal verkeerd. Waarom zouden we een strijd met onszelf moeten voeren? Ik wilde dolgraag een eigen column, maar zou liegen als ik zeg dat ik zelf voor dit thema heb gekozen. Dit is voor mij bepaald door Claire. Onbedoeld heeft mijn werkgever me hiermee het gevoel gegeven dat ik niet goed genoeg ben. Dat ik moest toewerken naar een betere versie van mezelf. Ik hoop dat ik jou, de lezer, nooit onder druk heb gezet. Dat je je niet gedwongen voelde iets aan jezelf te veranderen. Ik gun je een gezonde levensstijl, maar ik wens vooral dat je je happy in je lijf voelt! Dit zal mijn laatste column zijn. Vandaag neem ik afscheid van jullie, lieve Claire-lezeressen. Mijn strijd zit erop! Vanaf nu wil ik alleen nog maar genieten. Op een gezonde, bewuste, maar vooral ook ongedwongen manier...'* Kim laat een stilte vallen. 'Jeetje, deze column is wel echt een heel grote middelvinger naar *Claire*. Hoe kan het dat ze dit geplaatst hebben?'

Ik grijns. 'Dat heb ik je toch verteld?'

'Ja, nou, niet echt. Je hebt me verteld dat je na het gesprek met je leidinggevende je emoties gebruikte als brandstof. Dat je al je frustraties en boosheid van je afschreef en binnen no time een nieuwe column op papier had staan. Maar hoe kan dit in het tijdschrift terecht zijn gekomen? Ik begrijp niet dat niemand hier een stokje voor gestoken heeft.'

'O, maar als ze ervan geweten hadden, dan hadden ze dat zeker wel gedaan, hoor', zeg ik met een trotse ondertoon in m'n stem. 'Ik zal het je uitleggen. Normaal gesproken wordt alles gelezen en gecontroleerd door verschillende afdelingen. Er gaat een heel proces aan vooraf voordat iets daadwerkelijk in het blad komt te staan. Mijn tekst gaat altijd langs Fenna, dan naar de afdeling tekstverwerking en vervolgens naar de vormgevers. Dat proces was al helemaal doorlopen.'

Kim houdt haar hoofd schuin en fronst. 'Maar... hoe dan?'

'Ik had een column geschreven. Een met totaal andere inhoud en die was goedgekeurd. Maar door het gesprek met Fenna werd het me ineens allemaal duidelijk. Ik wist precies wat ik moest doen en hoefde alleen maar het juiste moment af te wachten. Vlak voordat de nieuwe *Claire* naar de drukker ging, heb ik tegen de vormgevers gezegd dat ik nog iets kleins wilde aanpassen aan m'n tekst. Zonder dat ze het doorhadden heb ik m'n column verwisseld met de nieuwe versie. Ze vroegen of ze er nog even naar moesten kijken, een *final check* moesten uitvoeren, maar ik zei dat er nauwelijks iets veranderd was en hun werk sowieso onveranderd was gebleven. Daar namen ze genoegen mee. De *Claire* is rechtstreeks naar de drukker gegaan en dit is zoals hij nu in de winkels ligt.'

'Mijn hemel! Wat spannend.'

'Ik wist natuurlijk wel dat mijn baas hier op z'n zachtst gezegd niet blij mee zou zijn en ze had me ook al gewaarschuwd. Maar na het gesprek met haar kon het me allemaal niets meer schelen. Ik moest dit gewoon doen. Ik wilde per se openheid geven aan de lezers en zeggen hoe ik er echt over denk. Zonder dat ik me in hoefde te houden. Ik wilde niet langer met me laten sollen en voor eens en voor altijd voor mezelf opkomen.'

'En voor al die vrouwen in Nederland.'

Ik knik fanatiek. 'Dat ook!'

'Respect zeg! Daar was absoluut moed voor nodig. En nu?' Kim laat een stilte vallen en ik merk dat haar enthousiasme plotseling omslaat in bezorgdheid. 'Hoe moet het nu verder met je baan?'

Ik doe alsof ik haar bezorgdheid deel. 'Tsja', zeg ik triest. Maar dan verschijnt een glimlach op mijn gezicht. 'Nou, om eerlijk te zijn... vanmorgen lag samen met de nieuwe *Claire* mijn ontslagbrief op Fenna's bureau.'

Kim schiet in de lach. 'Dat meen je niet! Ik had haar gezicht wel willen zien toen ze je column las.'

Ik lach met haar mee. 'Anders ik wel! Toen ik eenmaal voor mezelf besloten had dat mijn toekomst niet bij *Claire* ligt, gaf dat zo'n bevrijdend gevoel. Echt. Ik heb nog geen moment spijt gehad en eigenlijk ben ik gewoon heel trots op mezelf.'

Kim pakt haar glas van de salontafel en strekt haar arm naar me uit. Ik volg haar voorbeeld. 'Proost! Op opkomen voor jezelf en je niets laten aanpraten door anderen!'

Ik kijk naar het glas wijn in Kims hand en realiseer me de dubbele betekenis van haar woorden. Sinds Stef uit beeld is heeft ze zich voorgenomen om zichzelf nooit meer aan te passen aan een man. 'Proost!'

'Iets heel anders', zegt ze nadat ze genietend een slokje

van haar wijn heeft genomen. 'Hoe is het nu met Jasper?'

Ik glimlach bij het horen van zijn naam en voel hoe mijn wangen onwillekeurig meer kleur krijgen. 'Goed, geloof ik.'

'Hoe vaak hebben jullie nu een date gehad?'

'Twee keer. Vandaag vroeg hij of we dit weekend weer zullen afspreken.'

'Leuk zeg! Hoe zoent hij?'

Ik grinnik om haar directe vragen. 'Echt waanzinnig goed! Elke keer ben ik helemaal in extase. Alsof ik loskom van deze wereld en alleen maar zweef.'

'Klinkt goed. Dat belooft wat voor de seks!'

In gedachten verzonken reageer ik niet meteen. Kim vat de stilte op als een signaal en zet grote ogen op. 'Nee! Dat meen je niet! Hebben jullie al seks gehad? Jij kleine *sneaky bastard*! Nou, vertel op! Hoe is hij in bed?'

Ik grijns breed. 'Je bent wel weer lekker nieuwsgierig, hè?'

'Met de dag voel ik me meer mijn oude vertrouwde zelf worden', reageert ze trots. 'Maar nu geen geintjes, dame. Ik wil antwoorden!'

Lachend schud ik mijn hoofd. Kim is echt onverbeterlijk.

'Details graag! Waar? Wanneer? In welke positie? Kwam je klaar? Kreunde hij je naam?'

'Denk je nu echt dat we na twee dates al seks hebben gehad?'

Kim schokschoudert. 'Dat zou toch kunnen?'

'Het zou kunnen, maar misschien is het zonde. Niet dat ik niet geloof dat het fantastisch zou zijn. Alleen... nu is er nog zoveel te ontdekken. Elke keer als hij me aanraakt slaat mijn hart op hol. Elke aanraking laat mijn huid tintelen. Mijn lichaam reageert zo sterk op hem.'

'Je wilt hem! Je wilt hem helemaal!'

'O Kim, ik ga hem echt steeds leuker vinden. Ik denk constant aan hem en...'

'Ilse Oldenbroek', valt ze me in de rede. 'Volgens mij ben jij verliefd!'

'Tot over m'n oren! Het is zo'n fijn gevoel, maar het is ergens ook best een beetje spannend. Ik durf er haast niet aan toe te geven. Wat als het misgaat? Jasper is toch gewoon véél te leuk voor mij?'

'Hoe kom je daar nu weer bij?'

Vertwijfeld kijk ik van haar weg. 'Weet ik veel. Hij is ontzettend knap. Niet alleen zijn bouw, maar neem nou dat baardje van hem. Zo sexy. En dan nog dat prachtige gebit en die glimlach. Niet normaal Kim, die glimlach. En laten we vooral niet vergeten hoe sympathiek, aardig en charmant hij is.'

'Maar dat geldt voor jou allemaal ook! Op dat sexy baardje na dan. Je boft met hem, maar hij ook zeker met jou!'

Ik glimlach en neem nog een slokje wijn. Het is fijn om weer als vanouds met elkaar te kletsen. Het doet me goed dat Kim zo oprecht blij voor me is en ook dat het steeds beter met haar gaat. Er is veel gebeurd, maar onze vriendschap is overeind gebleven. Onze levens staan er nu heel anders voor en het voelt alsof dat precies de bedoeling is. Dat al het oude is ontmanteld om plaats te maken voor het nieuwe. Nieuwe avonturen liggen te wachten. Nieuwe kansen verschijnen aan de horizon. Ik glimlach nog eens en haal diep adem. Ik vul mijn longen met zuurstofrijke energie en word overmand door een intens gelukkig gevoel.

23

'DIT IS WEL EEN MOOI PLEKJE.' JASPER LAAT ZIJN BLIK over het recreatiegebied van het Geestmerambacht glijden en kijkt me aan.

Ik knik goedkeurend, stop met wandelen en sla het gevouwen picknickkleed uit. Jasper pakt de punten die zijn kant op wapperen en samen leggen we het grote, blauwe kleed op het gras, dat aan een zandstrandje grenst. 'Wat een mooi uitzicht', zeg ik genietend, als we zittend naar het meer en de uitgestrekte ligweide eromheen kijken.

Jasper kijkt me aan en glimlacht. 'Heb je trek?' Zonder een antwoord af te wachten trekt hij de rugzak, die hij in het gras heeft neergelegd, naar zich toe en opent de rits.

'Je hebt echt aan alles gedacht!' zeg ik, als er een doorzichtig trommeltje met sandwiches, een bakje met aardbeien en een fles verse jus d'orange uit komt.

Hij grijnst, houdt zijn blik mysterieus vast alsof hij nog meer voor ons in petto heeft en haalt dan twee champagneglazen en een fles bubbels tevoorschijn.

'Wow! Dat ook nog. Deze dag wordt met de minuut leuker!'

'Dat moet ook wel. Ik had met je te doen, toen ik vanmorgen je appje las dat je je ex-collega bent tegengekomen. Gelukkig stond deze picknick al op de planning.'

Een uur geleden stond Jasper bij me voor de deur. Ik wist niet beter dan dat hij aan het werk was en was dan ook verbaasd toen hij een verrassing voor me bleek te hebben.

'Tonijnsalade of geitenkaas?' Hij houdt me twee sandwiches voor. Mijn blik gaat van het ene naar het andere broodje. Uiteindelijk kies ik voor die met geitenkaas, rucola, zongedroogde tomaatjes en walnoot. 'En vertel eens hoe dat vanmorgen ging.'

Ik laat hem even wachten tot ik de hap die ik net van de sandwich heb genomen, heb weggeslikt en geniet van zijn oprechte belangstelling en het weidse uitzicht. Een man die een verrassingspicknick voor je organiseert en interesse toont in de dagelijkse dingen die je meemaakt. Kan het nog perfecter?

'Lekker zeg!' reageer ik als ik mijn mond heb leeggegeten. 'Het gekke is dat Jolijn en ik eigenlijk best leuk met elkaar hebben gekletst.'

'Wat bedoel je? Geen rare opmerkingen of goedbedoelde adviezen dit keer?'

'Nee. We kwamen elkaar tegen in de Albert Heijn en ik hoopte stiekem dat ons gesprekje bij een paar zinnen zou blijven. Ik voelde meteen dat beklemmende gevoel op komen zetten. Natuurlijk is dat niet Jolijns schuld, maar ik besefte daardoor wel dat het goed is dat ik weg ben bij *Claire*. Ik was daar al die jaren nooit écht gelukkig. Steeds dacht ik dat het beter zou worden als ik nog harder zou werken of als ik uiteindelijk mijn eigen column zou krijgen. Ik heb me geloof ik altijd een beetje een marionet gevoeld. Nooit echt vrij. Maar goed. Jolijn had me een heleboel te vertellen en hoewel ik daar in eerste instantie niet zo voor openstond, keek ik ervan op wat ze te zeggen had.'

'Laat me raden... Ze zijn er bij *Claire* achter gekomen dat ze helemaal niet zonder jou kunnen?'

Ik grinnik. 'Ze vertelde dat *Claire* direct na mijn vertrek is overstelpt met reacties op mijn laatste column. Mensen stuurden massaal e-mails en kaartjes naar de redactie. Dat ze me zo'n leuk mens vinden en dat ik een voorbeeld voor ze ben. Op Facebook was zelfs een groep opgestart die "Géén strijd tegen de kilo's" heet.'

'Jeetje! Dat is vleiend om te horen. Bijzonder dat je voor zoveel lezers iets hebt betekend.' Hij kijkt me trots aan en ik geniet van zijn blik. 'Wat vond je leidinggevende van al die reacties?'

'Volgens Jolijn deed Fenna gewoon net alsof er niets gebeurd was. Maar dat is typisch iets voor haar.'

Jasper humt. 'Misschien is dat wel de reden dat ze je na je ontslagbrief meteen op non-actief heeft gezet. Na wat je Fenna geflikt hebt, wilde ze natuurlijk niet dat jij al die brieven zou lezen. Ze is je, denk ik, liever kwijt dan rijk en wilde je niet belonen met brieven waarin je moed en openhartigheid worden geprezen.'

Ik knik langzaam. Jasper neemt een hap van zijn broodje terwijl ik verder praat. 'Er is nog iets wat Jolijn vanmorgen zei. Althans, niet met zoveel woorden, maar het kwam erop neer dat ze haar excuses aanbood voor haar gedrag. Ze zei dat mijn laatste column haar aan het denken heeft gezet. Ze realiseerde zich dat ze eigenlijk best onaardig tegen me was en dat ze dat eigenlijk deed om me klein te houden. Omdat...' Ik laat een stilte vallen en vind het moeilijk de rest van de zin uit te spreken. Ik kan het nog steeds niet geloven. 'Omdat ze tegen me opkeek. Met haar opmerkingen probeerde ze zichzelf beter te voelen.'

'Zoiets dacht ik al.'

Ik kijk opzij. 'Echt?'

Jasper knikt. 'Uit de verhalen die je me over haar hebt verteld, kreeg ik altijd al de indruk dat ze haar eigen onzekerheid wilde verbloemen door zo raar tegen jou te doen.'

Even denk ik na over zijn woorden. Dan haal ik grinnikend mijn schouders op. 'Ik dacht gewoon altijd dat ze een bitch was.'

Jasper lacht.

'Hoe dan ook. Ik vind het wel echt tof van haar dat ze dit tegen me heeft gezegd. Ze had het ook zo kunnen laten. We zien elkaar verder toch nooit meer. Maar ze zei dat ze onder de indruk was van het statement waarmee ik *Claire* heb verlaten, en dat ze blij voor me is dat ik zo snel een nieuwe job heb gevonden.'

Jasper buigt zich naar me toe en geeft me een kus. Nog altijd ben ik niet gewend aan het gevoel dat ik krijg als zijn lippen me aanraken: de tintelingen in mijn onderbuik. Ik laat me meevoeren door zijn zachtheid en warmte en druk m'n lippen steviger op de zijne. Als ik naar achteren leun, volgt Jasper mijn beweging. Zonder dat de kus wordt onderbroken belanden we halfliggend op het picknickkleed. Ik onderop. Jasper met zijn bovenlichaam op mij.

De kus slaat over in een gepassioneerde zoen. Als de zoen in heftigheid toeneemt en zijn handen op plekken belanden die hij in de afgelopen drie maanden tot in detail heeft ontdekt, ga ik rustig rechtop zitten, waardoor de zoen tot een einde komt.

Ik wacht tot hij zijn ogen opent en geniet van zijn hongerige blik. Het verlangen in zijn ogen zorgt voor een nieuwe buiteling in mijn onderbuik. Vol liefde kijk ik hem aan. 'Ik ben zo blij. Zo intens gelukkig hoe alles heeft uitgepakt. Dat wij samen zijn, dat het goed gaat met Kim, dat ik mijn nieuwe werk echt leuk vind en er helemaal op mijn plek ben.'

Hij glimlacht. 'Die nieuwe baan heb je zelf geregeld. Het past goed bij je en je bent ervoor gegaan. Je werkt ook echt hard, Ilse.'

'Maar ik heb ook geluk gehad! Ik voel me vrij, en gewaardeerd. Het is geweldig dat ik bij *Madelief* artikelen mag schrijven die ik zelf belangrijk vind en die inhoudelijk ergens over gaan. Dat ze me niks voorschotelen of opleggen. Maar genoeg over mijn werk. Hoe was het bij jou vanochtend? Je had toch een nieuwe cliënt?'

'Klopt. Er was een oudere heer die net een nieuwe heup heeft gekregen. Omdat hij zo lang niet heeft kunnen lopen, heeft hij begeleiding nodig om zijn spieren te trainen.'

'Fijn dat je je nu volledig op herstel van sportblessures en revalidaties kunt richten. Dat lijkt me dankbaar werk.'

'Dat is het ook. Maar ik vind het ook leuk om mooie dames te ondersteunen als ze willen afvallen.' Hij geeft me een vette knipoog.

Ik kan het grapje hebben, maar geef hem wel een goedbedoelde stomp. 'Genoeg over werk nu. Het is zonde om deze hele picknick alleen maar over werk te praten.'

Jasper grijnst. 'Volgens mij had die zoen van net niks met werk te maken.'

Ik staar naar zijn gezicht. Zijn blauwe ogen, die fel afsteken tegen zijn donkere haar. Het sexy baardje rond zijn mannelijke kaaklijn. Ik hou van zijn gezicht. Ik hou van hem. Jasper weet het. Een paar dagen geleden hebben we het voor het eerst tegen elkaar uitgesproken. We lagen in zijn bed, naakt, tussen de helderwitte lakens en hadden net waanzinnige seks gehad. Ik kan er nog steeds niet bij dat het op alle vlakken zo goed klikt tussen ons. Dat ik helemaal mezelf kan zijn en me zo compleet voel bij hem. Niet alleen op mentaal en emotioneel vlak. Ook fysiek. Jasper weet precies wat mijn hart sneller laat kloppen. Tijdens onze vrijpartijen brengt hij me keer op keer naar grote hoogtes, waar het genot bijna niet meer te houden is en mijn lichaam uit elkaar lijkt te spatten van pure lust en verlangen.

Ineens kijkt hij me diep in de ogen en even denk ik dat hij mijn gedachten raadt. 'Ben je gelukkig?' vraagt hij.

'Heel erg gelukkig.'

'Is er iets waarmee ik je nog gelukkiger zou kunnen maken?'

'Nu? Op dit moment?' Ik denk er even over na en schud uiteindelijk mijn hoofd. 'Dat denk ik niet. Wij hier nu samen, het is perfect.'

'Wat als ik je zou vertellen dat we straks langs jouw appartement gaan, om je spullen te pakken?'

Ik frons.

'Wat als ik je vertel dat mijn weekendtas al in de kofferbak van de auto ligt en we vanavond samen dineren en slapen in Antwerpen?'

Mijn mond zakt een stukje open. 'Wat zeg je?' Ik giechel

verlegen en weet me niet goed een houding te geven. 'Is dat echt waar?'

'Reken maar! Je ouders weten ervan. Het etentje bij hen thuis, samen met je zus, Kim en ons twee, is verzet naar volgende week. Vanavond slapen wij in een luxe hotel. Morgen ook trouwens en maandag hoef je niet naar je werk. Het is allemaal geregeld. Je hoeft alleen maar met me mee te gaan en te genieten.'

'Ik... Ik weet gewoon niet wat ik moet zeggen! Wat een verrassing!' Ik sla mijn armen om hem heen en kus hem opnieuw vol op zijn mond.

'Dit lijkt me een mooi moment voor een glas prosecco', zegt Jasper na de kus. Hij ontfermt zich over de fles en ik volg zijn handelingen.

Mensen zeggen weleens dat niets perfect is, maar ik weet zeker dat dat niet klopt. Alles, nu op dit moment, voelt zo goed. Ik ben zo'n geluksvogel en voel me lekkerder in mijn lijf dan ooit. Vrijer. Meer onbevangen. Dat ik de laatste tijd zo goed in mijn vel zit werkt automatisch door in alle andere facetten in mijn leven. Ik eet gezonder. Niet omdat het moet, maar omdat ik mijn lichaam ermee wil voeden in plaats van vullen. Ik sport regelmatig in de sportschool. De fitnessapparaten kunnen me gestolen worden, maar de zumbalessen vind ik heel leuk. Het allerleukste is nog: ik doe het niet omdat iemand eist dat ik resultaten behaal, maar omdat ik me er prettig bij voel, er plezier aan beleef. Ik heb zoveel geleerd van *Ilses strijd tegen de kilo's*, maar de belangrijkste les is dat geluk hem niet zit in het cijfertje op de weegschaal. Liefde is waar het allemaal om draait.

Alice werkt met veel plezier als leidster op de buitenschoolse opvang. Ze heeft een leuke kleutergroep en gezellige collega's: Arie, die op mannen valt en last heeft van bindingsangst, en Kiki, een vrijgevochten vrijgezel. Met z'n drieën bespreken ze veelvuldig hun favoriete onderwerp, de Hot Daddy List, een zelfbedachte 'lijst' met de leukste papa's van de bso. Met stip op nummer 1 staat John, de knappe vader van de vierjarige Sara.

Niet alleen in haar werk, maar ook in de relatie met haar vriend Daan is Alice heel gelukkig. Drie jaar geleden is ze ingetrokken in zijn huurappartement in Utrecht en nu zijn ze op zoek naar een koophuis van hen samen. Alice waant zich in een perfecte wereld. Maar dan zet een onverwachte gebeurtenis haar leven volledig op z'n kop.

De Hot Daddy List
Paperback, 288 pagina's
ISBN 978 94 6068 420 3
€ 6,-

Colofon

Redactie: Karin Dienaar
Omslagontwerp: Riesenkind
Omslagbeeld: Getty Images | Sam Edwards
Zetwerk: Studio Marian Akkermans
Druk: Wilco

Eerste druk mei 2019

ISBN 978 94 6068 417 3
E-ISBN 978 94 6068 710 5
NUR 301 / 343

uitgeverij marmer

Uitgeverij Marmer BV
De Botter 1
3742 GA BAARN
T: +31 649881429
I: www.uitgeverijmarmer.nl
E: info@uitgeverijmarmer.nl

@madeleinkerseboom
madeleinkerseboom

FSC www.fsc.org MIX Papier van verantwoorde herkomst FSC® C004472